被毁损和被染病的

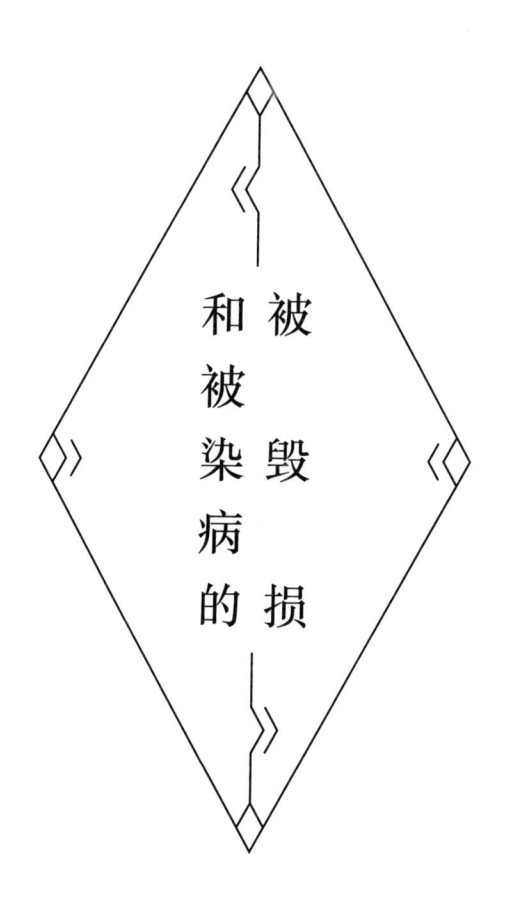

[美]托马斯·里戈蒂 著

方军 吕静莲 译

南方出版传媒
花城出版社

中国·广州

目　录

狂　乱

　　纯　洁　3

　　镇　长　20

　　助兴节目，及其他故事　32

　　　　前　言　32

　　　　I. 恶性母体　34

　　　　II. 过早发生的通讯　36

　　　　III. 天文级的模糊　38

　　　　IV. 有机形态的深渊　39

　　　　V. 现象级的狂怒　41

　　　　后　记　42

　　小丑傀儡　46

　　红　塔　56

变　形

　　我对报复行动的主张　69

　　我们的临时主管　84

　　在异国土地上，在一个异国城市里　100

　　　　他的影子将向一座更高的房屋升起　100

　　　　铃声永恒回荡　106

　　　　什么也不说的低语　114

　　　　听到歌声，你就知道时辰已至　122

被毁损和被染病的
  怪诞剧团　133
  加油站游乐场　152
  平房住宅　169
  塞维里尼　189
  阴影，黑暗　202

狂　乱

纯　洁

　　那时我们住在一所租来的房子里，在我的童年岁月里，我们一家住过许多这种地方，这既不是其中第一个，也不是最后一个。恰恰是在我们搬进这所房子后不久，父亲向我们宣讲了他所谓的"租来的生活"的哲学。他声称不可能有别的生活方式，以为可以选择性地尝试这种生活，这是最糟糕的自欺欺人。"我们必须积极拥抱'非所有权'的现实，"我母亲、姐姐和我一同坐在租来的房子里一张租来的沙发上听他居高临下、手势沉重的演说，"没有任何东西属于我们。一切事物都是租来的。我们的脑袋里充满租来的观念，由一代人传给下一代。不论你的想法最终落脚到哪里，那都是无数其他人的想法落脚并且留下过印记的同一个地方，正如其他人的腰背也在你们现在坐着的这张沙发上留下过印记。我们生活的世界里，每个外观，每种观点或激情，这一切全都被陌生人的身体和头脑沾染过。虱子——从其他人那儿传来的智力的虱子、身体的虱子——在任何时候都爬满我们全身和周围。这是无可逃避的事实。"

　　然而，在我们住在这所房子的日子里，我父亲最热衷于逃避的恰恰是这一事实。这是一个虱子格外多的居所，位于一个糟糕的社区，而周边的社区甚至更糟糕。这个地方也略微有点神神鬼鬼的，那几乎是我父亲选择租住地的标准。事实上，我们一年会有好几次打包搬家的经历，并且前后两个居所之间总是相距甚远。

每次我们刚刚搬进新租来的房子，父亲都会宣称这是他能够"真正完成某件事"的地方。过后没多久，他就开始花越来越多的时间待在房子的地下室里，有时会连住几个星期。我们其他人被禁止闯入父亲那个地下王国，除非得到他明确的要求去参加某个项目。大多数时候我是他唯一可用的臣民，因为母亲和姐姐经常外出"旅行"，具体是怎样的旅行，她们回来也对我只字不提。父亲把她们的缺席称作"未知的休假"，以此掩饰他对她们行程的一无所知或漠不关心。我说这些，丝毫不是要抱怨自己受到冷落（我也完全不想念我的母亲，以及她那些污染房子空气的欧洲香烟）。像家里的其他人一样，我很擅长找到某些充满激情的方向，让自己过得充实无比，完全不在意自己的激情是不是租来的。

一个深秋的傍晚，我在楼上自己的卧室里，正为出门找乐子做准备，突然听到门铃响了。对我们这家人来说，这堪称非同寻常的事件。那时，我的母亲和姐姐正外出休假，父亲已经多日没出地下室露过面，因此，应付这令人诧异的铃声的任务就落到了我的肩上。搬到这房子里以来我就没听到过门铃响，我也记不起自己在童年的随便哪个出租屋里听到过。（我一直认为，由于某些原因，父亲每次一搬进新家就会把门铃切断。）我犹犹豫豫地挪动身子，希望这不速之客最好在我走到门口之前就离去。门铃又响了。幸运并且难以置信的是，父亲从地下室里冒了出来。我刚好站在楼梯顶上的阴影处，看着他的大块头穿过客厅走向前门，一边脱掉脏兮兮的实验室外套，丢进角落。我自然以为这位访客是父亲正在等待的，也许同他在地下室的工作有关。然而，情况显然并非如此，至少在楼梯顶上偷听到的对话告诉我不是这样。

从说话的声音判断，访客是个年轻人。父亲用一种直率而友好的口气邀请他进屋，其实我知道那态度完全是强迫式的。我好奇的是，不知他能在对话中把这种并非其典型的腔调维持多久，因为他让那年轻人在客厅里坐下来，好让他俩"闲闲地"聊一会儿，这种用词从我父亲口中说出来真是怪异极了。

"先生，我在门前就说了，"年轻人说，"我来这个社区是要向大家宣传一个非常有价值的组织。"

"信仰公民。"父亲插嘴道。

"你听说过我们？"

"你上衣翻领上钉的纽扣上写着。这足以让我理解你们的主要原则。"

"那么，也许您有兴趣给我们捐款。"年轻人说。

"我会的。"

"那太好了，先生。"

"不过我有条件，你得让我挑战你们那些可笑的原则——真正地检验一下。其实我一直期待你，或者像你这样的人出现。把你带到这栋房子里来的，几乎像是一种幸运的因素，假如我真的相信这么荒谬的事情的话。"

我父亲短暂的直率而友好的态度结束了。

"先生您的意思是……"年轻人困惑地皱起眉头。

"我会解释的。你脑子里有两个原则，有可能就是靠它们才把你的脑子给拢到一块儿的。第一个原则关于民族、国家，就是母国、乡土之类的那一整套喧哗。第二个原则关于神祇。这两个原则里面都没什么真东西。仅仅是毒害你头脑的杂质。一言以蔽之——信仰公民——你们合并了三个主要原则中的两个原则——或者说杂质——必须被清除，彻底抹掉，好让我们这个种族开始对存在有一种纯粹的概念。没有纯粹的概念，或者近乎纯粹概念的某种东西，一切都会是灾难，并且始终是灾难。"

"我明白了,您并不打算捐款,先生。"年轻人说,而我父亲把手揣进裤子的右边口袋里,掏出一把卷成团并用粗橡胶带扎紧的钞票。他把钱举到年轻人的眼睛前面。

"这是给你的,但条件是,你得让我从你的脑袋里把那些可憎的原则清除掉。"

"我不相信我的信仰只是存在于我脑子里的东西。"

直到此时,我还认为父亲戏耍这个年轻人纯粹只是为了消遣,也许是为了从过去许多天他过于紧张地投入的工作中轻松一下。然后我听到父亲的话里出现了一种不祥的转变,表明他从自己一直扮演的老派偶像破坏者变成了对那个年轻人来说是毫无顾忌全无原则的家伙。

"请原谅我。我无意暗示任何类似的东西仅仅存在于你的脑子里。这样的东西怎么可能是真的呢?因为我很清楚,这一类型的某种东西就住在这个房子里。"

"祂存在于每个房子里,"年轻人说,"祂无所不在。"

"是的,是的。但是,像这样东西在这个房子里非常多。"

我怀疑父亲说的是出租屋里闹鬼的状况——尽管这几乎并不值得描述。我自己就协助他搞过一个同这事有关的小项目,想要搞清楚这状况到底意味着什么——至少我父亲想要做出解释。他甚至允许我保留这个"一阶段实验"的一件他所谓的"纪念品"。我几乎可以肯定,当我父亲说到地下室时,指的就是这种状况。

"地下室?"年轻人说。

"是的,"父亲说,"我带你看看。"

"不在我的脑子里,而在你的地下室里?"年轻人费力地想要弄清楚我父亲的意思。

"是的,是的,让我给你看。然后我会给你们的团体一笔丰厚的捐赠。你觉得如何？"

年轻人没有马上回答，也许就是因为这个原因，父亲突然大喊我的名字。我退后几级台阶，稍等片刻，然后走下楼梯，似乎刚才并没在上面偷听。"这是我儿子。"父亲对年轻人介绍道，他站起来同我握手。他很瘦，穿一件二手西装，同我在楼梯上偷听时想象的一模一样。"丹尼尔，这位绅士和我有点事要做。你别让人来打扰我们。"我乖乖地站着，做出听话的样子。父亲转向年轻人，指着地下室的方向说："不会太久的。"

无疑是我的出现——像普通家庭一样，有个正常的小孩——让年轻人终于放心同意去地下室。我父亲应该知道这一点。他不会知道，或者也不会在意的是，他们一走进地下室并关门后，我就出门了。我倒确实考虑过在家里逗留一会儿，即便仅仅是了解父亲的实验现在进展到哪个阶段了，毕竟我参加过它的最初阶段嘛。然而，那天晚上，我急着要去看一个住在附近街区的朋友。

准确地说，我的朋友并不住在我家租住房子的这个糟糕的社区，而是住在旁边一个更糟糕的社区。只隔着几条街，就从一个许多房子给门窗拉上闩的社区到了一个没剩下什么东西需要保护或者操心的社区。那完全是另一个世界……一个危险与混乱的扭曲的天堂……摇摇欲坠的房子密密匝匝地挤在一块……被烧毁的房子只留下架子，很快就会彻底消失……房子上曾经的门窗只留下黑洞洞的开口……大片空地，上面照耀的月光似乎同地球上其他任何地方见到的月亮都不一样。

有时，一片布满阴影和碎玻璃的空地边上，会有一栋孤零零的房子。这房子被破坏得乱七八糟，要是说里面有人住，只会让你联想起种种阴森森的诡异传说。靠得再近点，你会看到破破烂烂的薄床单充当了窗帘。最终，经过漫长的凝视，房子里会奇迹般地亮起一星半点柔弱瑟缩的亮光。

我们家搬进一片这种地方并不罕见的街区后没多久,我就发现了一栋房子,可以说非常典型,完全符合我刚刚描述过的那种情况。我的目光聚焦在它上面,似乎正在见证某种不可思议的幻象。然后,当我站在一片人行道的残砖碎块上摇晃时,遮挡前窗的一块床单被略微拨开,有个女人从里面冲我喊。

"嗨,你好。嗨,小伙子。你身上有钱吗?"

"有一点。"我回答这个强势的声音。

"那你愿意帮我个忙么?"

"什么事儿?"我问道。

"能否帮我跑一趟商店,买点意大利香肠?长的那种,不要买小的。你回来我会把钱给你。"

我从商店回来,那女人又从闪烁的床单后面冲我喊:"门是开着的,从走廊的台阶进来时小心点。"

房子里唯一的光来自一台小电视,搁在一个金属架子上。电视对面是一张沙发,上面横躺着一个年龄不明的女黑人。她左手一罐蛋黄酱,右手一条冷热狗,是从房间里光秃秃的地板上一个空盒子里掏出的最后一条。她把热狗浸入蛋黄酱,然后拿起来吃掉,眼睛一瞬也没有离开电视。舔掉手指上的蛋黄酱后,她把罐子的盖子拧上,放到沙发一边,那是房间里唯一的家具。我把意大利香肠递给她,她把钱放到我手里。比我付的钱多了一美元。

从我们家搬到这个社区来以后,我就一直在欣赏这些房子,如今自己真的走进了其中的一栋,真叫人难以置信。这是一个寒冷的夜晚,房子里没有暖气。电视一定是用电池的,因为它后面看不到电线。我觉得自己是跨过巨大的屏障,进入了一个被世界遗弃已久的前哨,一个与现实完全脱离的地方。我想问那个女人,我是否可以在这个房子里找个角落蜷缩起来，不再离开。然而，我实际问出口的只是能否用洗手间。她一言不发地盯着我看了一会儿，把手伸到沙发靠垫后面，掏出一支电筒。她递给我，说："用电筒，看仔细。沿着那条走廊上二楼。不是第一个门，是第二个门。小心别掉进去。"

在走廊里我一直用电筒照着自己脚前几英尺的破烂烂、脏兮兮的木地板。我走过第一道门，打开第二道门，然后关上。这不是一个厕所，而是一个大得多的小房间。地板上有个洞通往房间后面。我用电筒照进洞里，发现它直通地下室。底下有陶瓷水槽和便桶箱的残片，我刚才经过的第一道门后面应该是原来的盥洗室，它们肯定是从那儿的地板掉下去的。因为天气很冷，房子里又没有暖气，臭味倒不是很强烈。我跪在洞的边缘，用电筒往里面尽可能深的地方照。但其他还能看到的就只有一些碎瓶子插在粪便里。我想到地下室里可能有的其他东西……渐渐想得入了神。

"嗨，小子，"我听到那个女人的喊声，"你没事儿吧？"

我回到前面的房间，看到有人来找那个女人。他们抬起手护住脸，我这才留意到自己还开着电筒。我关掉它，递还给沙发上的女人。

"谢谢。"我说着，绕开其他人，朝前门走去。离开前我转向那个女人，问她，我能否再来。"随你便，"她说，"只要你保证给我带些那种意大利香肠。"

我就是这样认识我的朋友坎蒂的，从那个惊悚之夜后，我又去过她的房子许多次。有几次（并不都是晚上）碰到她忙，年轻或年老、白人或黑人的客人来去不断，我就不会去打扰她。其他时候，如果坎蒂不忙，我会挤到她旁边，坐在沙发上同她一起看电视。我们偶尔聊天，尽管谈话总是相当的简短而肤浅，一碰到某条把我们各自的生活分开且彼此无法跨越的鸿沟，对话就搁浅了。比如，我说到母亲那叫人厌恶的欧洲香烟时，坎蒂会对"欧洲"这个概念甚至对这个词本身都感到困惑。类似的，坐在一起看电视时，对于坎蒂不经意的插话中提到的某些东西，我也很难在自己的生活中找到相应的经验加以理解。去过一个多月后，有一次，坎蒂突然没头没脑地对我说："哎，我有过一个儿子，和你差不多大。"

"他怎么了？"我问道。

"被杀了。"她说。似乎这个回答就够了，不用多加解释。我一直没有追问过她这件事，但我永远忘不了她的话，也忘不了她说话时那种认命而淡漠的口吻。

后来我发现，坎蒂住的社区里有不少小孩被杀，其中一些应该是死于一个儿童杀手。在我们家搬到这里来之前的好些年里，那个杀手活跃于这座城市最破败的社区。（事实上，正是我母亲以一种极其夸张的虚伪的口吻，警告我说"有一个危险的变态"在"你的朋友住的那个可怕的社区"悄悄活动，割断小孩的喉咙。）那天晚上，我父亲带着那个穿二手西装的年轻人进地下室后我离开家门，往坎蒂家走去时心里一直在想这个杀手。知道杀小孩的事情后，这些街道对我产生了更强的吸引力，就像一场有催眠效果的梦魇强迫你反复回想其中的形象与事件，尽管你竭尽全力想要忘掉它们。实际上，我对成为一个杀童者的受害者并不感兴趣，但这件事降临到自己头上的威胁仅仅是让我对那些拥挤的房屋与房屋之间狭窄的空间更加迷恋，并把另一重阴影投向已经被这个社区围裹的那些人。

走向坎蒂的房子时，我一只手揣在外套口袋里，里面带着父亲组装的一个东西。根据我那位创造力爆棚的父亲的意思，要是谁打算对我进行人身伤害，我就能用它防身。姐姐也得到了一个同样的小玩意儿，看上去有点像一支钢笔。（父亲告诉我们，不要把这个装置告诉任何人，包括我妈，而她好久以前就已经给自己配备了一支小口径自动手枪用以防身。）好几次我险些没忍住把这东西给坎蒂看，但最终我还是遵守了向父亲许下的承诺。然而，这天晚上我很兴奋，因为有别的东西给坎蒂看，也是父亲给我的，我装在一个小纸包里，在身旁晃来晃去。这件东西没有不得示人的禁令，尽管也许是因为父亲压根没想到我会有这么干的冲动。

那个纸包里带的东西，装在一个矮墩墩的小罐子里，可以说是搬进租住的房子后不久我协助父亲搞的一阶段实验的一个副产品。我已经说过了，像我童年住过的许多房子一样，眼下我住的房子里充斥着一种鬼气森森的气氛，尽管非常轻微。具体说来，在成为坎蒂家常客前我大多时间待在房子阁楼里，在那儿，我感觉到那存在明确地显现。根据我的经验，如同类似的情况，那存在不会留下任何特别值得一提的东西。它像是被聚集在横跨阁楼的木梁附近，我觉得，可能是以前某任住户吊死在房梁上。然而，我父亲对这种推测毫无兴趣，他强烈反对存在任何种类的幽灵或鬼祟的可能性，甚至禁止使用这些词。"阁楼里什么也没有，"他向我解释，"只是你的脑子同阁楼的空间产生了某种形式的相互作用。那里有一种无所不在的力场。由于某些我到现在还不知道的原因，这些力，在某些地方比在其他地方更强。听明白了么？不是阁楼魇住了你的脑子——而是你的脑子魇住了阁楼。某些人的脑子比其他人更容易被魇住，不论是被鬼魂，被神祇，或者被来自外太空的生物。那些不是真东西。不过，它们表明了真实存在的力，活跃的甚至有创造性的力，只不过你在脑子里把它们想象成某种幽灵或别的什么鬼东西。让我用地下室里的器械从你的脑袋里把那些你认为在阁楼上出没的东西虹吸走，这样可以帮助我证明这一点。虹吸会被控制在你脑袋里的一个极为微小的区域，因为，若是我虹吸你的整个大脑……噢，别担心。相信我，一下就好，不疼。"

接受虹吸后，我不再感觉到阁楼里那个存在。父亲把它吸走，装进一个小罐子里，作为一阶段实验的研究对象，研究完就给了我。父亲的研究领域，就连其他那些进行类似工作的科学家也一无所知，他就是那个领域的哥白尼和伽利略。不过，我就没有父亲这样的科学气质，这一点现在已经很清楚了。尽管我不再感觉到阁楼里那个存在，但我仍然完全拒绝抛弃那个形象：冷寂的阁楼，横跨整个阁楼的木梁，某人上吊自尽，身后留下朝向另一个世界的无形的指引。然而，我很高兴地发现，对这一存在的感觉以一个便携小罐子的形式被保存给我了，现在就紧紧地捧在我的手中，把一种比我之前在阁楼中的体验甚至更加强烈的超自然感传输进我的系统里。这就是那个深秋之夜我要带给坎蒂的东西。

走进坎蒂的房子，我发现她没有生意，这样就没有什么来打扰我向她展示了。实际上，房子前厅对面的墙上懒洋洋地倚靠着两个人，但他俩对周遭发生的一切即使不是完全茫然无觉，至少也是漫不经心的。

"你带了什么给坎蒂？"她望着我捧在手里的纸包。我坐到沙发上她旁边，她弯身靠向我。

"这是某个……"我抓着盖子从包里取出那罐子，开始介绍。然后我意识到自己没办法向她说清楚自己带来的是什么。我一点也不想惊到她，但我又说不出什么来给她做心理准备。"现在别打开它，"我说，"拿着就好。"

我把罐子放到她肉乎乎的手里，她说："像是果冻。"

幸运的是，罐子里装的东西没有呈现出任何令人不安的形象，在电视屏幕闪烁的光线中，它们显得颇为抚慰人心。她温柔地抓紧那个小小的玻璃容器，似乎她认识到其中容纳之物的宝贵。她显得完全不害怕，甚至挺放松。我没想到她会是这样的反应。我只知道自己想要同她分享，分享某种她一辈子也别无机会见识的东西，正如她把她房子里的奇观分享给我。

"天啊，"她低声叫道，"我知道这个。我知道他没有离开我。我知道我不孤单。"

然后，我突然想到，我所见证的同我父亲的断言并不冲突。我的脑袋在阁楼里一直感觉到某个人上吊自杀的存在，而坎蒂的脑袋现在从罐子里看到的是她自己设计的一个存在，同我看到的完全不同。她看起来想要永远抓紧那罐子。而一般来说，永远就意味着即将终结。一辆毫不起眼的汽车刚刚开来，停在坎蒂房子的前面。司机迅速离开汽车，砰的一声甩上车门。

"坎蒂，"我说，"有生意来了。"

我必须用力拽那罐子，不过她最终放手了，转向房门。同往常一样，我溜进一个后面的房间，那是一个空卧室，我喜欢缩进一个角落，幻想无数个夜晚在那儿睡过、做过梦的身体。但这一次我没有缩进角落，而是一直关注着前厅里发生的情况。外面那辆车来得太急，停得太猛，太叫人不安，那个穿着长风衣的人走过来的姿势也太猛，太叫人不安。他推开坎蒂的房门，走进来，没关门。

"那个白人小孩在哪儿？"长风衣问道。

"这里没有白人，"坎蒂说，眼睛没离开电视，"除了你。"

那个人穿过房间走向那两个人，用脚推了推他们。

"如果你还不知道,我就告诉你,我是让你在这儿做生意的人。"

"我认识你,警探先生。就是你带走了我的儿子。你还带走了其他孩子,我知道。"

"闭嘴,肥婆。我来这儿是找那个白人小孩。"

我从口袋里掏出钢笔,扭开笔帽,露出一根短粗的针,像是图钉的尖端。我把钢笔抓在身旁,让它从外面看不到,然后沿着走廊走回去。

"你要干什么?"我对长风衣说道。

"我来这儿带你回家,孩子。"

要说我这辈子有过什么冰冷而抽象的确凿无疑的看法,那就是这次:如果我跟他走,我就永远回不了家了。

"抓住。"我说着,把小罐子向他丢去。

他双手接住罐子,那一瞬,他脸上闪过微笑。我从来没见过笑容消失得如此迅速,如此彻底。若是当时我眨一下眼,就会错过那转瞬之变。然后,罐子似乎从他手里跳了出来,落到地板上。他回过神来,向前一步,抓住我。我不觉得坎蒂或房间里另外俩人能看清我用钢笔戳了他的腿。他们看到的只是穿长风衣的家伙放开我,倒下去,瘫成一团,一动不动。显然,这武器是立即生效的。俩人中的一个从阴影中走出来,把同刚才他得到的同样轻蔑的一推还给那家伙。

"他死了,坎蒂。"他说道。

"你确定?"

另一个人站起来,弹起小腿踢了一下地上那家伙的头。"应该是。"他说。

"活见鬼,"坎蒂望着我说,"他全部交给你。我不想插手。"

我找到罐子，幸好没摔碎，我走到沙发前，坐到坎蒂旁边。几分钟的工夫，那俩人把长风衣剥得精光，只留下内裤。然后，其中一人脱掉他的内裤，说："看起来是全新的。"然而，马上他就停手不脱了，因为他看到了裤子下面的东西。我们都看到了那里的东西，这一点毫无疑问。不过我怀疑其他人是否同我一样感到困惑。我总是从一种理想的意义上去设想这些东西，把它们想象成千百年传承下来的神话概念。但那东西完全不是这么回事。

"把他丢进洞里去！"坎蒂叫道，从沙发上站起来，手指走廊，"把他丢进那个该死的洞里去！"

他们把尸体拖进那个小房间，丢进地下室。赤裸的尸体撞击地面发出啪的一声响。那俩人从小房间出来，坎蒂说："马上把他的东西处理干净，车子处理掉，你们也给我消失。"

离开房子前，其中一个人转过头。"坎蒂，这里有一大堆钱。你需要钱跑路。你不能留在这儿。"

坎蒂拿了一部分钱，这让我松了口气。我从沙发上起身，把罐子放在坎蒂身旁的垫子上。

"你要去哪儿？"我问道。

"城里有很多像这样的地方。没有暖气，没有电，没有水管。也不要租金。我会没事的。"

"我会保守秘密的。"

"我知道你会。再见，孩子。"

我说了再见，慢慢往家里走去，一路想着坎蒂的地下室里那东西。到家已经过了午夜。母亲和姐姐肯定也回来了，因为我刚走进家门就闻到母亲的欧洲香烟的臭味。父亲躺在客厅沙发上，显然在多日工作后精疲力尽。他也显得相当激动，眼睛大睁，往上瞪着，脑袋来回晃动，不知是表达厌恶还是否定，或者两者皆有。他反复念叨着："不可救药的杂质，不可救药的杂质。"听到这些字眼，让我的心思终于摆脱了刚刚在坎蒂家看到的东西，也让我想起，我想要问父亲，他对那个穿二手西装的年轻人说了些什么。但父亲此刻的状况似乎并不适合谈话。实际上，我完全看不出来他是否知道我回来了。我听到母亲和姐姐在楼上走动（也许还在收拾行李），但我既然兴致不高，暂时不想见她们，于是就打算利用这个机会违背父亲"未经明确允许不得入内"的规定去地下室看看。我相信，那里会有东西让我的心思不再纠结于今晚这些烦心事。

然而，我顺着台阶走向父亲的地下室时，马上就感觉到自己的心灵和头脑都被拖回了坎蒂家地下室那个黑暗的领域。甚至还没有走到台阶最底下，从那个地底世界就涌来一种毁灭与残破的气氛，还有一种深不可测的混乱感，不过我倒是不无感激地发现，对这一切我挺受用的。当我看到下面的状态，就被一种从未体验过的令人战栗的恐惧攫住了心神。

我周围的一切都成了碎片。似乎父亲操起斧子把他一度抱着全部希望用来完成只有他才有兴趣设想的某项任务的全套设备给捣了个稀巴烂。天花板上垂下电线、绳索，全都被斩断，像丛林中的葡萄一样晃荡着。地板上淌满一种绿乎乎、油腻腻的液体，涌向地下室的排水管。我在一片碎玻璃与烂纸片中跋涉，弯腰，伸手，捡起一些从我父亲卷帙浩繁的笔记本中撕扯下来的纸页。一丝不苟的表格与图形被用粗黑的马克笔写下的词句遮没。一页又一页，爬满了"不纯"这个词，像是公共厕所墙上的涂鸦。另外一些反复出现的感叹有："**全都是杂质**""**不纯的头脑**""**什么也没透露**""**没有纯粹的概念**""**难以忍受的不纯**"，最后还有，"**一个不纯宇宙的力量**"。

我看到地下室的尽头有一个混合装置，像是王座与电椅的结合。上面用皮带捆着一个人，胳膊、腿和头都被捆住，就是那个穿二手西装的年轻人。他的眼睛还睁着，但眼中一片空茫。我看到大椅子旁边有一个倒置的容器，体积和饮水机水罐差不多，油腻的绿色液体就来自于它。容器上面有一个标签，在胶带纸上写着"虹吸"的字样。

不管这个年轻人脑子里盘踞过怎样的幽灵、鬼祟或其他的存在，看来都已经被我父亲大量地抽了出来，现在正往地下道流去。它们肯定是失去了某些东西，也许是一离开容器就变馊变坏了，因为我感觉不到这些残余的物质散发出任何幽灵（不管是恶性的还是良性）的光晕。我无法判断那个年轻人是否还存在着任何传统意义上的生命。也许还活着。不管怎样，这都意味着我们家又得另寻去处了。

"下面发生了什么？"我姐姐的声音从地下室另一头传来，她坐在台阶上，"好像是爸爸的另一个项目出了岔子。"

"看起来就是这样。"我说着，往楼梯口走回去。

"你觉得那个家伙身上带了许多钱么？"

"我不知道。也许吧。他来这儿为某个组织筹款。"

"好，因为妈妈和我已经一点钱都没有了。要说我们好像并没有大手大脚花钱啊。"

"你们去哪儿了？"我说着，在姐姐身边坐下来。

"你知道，我不能说的。"

"我就要问。"

停了一会儿，姐姐低声说："丹尼尔，你知道阴阳人是什么意思么？"

我对这个问题竭力装得若无其事，其实心里翻腾起各种画面和情绪。那就是警探的身体让我困惑的地方。在我想象的画面中,各种器官总是整整齐齐地互相分离。但其实不是那样,就像我已经描述过的。一切全都搅和在一块儿。真感谢埃莉莎。尽管母亲严厉禁止她泄密,但她总是会透露点什么给我。

"为什么说这个?"我也低声说道,"你和妈妈出去时,碰到了阴阳人?"

"当然没有。"她说。

"你一定得告诉我,埃莉莎。妈妈……她说过我么……她对那个人说到过我么?"

"我不知道。我真的不知道。"埃莉莎说着,站起来,往楼上走。走到台阶最高处,她转身,"你和妈妈之间的事儿怎样才能完啊?每次我提到你的名字,她都一言不发。这毫无道理。"

"一个不纯的宇宙的力量。"我夸张地说道。

"什么?"姐姐问。

"驱使任何人的任何东西都毫无道理,你以前可能还没明白。就像爸爸一直说的,那只是我们的脑子。"

"随便你什么意思。反正,对我说的东西你最好口风紧一点。我再也不会告诉你任何事情。"她说完就上楼了。

我跟着她走进客厅。父亲现在在沙发上坐起来,旁边是母亲,正在开箱子,从包里拿东西,大概是在展示她这一次同埃莉莎旅行时买的东西。

我在他们对面的一把椅子上坐下来。

"嗨,宝贝。"母亲说。

"嗨,妈妈,"我打个招呼就转向父亲,"嗨,爸爸,我能问你点事儿吗?"他仍然有一点神志不清的样子。

"爸爸?"

"你父亲太累了,亲爱的。"

"我知道。对不起。我只是想问他一件事。爸爸,你对那个家伙说到什么三个……你好像说有三个原则。"

"国家,神祇,"父亲的声音低沉而沮丧,"通往纯粹概念的障碍。"

"是的,但第三个原则呢?你压根没提啊。"

但父亲已经精神涣散,忧郁地凝视着地板。而母亲却笑了。无疑她曾经多次听过我父亲这些话。

"第三个原则?"她朝我这边吐出一大团烟雾,"哎,那就是家庭啊,亲爱的。"

镇　长

冬天开始前不久的一个灰白的早晨，一个令人不安的消息迅速传遍了镇里：镇长不在办公室，并且哪儿都找不到他。我们让这个状况，或者说这种表面上的状况，尽量长时间地悬而不决。我们过去就是这样对付类似的情况。

最早觉得镇长可能永远不会回来的人是卡尼斯，天天在主街上来来回回的电车司机。他在从镇子一头的家里去到镇子另一头的电车站的路上，第一个留意到镇长办公室里总是亮着的昏暗灯光居然关掉了。当然，要是仅仅认为是那盏立在镇长办公桌边角上的台灯的灯泡坏了，或者这个小办公室里的电线发生了短路，那也不叫人意外。以前甚至发生过一次更大范围的电力故障，还影响到了办公室楼上的房间，而镇长上任以来就一直住在那里。当然，我们都知道镇长对他的办公室或私人住宅的状况都毫不注意。

因此，我们这些聚集在他办公室和家门外的群众也就相当详尽地考虑了灯泡坏了和电线短路这两种理论。但我们的骚动不安一直在上升。卡尼斯的焦虑最为严重，因为当前的状况对他产生影响比对其他人更久，尽管只是早了几分钟而已。我已经说了，我们不是第一次碰到这种情况。所以，当卡尼斯最终呼吁采取行动时，我们其他人也立刻就放弃了理论的避难所。"是该做点什么了，"电车司机说，"我们必须搞清楚。"五金店老板瑞特尔撬开镇长办公室的门，然后几个人进屋搜索。房间里很整洁，也许仅仅是因为基本上没有家具，只有一把椅子，一个写字桌，桌上一盏台灯。剩下的就只是空地板和白墙。搜索小组里好奇心更强的人发现，甚至写字桌的抽屉里也是空的。瑞特尔在检查台灯电线插进的墙上插座，另有人在查看办公室后面的保险丝盒。不过这些手段都只是在拖延时间而已。没人想伸手到灯罩下面按开关，检查是否仅仅灯泡坏了，或者是有人故意把这里弄黑——那情况就不太妙了。我们全都意识到，后面这种行为意味着任何被指定的镇长的任期不再生效。

以前，我们的公共服务及功能的中枢是主街南端耸起的一座传统市镇厅。那座辉煌的建筑可不会只在陈旧的写字桌边缘摆上一盏小台灯，而是装有一盏庞大的枝形吊灯。这个璀璨的固定装置如同信标，向我们保证镇子的首席官员还与我们同在。镇子衰落并最终不得不废弃后，其他的建筑都关闭了照明系统——从（最终也被腾空了的）老歌剧院的楼上，到近来作为市政管理中心的临街办公室。但是，终于有一天，没有通知任何人，灯光就灭了。

"他不在楼上。"卡尼斯从镇长的私人房间里冲我们嚷道。我正巧在这个时候试着伸手打开台灯开关。灯泡亮了，房间里的人都沉默下来。过了一会儿，有人——到今天我都还记不起是谁——用一种听天由命的口气做出结论："他离开我们了。"

这句话马上就传到办公室外面的人群中……直到每个人都知道了这一真相。甚至没人猜想这一状况有可能是恶作剧或者无心之失造成的。唯一的结论是那个老镇长已经不再管事，必须重新任命人选——如果事实上还没有新任命的话。

然而，我们仍然得把行动继续下去。那个灰蒙蒙的上午，直到下午，搜寻一直在继续。就我这辈子所见，每次有镇长消失，在新镇长到任前总归要搜寻一番，不过搜寻行动会进行得越来越快，越来越有效率。如今我们镇里的大楼和宅院比我童年和青年时少多了。曾经热闹非凡的整片区域衰败成空地，只留下少许残砖断瓦与碎玻璃表明那里并非从来都只有野草与干土。在我还有雄心的青年岁月，曾梦想有一天要在一片名叫"山丘"的豪华社区里拥有一栋房子。这个社区如今仍然苦涩地叫着这个名字，尽管那些豪宅（现在是一大片高低不平的空地）不再比周围的土地海拔更高。

终于确信镇长不在镇子里后，我们出城去往乡村。同在城里的行动一样，我们继续在城市界限以外的风景中跋涉、搜寻。如前所述，眼下即将进入冬日，在开始变硬的土地上逡巡时，朝任何方向看，都只有一些光秃秃的树碍着视野。我们睁大眼睛，但我们没法假装成一丝不苟的搜寻者。

过去，一旦镇长消失，办公室里的灯灭掉，不管是死是活，他们就再也没有被找到过。我们唯一关心的是做个搜寻的姿态，好等到新镇长出现时向他汇报说我们已经尽力打探过他之前任的下落。然而，这套仪式对一任任镇长来说已经越来越不重要，最近这位甚至都拒绝承认我们查找前任的努力了。"什么？"在终于从办公室的书桌后面的假寐中醒来后，他说。

"我们尽力了。"我们中的一位头领重复道。这一幕发生在早春。"这段时间一直有风暴。"另一个人说。

听过我们的报告，镇长淡淡地说："哦，知道了。嗯，做得好。"然后他就让我们解散，自己又回去打盹了。

"我们干吗要做这无用功？"我们在镇长办公室外时，理发匠利曼说道，"从来就找不到。"

我告诉他和其他人，根据城市宪章（当然，只是一份简短的文件），一旦发生镇长失踪事件，就必须"对城里城外进行详细的搜寻"。这是城市缔造者们定下的安排，世世代代都得到了遵循。这些档案都存放在粗制滥造的新歌剧院，随后也就被几年前那场大火一同吞灭了，并且它们从来就没有明确规定过这一安排是针对谁的。（城市宪章本身现在只剩下一些从回忆与传说中搜集来的只言片语，尽管对这份基础档案的详情几乎没有争议。）无疑，当年的城市创建者们采取了对于这座城市的生存与繁荣似乎是最佳的方式，他们敲定了安排，让后人们继续同样的路径。这些行动和共识并无任何不同寻常之处。"但那都是些陈年的旧规定了，"那个下雨的春日午后，利曼说，"至少我就觉得，现在是时候搞清楚我们要应付什么人了。"

其他人表示赞同。我也并不反对。

然而，我们并没有试图同老镇长讨论这个问题。但在那个如此临近初冬的日子，当我们穿过乡村时，我们又说起这个话题，并且发誓要向新镇长提出某些问题，一般来说，前任镇长失踪或辞职后没多久他就会到任，有时甚至是当天就到。

我们希望提出的头一个问题是，镇长失踪后，我们为什么非得要进行一场徒劳无功的搜寻。我们中有人相信，这番搜寻只不过是为了转移我们的注意力，好让新镇长偷偷赶到，不让任何人观察到他从什么方向来，又是怎样赶来。其他人则认为，这番折腾其实是为了达到某些目的，尽管那目的超出了我们的理解力。不论如何，我们全都同意，这个镇子（我是说还剩下来的那部分）是该进入一个更加开化的新的历史时期了。然而，还没有走到那个废弃的农舍，所有这些决心就消失，融化到包裹着天色的那一片灰蒙蒙中去了。

按照传统，见到这个废弃的农舍，连同旁边那个木棚子，就意味着搜寻结束，我们可以返城了。日头已经西斜，要是对农舍和木棚做一番敷衍的检查，还刚刚够时间在天黑前赶回家。但是我们根本没有这样做。这一次，我们隔那栋被时光消磨成灰色天空中一段倾斜的锯齿状轮廓的农舍还有段距离就停下了。我们也远远没走到那木棚，多年前某人用锤子把薄木板敲打成一体而搭起来的狭窄建筑。那些饱经风霜的木板上写有字，那可是我们从来没见过的。字像是锋利的刀口在木头上刻出来。木板已经互相脱离，上面刻的字母也有一些或者佚失，或者无法辨认。电车司机卡尼斯站在我身边。

"我没有看错吧？"他对我说话的声音简直像是耳语。

"我觉得没看错。"

"房间里面的灯光呢？"

"像是还在闷燃的灰烬。"木棚的板条之间，透出微微闪烁的红光。

确认新镇长已经到达后——且别管他从哪个方向来，也别管他是怎么来到——我们全都转身，沉默不语地朝城里走去，缓缓穿过被逐渐临近的冬日每一天都愈加深重地笼罩着的灰色乡野。

尽管搜索中见到了令人吃惊的东西，但我们还是很快恢复过来，或者至少不再公开表露出我们的焦虑。镇长的继任者不去主街那栋门上挂着"镇长"名牌的房子里办公，而是住进这栋烂木板上用刀子粗糙地刻下"镇长"字样的木棚，这真的有那么重要么？事情一直在朝这个方向发展。有一段时间，镇长在市政厅里占用的是一套办公室，住的是"山丘"社区的一栋豪宅。而现在这位官员则会在废弃农舍旁这栋残破的木棚里工作。没什么会长久不变。我们生活的本质就是改变。

我自己的情况就很典型。之前我说过，我曾经满腔雄心，要在山丘社区里购置一栋豪宅。我经营过快递业务，生意也兴隆过，似乎稳稳地向我的目标在前进。然而，到老镇长上任时，我已经沦落到在利曼的理发店里扫地，随便什么零工都肯干。无论如何，在山丘社区化为一片断壁残垣时，我要在快递业里创一番事业的冲动也就化为乌有了。

也许这座城市整体的衰败，还有城中居民的景况，可以归因于镇长们糟糕的履职状况，一任接着一任，在许多方面都是一蟹不如一蟹。不管我们对新镇长的设想是怎样的，反正那位老镇长可说不上是位模范管理者。在任期戛然而止之前，每个工作日，他都在办公桌后面一睡一整天。

而另一方面，可以说每位镇长都成功地引入了一些改变的元素，这种或那种官方项目，并且很难说是完全有害的。就连那个粗制滥造、火患重重的新歌剧院，也代表了某种市政复兴的努力，或者至少有这样的表现。而主街上跑来跑去的电车则要归功于老镇长。就任之初，他从镇外引来工人修建了这条线路，作为他改革精神的标志。对这个交通项目，倒不是说镇里人不曾大力反对过，毕竟从主街一头走路或骑车到另一头，对我们这些身体健康的市民来说，毫不费力就能做到。但电车线一建好，大多数市民就去坐了，哪怕仅仅是出于新奇。一些人不知出于什么原因开始频繁乘坐电车，哪怕只过一两个街区，也要乘车去。别的不讲，电车至少给卡尼斯提供了一份稳定的工作，这可是他从未拥有过的。

简而言之，我们总是努力适应空降而来的每位镇长的工作方式。难熬的是等待新的管理者向镇里揭示其计划，然后把我们自己按照他们可能采取的形式进行调整。世世代代，我们都按这个套路操作。我们生在这种秩序里，也顺从地把自己托付给这种秩序。违逆这套秩序、投入未知，这风险太大了，我们不用多想就知道。然而，尽管在废弃的农舍旁见到那木棚的奇景，我们仍然不认为镇子会进入历史上一个激进的新时期。

新镇长的第一条指令来自某一天在人行道上翻滚的一张破破烂烂的纸，一个老女人捡起它，带给我们看。那是一张褐色的纸浆纸。纸上的字迹像是用炭化的木条写的，同镇长木棚外木板上写的字迹像是出自同一手笔。内容是：**折掉申车**。

这些字的字面意思已经够清楚了，但这样一个命令的目的与指向都不明，我们就算执行也是不情不愿的。新镇长下令铲除标志前任政绩的建筑或象征，这并非没有先例，目的是给他竖起自己的典型建筑或象征扫清道路，或者仅仅是为了抹除上一轮秩序的显著特征，好展现新秩序的到来。但一般来说总会给出某种理由，某种借口。而新镇长要求拆掉电车的指令显然不是如此。于是我们决定什么也不做，等更多消息再说。瑞特尔建议我们自己写个便条，请求进一步的指令。这个便条可以放到镇长木棚的门外。并不奇怪的是，没有人自告奋勇接下这个任务。在接到更详细的通告之前，我们将不对电车做什么。

第二天早上，电车嘟嘟响着开上主街，开始了第一趟的行程。然而，它没有停下来接人。"看。"利曼从理发店前窗往外看，对我说。然后他就出门了。我把扫帚靠墙放下，跟着他跑出去。其他人已经站到街上，望着电车最终开到镇子另一头停下来。"驾驶位上没有人。"利曼的话得到了很多人的赞同。看来电车不会返程了，我们几个人就沿着街道走去看个究竟。我们走进电车，发现电车司机卡尼斯赤身裸体地躺在地板上。他四肢不全，已经死掉，胸口上烧灼着几个字：**折掉申车**。

接下来几天我们照此办理。我们拆掉轨道，并且跑过整个镇子，去把给电车供电的电力系统拆掉。正在我们完成这项任务时，有人看到另一张残破的褐色纸片。风把它吹到我们头顶，像风筝一样乱晃。最终它落到我们中间。围着这张纸站成一圈，我们看到上面潦草的字迹："很好，接下来你们的工作将改变。"

不只是我们的工作改变了，整个城市的面貌都发生了改变。再一次有工人从城外来，按照指令进行建造、拆除，主街上又出现装修潮，并最终蔓延到周边社区。还是那样的纸片继续送来指令，让我们不要干预他们。整个灰色的深冬，工人们都在对小城建筑的内部进行修整。开春时，他们把建筑外面也搞好，然后就走了。现在镇子变得不像一座城市，而像狂欢节的奇幻屋。我们这些住在里面的人一接到工作如何改变的通知（还是老方法），就会变成助兴节目里的畸形人。

比如，瑞特尔的五金店腾空了传统商品，改成了一个细巧的迷宫般的厕所。一进前门，你就置身于马桶与水槽之间。这个小房间的一面墙上开了一道门，通往另一个稍微大点的厕所。这个房间有两个门通往其他的厕所，其中一些只能爬上一道旋转楼梯或者走过一条长而窄的走廊才能到。每个厕所的面积和装修都有所不同。没有哪个是真能派上用场的。瑞特尔五金店外面也改成了一个大石头垒成的门脸，房子两边还耸起一对假塔楼，比房子更高。前门上的招牌把这家前五金店叫作安慰堡。

瑞特尔的新工作就是坐在门外人行道的一把椅子上，穿一身简单的制服，左边肩膀下面绣着一条表示欢迎的话。

理发师利曼得到的新职业甚至更糟糕。他的店铺改名"婴儿城"，翻新成了一个巨大的游戏围栏。在填充动物和成排的玩具中，利曼别扭地穿着大人尺寸的婴儿装。主街的所有商铺都被改造了，尽管格调并不一定会像瑞特尔的安慰堡和利曼的婴儿城一样怪异。一些房子改得就像是被废弃的店面——你大着胆子钻进去，会发现后面其实是一个微型电影院，光秃秃的墙上投影着外国动画片，或者你会在地下室发现一家画廊，里面堆满品位可疑的画作和草图。有时，这些废弃的店面还真就是被废弃了，不过你一关门就会发现自己被锁在里面，不得不从后面绕出来。

主街的商铺后面是一大片街巷，被隧道似的拱形游廊笼罩着，永远昏暗如夜晚。暗淡的灯光精心布点，好让人在高高的木栅栏或砖墙之间漫步时，巷子不至于完全处于黑暗中。许多这些巷子结束于某人的厨房或客厅，可以从那儿逃回镇上。其中一些变得越来越窄，直到不可能继续延伸，每一步都通往你不得不折返的点。其他的巷子走着走着会逐渐变化，最终呈现出完全不同的场景，就像是从一个小城走到了一个大都会，有尖叫与警笛从远处传来，尽管那些声音只是隐藏的扬声器里放出的录音。周围每一边都耸起装有户外消防楼梯的高高的出租屋作为夸张的背景，而我，就在这附近做一件新工作。

在一条幽暗的巷子尽头，一块假的下水道格栅的洞里冒出蒸汽的地方，我被安排在一个亭子里售卖纸杯装的汤。说得更准确些，我卖的其实并不是汤，而是类似于牛肉高汤的东西。柜台后面的地板上铺着一张薄床垫，晚上或者任何时候想睡觉就能躺下睡，因为不太可能有人会冒险穿过街巷的迷宫来光顾我的生意。我靠自己卖的高汤和用来调配这种凄凉食物的水维持生命。在我看来，新镇长终于完成了多年来他的前任们想干但却懒得干的任务：给镇子彻底放血，耗尽它仅剩的一点资源。没想到，我的估计真是错得不能再错。

才几个星期，我的汤铺子外面就稳定地排起了长队，这些顾客愿意为那份黄不拉唧的液体支付高昂的价格。他们不是镇里人，而是外来者。我注意到，他们几乎全都带着折叠的小册子，不是揣在口袋里，就是抓在手中。其中一本落在我的柜台上，我一有空就读了。小册子的封面上写着"欢乐城里度欢乐时光"。里面是几张带标题的照片，向好奇的游客展示本城的众多"胜景"。我被镇长的计划给震住了——不仅是因为这个没露过脸的人拿我们最后的钱去投资了本镇史上最大规模的建设计划（其中无疑卷入了数额可观的回扣），更因为这一套大手笔又给镇里带来了前所未有的收益。

然而，真正兴旺发达的只有镇长一人。每一天，有时是每个小时，镇里的每个景点与租赁摊位都有钱在入账。负责执行的是一些显然配有大量武器的神情凝重的陌生人。另外，我还注意到游客中混有探子，明显就是要确保我们不得从镇长的新事业里中饱私囊。然而，既然原本我们就已经做好准备在镇长的管理下大家一起喝西北风，现在这样至少给了我们一条活路，也算是不错了。

然而，有一天，游客的人流开始稀薄了。镇里的新商业很快就坍缩为零。那些神情凝重的人不再操心收钱的事儿，而我们开始害怕情况会更糟糕。我们踌躇不定地离开自己的岗位，聚集到主街上一面写着"欢迎来到欢乐城"的软塌塌的横幅下面。

"我觉得出大问题了。"说这话的瑞特尔还穿着厕所服务员的制服。

"只有一个办法确定。"利曼已经换回了成人服装。

在灰色的天空下，在冬季开始前几个星期，我们再一次踏上通往乡村之路。天快要黑了，还远远没走到镇长的木棚，我们就看到里面不再亮着红光。然而，我们还是搜索了木棚。然后搜索了农舍。没找到镇长。没找到钱。什么都没有。

其他人开始回头往镇里走，而我留了下来。要不了多久，另一个镇长就会来到，我不想再看到什么新的管理方式了。事情总是那样——一个镇长接着一个，一蟹不如一蟹，显出越来越糟糕的迹象，仿佛一直在溃烂，一直烂下来，烂到不可收拾。并且看不出何时才是个头。多少这种货色来了又去，从我出生、生活和逐渐老去的这个地方捞走越来越多的东西？我想起小时候镇里和今天差别多大。我想到我年少时的梦想：在山丘社区买一栋豪宅。我想到我的老快递业务。

然后我背着镇子朝反方向走。一直走到看见一条路。然后我沿着这条路走，直到我到了另一个镇子。我穿过许多镇子，许多大城市，干清洁工的活儿，打零工，维持生计。它们全都按照同我故乡一样的法则进行管理，尽管我还没看到哪一个腐朽到我故乡的程度。我逃离，怀揣着希望，想要找到另一个城市，它建立在不同的法则上，按照不同的秩序运行。但是没有这样的地方，或者是我还没有找到。留给我唯一的选择似乎是终止这一切。

认识到关于我的生存的上述事实后不久，我来到一家脏兮兮的小咖啡馆，在柜台前坐下。夜深了，我在喝汤。我还在想着应该如何终结这一切。咖啡馆可能是在一座小城里，也可能是在一个大城市。我想到它位于一架公路天桥下面，所以肯定是在大城市吧。店里除了我，只有另一位顾客，衣着得体，坐在柜台另一头。他喝一杯咖啡，我发现他不时斜眼瞄我。我把头转向他，长时间地瞪着他看。他微笑着问，是否可以同我坐到一块儿。

"随你便，我马上就要走了。"

"现在不是还没走嘛，"他坐到我旁边的凳子上，"你是做什么的？"

"没做什么。问这个干什么？"

"我不知道,你像是个精通人情世故的人。你去过很多地方,对不对?"

"我想是的。"我说。

"我也这样想。喏,我对在这儿闲聊并不感兴趣。我为佣金工作,专门找你这样的人。我觉得你够资格。"

"干什么?"我问。

"城市管理。"他回答道。

我把最后几勺汤喝掉。用纸巾擦嘴。"多说点吧。"我说。

就这个吧,要不就终止这一切。

助兴节目，及其他故事

前言

在我遇到下面这些故事的创作者时，我已经遭遇了自己小说家生涯的危机点。那位绅士比我老得多，在同样的道路上比我先走了几步。"我总是想要逃离，"他说，"逃离演艺业的掌握。"我们见面的那个深夜，他坐在咖啡馆角落的一个卡座里，隔着桌子对我说出这些话。

最先介绍我们认识的是一个值夜班的服务员，她注意到我俩都是深夜不眠者，经常走进咖啡馆，坐上几个小时，抽烟（还是同样的牌子），喝这里供应的味道可怕的无咖啡因咖啡，手头都有一本笔记本，不时记上两笔。"人类的一切神话都不过是演艺业，"我俩第一次交谈时，那人对我说，"据说我们生存所倚仗的以及让我们为之而死的一切——不论是宗教经文，还是凑合着用的口号——这一切全都是演艺业。帝国的兴衰——演艺业。科学，哲学，太阳底下的一切学科，甚至太阳本身，以及其他那些在天上的黑暗中晃动的一坨坨物质——"他指向卡座旁边的窗外，"演艺业，演艺业，演艺业。""那梦呢？"我问道，自以为击中了他武断的世界观的一个例外情况，或者至少能让他承认是例外的情况。"你说的是我们现在就可以在脑子里做的梦，还是我们有幸睡着的时候做的梦？"我告诉他，这回击很有力，我收回自己一开始本来也就是马马虎虎提出的挑战。然而，交谈沿着同样的路径继续前进——他似乎无可救药地沉溺于这套另类的学说，一个接一个地提出各种演艺业现象，而我试着提出可靠的反例加以反驳——直到天快亮时我们各走各路。

第一次会面奠定了基调，确立了接下来我们在这间咖啡馆里碰头时的主题，我逐渐将他视为我失落的文学之父。应该说，我有意地鼓励了他的狂热症，竭尽全力把我们的交谈聚焦于此，因为我觉得他的演艺业狂想以最隐秘的方式关联着我自己作为一个小说作者的困惑，或危机。他说的"演艺业"是什么意思？为什么他发现一切现象"本质上的演艺业特性"是有问题的？他作为作家的工作如何符合了（或者也许是反对了）他所谓的"演艺业世界"？

"我对自己的写作毫无所求，对利用它来逃离演艺业的掌控也不抱任何希望，"他说，"写作仅仅是我恰好在这个时候表演的另一个行动。要来这杯可怕的咖啡，是因为我在一家二流咖啡馆里。再抽一支烟，是因为我的身体告诉我该这么做了。同样，我写作是因为我收到要我写作的提示，没有别的原因。"

这话给我开了道口子，让我切入同我自己迫切的利益、困惑或危机有着更多关联的主题，我问起他的写作，并且特别问到他写作的焦点是什么，我的原话是"兴趣中心"。

"我的焦点，或者说兴趣中心，"他说，"一直是我自己生活的悲惨的演艺性——一种自传性的悲惨，甚至不具有第一等的演艺性，而更像是系列助兴节目，无意义的片段，没有延续性，不具有连贯性——只除开，我利用自己作为这个悲惨的助兴马戏团节目指挥的身份，以最虚假最浮夸的方式分配给它的延续性和连贯性，当然，那根本就无法维持任何真正的延续与连贯的效果，注定会失败。但我发现,这正是演艺业的本质——它的一切其实都不过是助兴表演事务。无法预料的突变,生存那彻底的无根无由,事物的易变……我们不得不生活在一个助兴节目的世界,其中一切都有着终极的特异,与终极的荒谬。"

"按照什么标准呢?"他的话已经深深地扎进了我作为小说作者之存在的危机、困惑以及令人窒息的绝境,在他还没来得及跳开话题时,我就忍不住插嘴了。"我想问的是,你按照什么标准,"我重复道,"把一切都视为特异与荒谬?"

他瞪着我,眼神流露出他并非仅仅在思考我的问题,而是在对我和我的整个世界做出评估,然后回答道:"按照并非演艺业的那个不可名、不可知并且无疑并不存在的秩序的标准。"

再没说别的,他溜出卡座,在柜台收银机上买单,然后走出咖啡馆。

那是我最后一次同这位绅士兼同行说话。下一次去咖啡馆,坐到那个角落的卡座,值夜班的服务员递给我一扎纸:"他让我给你,说他不会再回来拿了。"

"他就说了这么多?"我问道。

"是的。"她回答。

我表示感谢,点了一杯无咖啡因咖啡,点起一支烟,开始读下面这些故事。

I. 恶性母体

多年来,我一直享有特权,可以通过通信频繁而详尽地了解科学与玄学研究最前沿的信息。这些信息高度专业化,似乎不为普通的科学家与玄学家所知，但却被像我这样热衷的非专业人士获得——当然，获得者必须得有包容的脾性，愿意向某些思想或实验的渠道敞开自己。

一天，我接到一个非常特殊的通信，从中了解到一个令人惊骇且出人意料的突破已经实现——那像是多年紧张的科学与玄学研究的一个顶点。通信中写道，这一突破关涉到的发现完全就是一切物理和玄学之存在现象的真正起源——按照我的理解，那说的是最宽泛的可能意义上的存在之源。这份特殊的通信还告诉我，我已经被选中，有权观看这一震撼性、突破性的发现所涉及的一切，并因此稀罕地获得对一切存在现象之源的洞察。既然我秉性格外善于容纳新事物，那只需要亲临这科学与玄学知识发生惊人突破的现场就行了。

我小心翼翼地沿着通信中告诉我的方向走，尽管出于未解释的原因，我并没有被完全告知实际目的地的详情。然而，我忍不住想象自己最终会看到某种精微的研究设备，最新颖的装置与格外复杂的仪器组成的闪闪发亮的迷宫。然而我最终到的地方，却一点也不符合我纯朴而传统得可堪嗟叹的期待。如我想象，这个科学与玄学的装置安放在一座巨大的房子里，但那房子却非常古旧。我按照指示走进去，进入贴着老房子旁边延伸的一条狭窄而幽暗的巷道，走到尽头，看到一道小门。我打开门，走进去，几乎看不到身前几步，因为那时正是午夜。门在背后关上发出轻微的咔哒一响，我只能等着自己的眼睛适应这黑暗。

月亮透过头顶某处的一道窗户照下来，在肮脏的混凝土地面上投下暗淡的光线。我能够看到自己站在一个空荡荡的楼梯井底。我隐约听到有东西拖曳着自己直冲我来。然后我看到从空楼梯井的一个幽暗的区域冒出来的东西。那是一个脑袋，拖着短短的脖子，像蜗牛一样一寸寸地爬行。它的面目不太清楚，但仍可看出有变形或残缺之处，它生硬的下巴机械地一张一合，发出我听不懂的声音。在这脑袋凑近我之前，我留意到，在这个被月光凄凉地照亮的楼梯井里的另一个甚至更加幽暗的角落，还有别的东西。那东西并不比这个慢慢爬过来的脑袋大太多，在我看来是几乎完全没有形状的一团，惨白惨白，我能够确认它是有机组织，仅仅是因为它像大海深处能见到的巨型双壳软体动物一样不时张开自己。它发出同那个脑袋一样的声音，就在这个我听说会目击一切存在现象之源的地方，这个空楼梯井里，它们一同呼号着。

我站在空楼梯井底，听着这两个生物的叫声，觉得自己可能是被指错了方向，就穿过进来的那道门离开。但刚把门关上，我就意识到，我听到的声音让我多么强烈地想起那些不管形体多不完美，但却是被刚刚掷入这个现象性存在之世界的东西所发出的微弱的嗓音。

II. 过早发生的通讯

童年的一个冬天，一大早，我还躺在楼上的床上，望着卧室窗外飘舞的雪花，突然听到楼下传来一个声音："河上的冰裂了。"这个声音不像来自我熟悉的任何人。既非常刺耳又非常安静，仿佛旧工厂的阴影里一堆生锈的机器发出的低语。它没再说别的。

我起床跑下楼，看到父母像平常的冬日早晨一样在厨房里，父亲读报，母亲准备早餐，我房间窗外飘飞的雪花现在在厨房窗外却飘舞得那么缓慢。我还没来得及开口，母亲就突然告诉我今天必须待在家里，并且没有告诉我理由。作为回应，我用孩童的语言问母亲，今天把我关在家里是否同那个声音说的"河上的冰裂了"有关。父亲抬头，目光越过厨房望向母亲，他俩都一言不发。那一刻，我第一次意识到，世界上有多少事情是我完全不知晓的，而我小小的童年世界里的人与地点又是多么的喑哑，经常是彻底的沉默。

我已经完全不记得母亲或父亲对不许我出门可能给出的理由。实际上，那个冬日，我毫无出门的欲望，每个窗子外面都有雪花在飞舞，但那个声音的神秘并没有被母亲或父亲的话驱散，它一直还在，从房子各个阴暗的角落用它刺耳又安静的语调远远地向我诉说，重复又重复，说着"河上的冰裂了"。

过后没几天，我父母就把我送进一家医院，在那儿我吃了几种强力的药物，还接受了其他形式的治疗。去医院的路上母亲开车，父亲把我束在汽车后排座椅上，只有在我们经过一条我以前从未见过的颇为宽阔的河上一座老桥的短暂的时间里，我才安静下来。

待在医院的日子里，我发现正是药物而不是其他那些治疗形式让我掌握了在那个冬日早晨听到的嗓音的特质。我知道父母来医院看我时必须得过那座桥，于是，当医生和我的一个近亲出现在病房，准备向我解释某个"悲剧事件"的细节时，是我先开口说话。他们还没告诉我父母的厄运，以及那是如何发生的，我就对他们说："河上的冰裂了。"

而说出这话的也不是一个孩童的嗓音，而是一个刺耳但却低柔的声音，发自那台巨大而古老的机械的深处——就我所知，这机械，基于它自身那套不为人知的有错误的运行机制，驱动了世界的最最无穷小的运动。因此，在我的医生和近亲进一步讲诉我父母遭遇的过程中，我只是瞪着窗外，望着如今我已被吸纳入其中的那个机械，看它制造出每一片雪花，一片一片地落到病房的窗外。

III. 天文级的模糊

一条街道两边都是些极老的房子，沿着它会走到一个完全不是房子的建筑，那是一个小店铺，一天24小时、一年365天地开放营业。它给我的第一印象不过是"老式"，似乎返回了早先的一个时代，那时商业场所会被允许在本来是住宅区的地方运营，甭管社区里的房子衰败成了啥样子。但是，它远远超出了通常意义上的"老式"，因为这个小铺子没有名字，没有向外的招牌标识出它在周围世界里的位置。只有本地居民把它叫作"小店"，在他们确有必要说到它时。

这座建筑的幽黑木门旁有一个小窗户，但从那窗户雾蒙蒙的玻璃往里窥看，会看不到什么可辨认的东西——除了一团打着旋的模糊的形状。尽管这建筑内部总是有亮，即使在午夜，但那不是会穿透窗户的电灯的明亮而稳定的照明，而是一种暗淡、朦胧、闪烁的光。窥探的目光中，没有任何人像是小店店主，也看不到任何人走进或走出小店，尤其是周边社区的住户。即使有路过的汽车停在店前，有人从车里下来，显然是打算进小店，但是他们最多走到人行道就会转过身，退回车里，开车离去。这一片的小孩路过小店时总会绕到马路对面去走。

当然，一搬进这个社区，住到某栋老房子里，我就对这个建筑产生了好奇。我立刻留意到这家小店的当时我认为是老式，实质上是原始的特性，并且，我经常会在后半夜外出散步时，详尽地观察这个黑魆魆地发亮的建筑。我这样观察了一段日子，从未发现小店有任何变化，从未见过与我开始观察它的第一个夜晚之所见有任何不同的东西。

然后，一天晚上，小店里有改变发生，周边的社区里也有改变发生了。小店里暗淡的闪烁似乎突然爆发，仅仅是片刻，又恢复了通常的沉闷阴郁的状态。这就是我所见到的一切。然而，那天晚上，我没有回家，因为家里也闪烁起同小店里同样原始的光。社区里所有的老房子都闪起同样的光，在那个后半夜，所有房子的小窗户里都暗淡地闪烁。我逃离这个社区的街道时心想，不会再有人从那些房子里出来。也不会再有任何人想进去。

也许我是过于深入地看到了小店的本质，它仅仅是警告我不要看得再透。另一方面，也许我是个偶然的目击者，见证的完全是别的东西，是某种计划或过程，其终极阶段无法预测，尽管在某些夜晚，仍然有一片黑暗天空的梦幻或心理意象向我袭来，那夜空里，星星低低地燃烧着暗淡、闪烁的微光，照亮一片不确定的旋转的模糊形影，从中不可能辨认出任何确定的形状或标志。

IV. 有机形态的深渊

多年来，我一直同一个异母弟弟住在一起，因为先天的脊柱毛病，他从小就坐上了轮椅。他大多数时候温和平静，但却时常用一种怨恨且莫名冷酷的目光瞪着我。他的眼睛是一种奇怪的灰色，如此苍白，又那般明亮，是任何人靠近他就会注意到的第一件物事，就连他坐着轮椅这一状况都要位居其次。他的眼睛那不同寻常、真正恶魔般的特质里，有某种我永远没法让自己道出其名的东西。

只有在极罕见的情况下，弟弟才会离开我们同住的房子，几乎毫无例外都是赛马季的下午，在他的坚持下，我带他去本地一个赛马场。某一天，我们在那儿从头到尾看马列队进入赛道，看它们跑完每一圈，却一个赌注也不下，尽管我们总是会带赛马日程表回家，上面有赛马的名字和赛场表现数据。根据我多年来的观察，他坐在紧挨着赛道边围栏后面的轮椅上时，灰色的眼珠呈现出同他在家总是表现出的那种怨恨与冷酷完全不同的特征。在我们没有去赛马场的日子里，他会聚精会神地阅读旧的赛马日程表，上面有无数马的名字，有它们竞赛表现的复杂数据，还有关于它们身体状况的信息，包括年龄和颜色——褐色、枣色、杂色或灰色。

一天，我回到我和弟弟住了多年的房子，发现他的轮椅空着放在客厅中央。轮椅周围摆了一圈从我弟弟收集的旧赛马日程表上撕下来的纸片。一大堆这样的碎纸片堆在我弟弟——我异母弟弟的轮椅周围，每一张纸上都印着我们去赛马场曾经见过的某匹马的名字。我对这些名字相当熟悉：阿瓦塔尔、皇家吟游诗人、霍尔浮精神、机械哈利T，等等等等。然后，我注意到一条碎纸片的轨迹，离开轮椅，通向前门。我跟着它们走出房子，在门廊上发现了更多的旧马赛资料表碎片。但那条纸片的轨迹还没到人行道就终止了，小碎片被九月凛冽的冷风吹散。搜寻一段时间后，我没有发现线索，始终搞不清楚我弟弟——也就是说，我同父异母的弟弟——到底发生了什么，我想其他任何人也不会清楚。没有任何机构或个人的解释足够说明他消失的原因或方式。

这件事发生后不久，我平生第一次独自去以前我和弟弟一起去过那么多次的赛马场。我在那儿从头到尾看马列队进入赛道，看它们跑完每一场。

那天最后一场比赛结束后,赛马离开赛道,返回畜棚区,我看到其中一匹马,一匹杂色的公马,眼睛呈现那种最苍白、最独特的浅灰色。这匹马经过我站的地点,那双眼睛转向我,直直地盯进我的眼里,以一种似乎是怨恨与彻底的冷酷——那让我感觉到某种不同寻常、真正恶魔般的东西,某种我永远没法让自己道出其名的东西。

V. 现象级的狂怒

有段时间,我想买一栋房子,打算除非发生不可预测的变故,就要在里面住一辈子。找房的过程中,我发现自己纳入考虑范围的物业的距离越来越远,直到最终,我看房的地方完全到了距离最偏僻的城镇还有许多里路的偏远区域。在一位房产中介带我去看某个老房子的时候,或我从任何类型的发达区域,甚至从同其他房子距离近得不能再近的一栋房子漫游得越来越远的时候,连我自己有时都免不了会对眼前乡村公路的风景吃上一惊。

正是在一个风嗖嗖的十一月下午,驾车穿越某一片这样的乡村公路风景时,我发现了那栋有点孤立的房子——在那一刻,它是我唯一想要住到里面度此余生,并有可能在这个世界上获得宁静的地方。尽管这个框架结构的两层小楼立在一片相对平坦和朴实的乡村公路风景中,在它与沉闷的秋日地平线之间只有几棵光秃秃的树,一个废弃的水塔,但我直到差点从旁边开过才留意到它。房子近旁没有任何景观美化的迹象,只有这片区域里目光所能及的一切范围内到处覆盖着的浅灰色灌丛草地。然而,房子本身看上去是相对较新的,并不全是我打算衰朽隐退、了此余生的那种破败地方。

我已经说过,这天有风,当我站着端详那引人注目的孤独房子时,辽阔的乡村公路风景里的大气运动几乎升级为飓风。此外,地平线边缘的天空开始变黑,尽管那里看不到云,而到黄昏还有几个小时。风力变得更强了,那片乡村公路风景里突出可见的其他东西——几棵光秃秃的树,一个废弃的水塔——似乎正退向远方,而面前的房子则靠得越来越近。一种突如其来的恐慌让我跑回汽车,与风搏斗着拉开车门。我一钻进车里,就发动引擎,用最快的速度开走。然而,沿着我开来这个地方的路线往回开,怎么开仿佛都毫无进展:地平线仍然在变黑,从我面前后退,而后视镜里的房子则始终保持那个距离。然而,最终事情开始变化,那片乡村风景,还有那栋孤立的二层小楼,在我身后缩小。

到了后来,我才问自己,如果不是在那片乡村公路风景中,不是在那个竖立着一栋似乎专为我设计的房子的偏僻天堂里,我还可以到哪儿去度此余生呢?但这个地方,一个能够让我下半辈子获得某种宁静的真正的栖息地,现在只是我不得不害怕的另一个东西。

后 记

在这五个故事之外,我还找到了第六篇小说的笔记,大多是些不连贯的句子,题目明显是暂定的,叫"助兴节目"。同其他几篇小说的风格类似,这篇小说似乎也注定会止步于梦一般的开场简介,用作者的话来说,一个"特异与荒谬的演艺业"片段。

这些笔记中还有其他一些独特的句子或点子，那几个晚上，我与作者在咖啡馆角落的卡座里交谈时也出现过。比如，"事物的易变"与"无法预料的突变"这样的话反复出现，似乎是这个多半会半途而废的故事的指导原则。

我觉得自己不应该对这个流产了的故事的作者提到我感到惊讶，因为他向我明确地描述过自己的作品，说那是"自传性的悲惨"。在这些笔记中，我被公平地称作"咖啡馆里的另一个人"，以及"可怜的失眠症患者，给自己制造艺术难题，好让自己的头脑从住了一辈子的这个助兴节目城市转移开"。"助兴节目城市"这个说法更早先出现在那个流产的，或者也许是故意放弃的故事的开头。这个句子很有趣，因为它直接表明了同另外一篇故事的连续性，如果没有它，在这些狂热的、明显是神经错乱的片段中就找不到连续性了。"没能找到一栋让我可以度此余生的房子，"这个句子这样开始，"我开始疯狂地从一个助兴节目城市旅行到另一个，每一个都比前一个更深地陷入演艺业的世界。"

鉴于给题为"助兴节目"的故事写的笔记并不完整，而且，就算该作者写完的故事也是含糊其词、遮遮掩掩，所以，我并没有在那些作为其写作与其对世界之体验的基本层的"无意义片段"中花很长时间去寻找他之所谓的"连贯和延续性"。并且，在某种情况下，这些笔记不再像是一个未完成作品的粗糙的轮廓，而有了日记或私人忏悔的调调。"告诉X（我觉得这指的是我），我收到提示才写作。"他写道。

"没提到这些提示的具体内容，而他也没问。这很奇怪，他似乎表现出具有高度包容性气质的各种细腻的特征，更不用说从我们第一次见面就很明显的那些远远没有那么细腻的特质。像是望进一面奇幻屋的镜子：我们在文学追求上显而易见的相似，我们都患有失眠症，我们经常同时点烟，甚至抽的香烟牌子也一样。我不想把注意力投向这些细节，但为什么他没有注意到？"

我回忆某一天晚上，我曾经询问过他，在一个"助兴节目的世界"里，一切都是"终极的特异与终极的荒谬"，这话是什么意思。在他的笔记或忏悔录里，他写道："事物的特异与荒谬并无标准，甚至，难以言表与不可知晓之间，正面的言词与托词借口之间，也没有什么标准。特异与荒谬，这些特征对一切存在来说，在一切可以想象得到的存在秩序中，都是内在的、绝对的……"最后这个句子转录自作者的笔记，由省略号收尾，让他能够马上跳到同一行文字里的下一个想法，"为什么 X 不挑战这一断言？为什么他让这么多可以轻易深入的事情停留在表面？"在紧接着的下面一行，他写道："一个助兴节目城市里，某种特异与荒谬的命运。"

读完那五个完成了的故事和与第六个故事相关的笔记（附带日记或忏悔录）后，我离开咖啡馆，我可不想坐在那个角落卡座里看到哪怕一丝丝晨光临近，因为那样的场景出于某种原因总是会让我万分沮丧。我沿着通常的路线，走僻街小巷回家，不时停下来欣赏一家小店的窗户里或头顶到处可见的下垂的电线网上充满暗示的闪光，其中涌动的力量似乎一路拖拽着我，让我每一步都踩在点子上。从各方面看，这的确是一座助兴节目的城市，本质上特异而荒谬，尽管并不比其他城市更加如此。我想，那位咖啡店的朋友也许曾对这种状态有过深深的欣赏，但却莫名其妙地失却了它。最终，似乎他甚至都不能获得一种顺从的态度，更别说获得一种力量，能让他自己被内在的、绝对的现实席卷，被他曾经有特权（比如说）在一个阴暗的空楼梯井底瞥见过的巨大而无可逃避的事物带走。

快到家时，在一条巷子里，我听到一盏街灯的银蓝色冷光下一堆垃圾里传出一阵骚动的声音。注视那堆空油漆罐、剥掉了轮胎的自行车轮毂、生锈的窗帘杆等等,我看到了那个小活物。它像是从博物馆展览厅或狂欢节助兴节目上的一个罐子里跑出来的。我记得最清晰的是它灰白色的眼睛给我留下的印象,我猜想那是一种家族特征,那眼睛已经从咖啡馆角落卡座的另一边无数次凝视过我。这对眼睛现在责难地瞪着我,越过一捆旧报纸,那助兴节目世界里日日堆积的记录。我开始走开,那个皱缩的生物试图冲我喊叫,但努力发出的只是一阵粗哑、刺耳的声音,在巷子里短暂地回荡。"不,"他未完成的第六个小说的笔记里已经写到了,"我拒绝再做这个演艺业现象的抄写员。"而在另一方面,我成功地克服了我的文学危机,一心只想着回到书桌前,我的大脑几乎正以一种非同寻常的能量振动着,尽管我刚刚又失眠了一个夜晚。

小丑傀儡

我一直认为，我的存在纯粹并且仅仅是由最离谱的胡闹组成。自打记事开始，我存在的每一个事件与每一次冲动都仅仅是放出一个片段接着一个片段的显而易见的胡闹，每一个都荒谬愚蠢得令人发指。不论从什么角度考虑——私密而接近的角度、无限遥远的角度，或者介于两者之间的任何位置——这全部的东西都始终不过是某种不寻常的意外，以一种慢极了的速度发生。有时，我都被弄得快要窒息了——因为无可挑剔的混乱，因为发生在我身外的某个奇观的绝对完美的胡闹，或者反过来，因为发生在我体内的同样无意义、同样骇人听闻的某种奇观。密集的扭曲的形状与线条，我的脑子里不时出现这些图像。神经错乱的癫痫患者的乱涂乱写，我经常说给自己听。倘若我可以允许上述骇人的胡闹状况有任何例外——当然，我不会允许——这个唯一的例外只会是：在我存在的零星间歇中经历过的降灵，尤其是在维兹尼亚克先生的药店里发生的那一次。

一天晚上，夜深了，我在维兹尼亚克那间朴素的药店的柜台后面值班。当时其实根本没有顾客了，一个都不会有，因为这家药店地处小巷，极为偏僻，而面积又小得可怜，另外，我还让店铺内外都几乎一团漆黑。维兹尼亚克先生住在药店楼上的一个小公寓里，他允许我在某个时间以后随便开门还是关门。似乎他知道，整个晚上被安排在他药店的柜台后面，在除了墙上几处照明设施之外近乎全黑的空间里，这能让我的心思从那骇人的胡闹上挪开去，否则我的脑子就会被它填满。后来的事件多少证明维兹尼亚克先生确实对我有一种特殊的了解，这个老人与我之间存在着一种特殊的同情。维兹尼亚克先生的药店位于一条幽暗的后街，到了深夜周边社区几乎没人活动。社区里大多数街灯不是破了，就是有毛病，透过药店小小的前窗，我只能看到街道正对面肉铺窗户上的霓虹灯字母。肉店窗户上整夜亮着的那些苍白的字母拼出**"牛肉""猪肉""羊肉"**几个词。有时，我会盯着那些词沉思，直到脑袋里充满与肉有关、与猪羊牛肉有关的胡闹，这时我就不得不转移心思，在没有窗户因而也就不可能看到肉店风景的药店后房里找到什么东西来填满自己。但是，一到后房，我就会全神贯注于那里储存的各种药物，所有的药瓶，药罐，以及在一个极度狭窄的地方从地板一直堆到天花板的药盒。我从维兹尼亚克先生那儿学到了不少关于药的知识，尽管我还没有资格证，不能独立给顾客配药分药。我知道哪种药可以用来轻易地弄死人，哪怕他是按照正确的剂量和方法服用。因此，每次我一走进后房放松被超量沉思猪羊牛肉铺造成的肉类的胡闹所累的头脑，几乎马上就会专注于致命的药物，换句话说，此时我会痴迷于死亡胡闹，那可是一切形式的胡闹中最坏最吓人的一种。这一过程通常会以退到后屋那个小洗手间告终，在那儿，我终于可以收拢心神，清醒头脑，然后返回维兹尼亚克先生的药店柜台后面的位置。

就是在那儿——就是说，药店柜台后面——我经历了一次降灵，我允许它成为我之存在的密集、可怕的胡闹中唯一的例外，但实际上，我必须得说，那是胡闹的最低点。这就是我的药店降灵，这么称呼是因为我在任何地方都只经历一次降灵——经历过一次，我就开始找新的场景，不管它同老场景其实有多么相像。

维兹尼亚克先生的药店之前的每一个场景本质上都是一个药店场景，不论我是在某个荒凉的房产里巡逻守夜，或是在某个偏远城市的墓地当管理员，或是坐在一个荒废的图书馆里漫无目的度过灰蒙蒙的下午，还是在一个荒废的修道院的回廊里拖着脚来来去去地走。所有这些，本质上都是药店场景，每一个迟早会卷入一场降灵——不是修道院降灵，就是图书馆降灵，或者墓地降灵，或者是我在死沉沉的夜里从城里一处往另一处送包裹时发生的降灵。与此同时，药店降灵在某些方面确实同其他降灵全都不同，具有某些尚无前例的新要素，让这次降灵在此前发生的降灵中格外特殊。

它的开头也是一套已经熟悉的惯常的胡闹。那天深夜，当我站在药店柜台后面，墙上照明设施的光渐渐地从一种朦胧的黄色变成了浓郁的金红色。我还没有发展出一种预测降灵发生的直觉，于是我对自己说："这将是灯光变成金红色的夜晚。这将是又一次降灵的夜晚。"在新的光线（浓郁的金红色光照）下，药店内部有了一种老式油画的奇特的华丽效果，在朦胧闪烁的浓重虚饰下一切都在变形。我总是好奇自己的脸在这种新的光线下是什么样子，但在当时，我压根也没想起这件事，因为我知道即将发生什么，我只顾着盼望它赶快结束。

光照变色后，只过了一小会儿，就有了意味着降灵开始的显形。首先，光线变成金红色，然后降灵开始。我一直没搞清楚这个顺序的理由，如果像这些降灵或降灵的任何特定阶段的这种胡闹真有理由的话。当然，灯光变成金红色，我就得到预告：显形即将发生，但这从来没能让我亲眼目击到显形实际发生的过程，到药店降灵时我已经放弃了这样的努力。我知道，如果我望向左边，显形就会发生在右边的视域里；相反，如果我聚焦在右边的视域，显形就会立刻发生在左边。当然，如果我仅仅是注视前方，显形就会在我左边或右边的视域边缘外发生，默默地，突如其来地。它只在发生后，才会开始发声，咔哒响着直接移动到我眼前，然后，同往常一样，我会看到一个生物，可以说完全就像是一个古旧的牵线木偶，古董类型的傀儡形象。

它几乎和真人一样大小，悬浮在药店地板上方，刚好够远的地方，脸和我的脸一个高度。我说的是傀儡这次出现在药店的情况，其实它以前在金红色光晕中出现时也都是这种样子。它设计的形象是一个小丑，灰白色马裤被灰白色罩衫遮住，折边袖口里伸出苍白瘦削的双手，抹粉的白脸从折边衣领里探出。我发现不论哪一次起初总是很难直接看到它的脸，因为为这张脸创造的表情如此简单而平淡，而同时又如此强烈地充满邪恶与变态。我至少听一个木偶剧场解说员说过，傀儡或木偶的表情在于它的胳膊、手、腿，从来不像人类演员一样在脸和头。但悬浮在药店里我面前的这个傀儡并非如此。它的表情全都在那张苍白而麻麻点点的脸上，在它略尖的鼻子和精巧的嘴唇上，在它僵死的眼睛里——那眼睛不能聚焦，只能凝视，以一种毫无变化的梦一般的恶意表情，一种木愣愣的邪恶和残忍的十足胡闹的表情。所以，只要这个傀儡一出现，我就把目光避开它的脸，转向它那双穿灰白色拖鞋、稍稍离地晃荡的小脚。然后，我总是会望向连接傀儡身体的线，试图循着它们看通往哪里。目光沿着整洁的垂直路径这样移动到某个点后，视觉就涣散了，追踪就只能到此为止了……然后，那些线就迷失在一团浓重的模糊里，一道扭曲的光线和阴影构成的天花板，总是出现在傀儡头上（也是我头上）某个距离处，那上面就什么也看不清了，只有一片模糊的迟钝的运动，像从远方透过阴霾的金红暮色看到的一层密云。连线消失在一团模糊里，这一现象支持了我多年来的判断：那个傀儡没有自己的生命。在我看来，完全是通过连线，那玩意才能完成它熟悉的运动。（我在徒劳地对此主题进行研究的过程中发现，"运动"这个词在很久以前曾经被广泛用于各种类型的傀儡，比如："最近在圣巴托洛缪集市观赏过的运动在观众面前展现伪装正直的滑稽戏，倘若观众能沉思他们永生的灵魂那脆弱与无常的命运，他们会获益更多。"）那傀儡晃动着朝我站在后面的药店柜台移动。在后半夜的寂静中，它的身体各部位松散地咔哒作响，最终停下来。一只手伸出指着我，手指勉强捏住一片皱巴巴的纸。

我当然接过那张小纸片，它像是从一本用来写处方的旧便笺簿上扯下来的。这些年来，我学会了顺从地追随傀儡的提示。在这次药店降灵之前许多年，我曾经犯傻或者发疯到冲傀儡喊叫，喊什么呢？就和这些降灵的本质一模一样，喊些离谱的胡话。正对着傀儡的脸，我说："带着你的胡闹去别的地方吧，"或者可能是，"我对这些可耻可恶的胡闹厌恶透了。"但是，这样爆发无济于事。傀儡只会等着，等到你结束鲁莽的发狂，然后继续为这次降灵准备的运动。所以我查看傀儡越过柜台递给我的药方，马上发现上面写的只是一片鬼画符，正是我对药店降灵做好了充足预期的那一类胡闹。我知道，该我同傀儡小丑合作了，尽管我从来不能完全确定自己会有怎样的表现。我从之前的经历学到了，猜测一次降灵最终会泄露些什么是徒劳的，因为傀儡几乎无所不能。比如，有一次我在一家贫民窟的当铺值夜时，它拜访了我。我对那家伙说，除非它能制造一颗悠悠球大小的精雕细琢的钻石，否则就是在浪费我的时间。然后它就伸手到罩衫型的灰白色衣服下面摸索，甚至一直探到马裤里面。"哦，让我们看看。"我冲它嚷道。"像悠悠球一样大。"我重复道。结果它掏出来的东西在昏暗的当铺里差点把我亮瞎——不仅是一颗通常而言的精刻钻石，真有悠悠球那么大，而且还做成了悠悠球的形状……那家伙开始在我面前懒洋洋地玩起了悠悠球，让球在一只苍白的手指上绕着的绳子上慢慢旋转，反复抛上抛下，精刻钻石的切面把璀璨的光反射到当铺的每个角落。

现在，我站在药店的柜台后面，盯着从一张旧处方笺上撕下的纸片上的鬼画符，我知道以任何方式检测傀儡小丑或者试图确定这次降灵将会发生什么都是无意义的，它会在许多重要的方面同以往的降灵不同。因此我只打算演好自己的角色，我的药店角色，近得不能再近地观察已经被写下的剧本，尽管我不知道那是谁或什么东西写的。

"能给我看点够分量的身份证明吗？"我问那傀儡，同时把目光从它像糨糊一样苍白的脸和死鱼眼上挪开，透过药店窗户望向外面，聚焦于街对面的肉铺窗户上的招牌。我反复读着"牛肉—猪肉—羊肉"、"牛肉—猪肉—羊肉"，脑子里灌满肉类的胡闹，其离谱程度比我正在面对的傀儡胡闹可要轻得多了。"我不能按这药方开药，"我盯着窗外，说，"除非你能给出够分量的身份证明。"我还真不知道该怎么做——若是傀儡又把手伸进马裤掏出我要的东西。

我继续瞪着药店窗户外面，想着那些肉类的胡闹，但却仍然可以看到傀儡木偶在金红色的光线下旋转，能听到它从马裤里掏东西时木头部件的咔哒声。它僵硬但却准确的手指现在抓着一件像薄册子的东西，在我面前挥舞，直到我转过头，接过那东西。我打开册子，发现那是一本旧护照，一本外国护照，上面的文字我不认识，除了证件持有者的信息：伊凡·维兹尼亚克。名字下面是一个非常旧的地址，因为我知道维兹尼亚克先生多年前就从他祖国移民来，开药店，搬进楼上的公寓。我也注意到，护照上的照片被撕掉了。

过去的傀儡降灵里从来没有出现过这种东西：多年来我同傀儡的接触中都不会牵扯到别的人，我对下一步怎么办突然感到茫然。我脑子里只想着维兹尼亚克先生就住在药店楼上，而我手里拿着他的护照，这是我向傀儡要求证明时它给我的，我本打算用来照单拿药，或者装出照单拿药的样子，因为我不觉得自己能够看懂旧处方单上那堆鬼画符。但这一切不过是最离谱的胡闹，过去的经验早就让我知道了。事实上，我已经到了爆发的边缘，随时可能歇斯底里，以不论如何讨厌的方式，终结这无法忍耐的场景。在药店里弥漫的金红色光线下，傀儡的眼睛那么黑，那么僵死，它的脑袋轻微地上下摆动，以一种快要让我思绪失控的方式颤抖，渐渐纠缠到一片黑色的淆乱中去了。然而，就在快要崩溃的一刻，那傀儡扭开脑袋，似乎把目光投向了通往药店后房的挂着帘子的门口。然后它开始朝那边移动，四肢以一种只有木偶能做到的绝对没头没脑的姿势，痉挛般地随意摇摆。在以前的降灵中，这样的事情从来没有发生过：它从未以这种方式弃我而去。它刚一消失在通往后房的门帘后面，我就听到药店外面的街上有人喊我。是维兹尼亚克。"快开门，"他说，"有事发生。"

透过前门的窗格我能看到他的瘦脸，正眯着眼睛往药店里面看，一直挥着右手，似乎单单做这个动作就能把我召唤上前去开门。我对自己说，另一个人即将进入正在发生降灵的地方。但我又似乎无计可施，无话可说，不知道该怎么处理几米外的后房里那个傀儡小丑。我绕过柜台，打开前门，让维兹尼亚克先生进来。我看到这老头子披着一件口袋撕裂的旧袍子，穿一双旧拖鞋。

"一切正常，"我低声说。然后我请求道，"回去睡觉吧。我们可以早上再聊。"

但维兹尼亚克先生像是没听到我说的话。一进药店，他就表现出一种不同寻常的精神状态。完全没了刚才他在外面敲门又招手的急切劲儿。他往上伸出一只苍白、弯曲的手指，慢慢环视药店。"那光……那光。"金红色的光线照在他皱巴巴的瘦脸上，让他像是戴上了一张用奇特的金属锤打而成的面具，而他的眼睛就在那古代的面具后面大睁着，流露出恐惧。

"告诉我发生了什么。"我试图用问题转移他的注意力。反复问了好几遍，他才做出回应。"我在楼上的房间里好像听到有人，"他的声音完全没有声调的起伏，"他们在我的东西里走来走去。我以为是在做梦，但听到有东西下楼时就醒了。不是脚步，"他说，"只是像什么东西在楼梯上擦动。我不太确定。我没有马上就下楼。"

"我没有听到什么东西下楼。"我说。维兹尼亚克先生似乎迷失在长长的沉思的停顿中。"也没有看到外面街上有人。你可能只是在做梦。为什么你不回去床上睡觉，忘掉这一切。"我说。但维兹尼亚克先生似乎没再听我说话了。他瞪着通往药店后房的那道有帘子的门。

"我要上厕所。"他一直瞪着那道有帘子的门，说。

"你可以回楼上房间。"我建议。

"不，"他说，"就去那后面。我要上厕所。"然后他开始拖着脚往后房走，旧拖鞋在药店地板上轻轻擦动。我非常轻声地冲他喊了几次，但他继续稳稳地朝后房走，仿佛处于离魂状态。很快他就消失在帘子后面。

我想，维兹尼亚克先生可能不会在药店后房里发现什么。我认为他可能只会看到药瓶药罐和成摞成摞的药盒。也许降灵已经结束了，我想。可能在傀儡消失在通往后房的门帘后面时就已经结束了。我想，维兹尼亚克先生用完厕所就会从后房回来，上楼回到药店上面的房间里。我想着这次木偶小丑降灵的最后几个瞬间的各种胡闹。

但这次降灵的许多重要的特征同我以往经历过的傀儡降灵完全不同。我甚至觉得，这次傀儡降灵的对象并不是我，或者至少不只是我。虽然我说过，我一直认为自己同傀儡小丑的接触不过是最离谱的胡闹，是胡闹的最低点，但我仍然有一种被从同类中单独选中、被为了某种特殊命运而加以培养的强烈的感觉。但在维兹尼亚克先生消失于门帘后，我发现自己错得离谱。谁知道还有多少人也这样以为：他们的存在什么都不是，仅仅是最离谱的胡闹，一种并无任何独特之处的胡闹，那胡闹背后或之外也什么都没有除了越来越多的胡闹———一种胡闹的新秩序，也许是一种完全未知的胡闹，但它仍然完全是胡闹，并且除了胡闹什么也不是。

我生命中的每个地方都不过是为傀儡胡闹而存在。药店不过是一个同其他地方一样的傀儡之地。我来这儿，在柜台后面打工，等待我的降灵，但直到那天晚上，我才知道维兹尼亚克先生也在等待他的降灵。从他的反应看，他应该知道通往药店后房的门帘后面有什么，他也知道这里除了门帘后面不再有任何地方可去了，既然他这辈子去的任何地方都可能仅仅是另一个傀儡之地。但他仍然可能被在那后面发现的东西惊住。那是胡闹中最离谱的胡闹——所以他走到门帘后面确实应该发出震惊的呼喊。你！他说道，或者是喊道。给我滚开。这是我清晰听到的最后几句话，然后他的声音就迅速消失，听不清了，似乎他正以难以置信的速度被带往巨大的高度。这一瞬间,我想,现在他会看到了。维兹尼亚克先生会看到是什么操纵着木偶傀儡的连线。

曙光终于降临,我望着门帘后面,那里没有人了。仿佛是为了让自己安心,我对自己说,等我的时辰降临时,我不会那么吃惊。毫无疑问,在他生命的某个时刻,维兹尼亚克先生也对自己说过同样的话,彻底胡闹的话。

红　塔

　　废弃工厂三层楼高，给原本平淡的风景增添了特色。尽管它本身就挺壮观的，但在周边灰色的空旷里，它占据的其实只是最不打眼的位置，在荒凉的地平线上仅仅是一个着重号。没有路通往工厂，也看不到任何在久远的过去中曾经有过的道路的遗迹。再说就算有过这样一条道路，待它延伸到工厂的四面红砖墙的某一面时也就没用了，哪怕在工厂还正常运转时也是如此。原因很简单：工厂外墙浑然一体，四面都是硬砖，二楼以下一扇窗都没有，也没有门，没有卸货码头，没有入口。一个巨大的工厂同外界如此隔绝，这一现象对我有着极度的魅力。当我最终了解到工厂有地下通道时，几乎感到遗憾。但是，这一发现当然也会成为我真正堕落的惊愕感与衰退的迷恋的一个源头。

　　工厂早就废弃了，无数砖头残破、碎裂，许多窗户被打碎。耸出地面的极其高大的每一层楼都空荡荡，只剩下灰尘与冷寂。据说，工厂停止运营后不久，曾经密集占满三层楼巨大空间的机械就凭空蒸发——我重复一下，凭空蒸发——只留下一些深桶、水箱、扭曲的管子与漏斗、刺耳地碾磨的齿轮与杠杆、巨大的皮带与轮子的幽灵般的轮廓，在黄昏时最为清晰——再后来就完全看不到了。根据这些严格来说是幻觉般的描述，整个红塔（人们对工厂的称呼）已经在某些时候屈服于衰朽。这一现象，在几个目击者谵妄或临死前的讲述中，被归因于工厂开工时的吵闹与臭味同周边风景那荒凉的纯净之间深深的敌意,归因于偶尔导致前者被后者暂时抹除或消隐的冲突。

尽管这些证词的提供者或是疯疯癫癫,或者幼稚轻信,但在我看来,它们比一场草率的听证会更有价值。工厂与周边的灰色领土之间传说中的冲突很有可能是那些身体或精神机能退化至严重阶段的人编造出来的。然而,我的观点是,并且一直是:红塔虽以红色而得名,却并非一直是红色的。因此,把工厂涂成鲜红色,这是一种背叛,一种决裂,我猜测,在漫长的被遗忘的岁月中,这座古老建筑同周边的世界一样是苍白的。并且,我以从近乎完全绝望的冷静中诞生的一种洞察去推想:红塔从来就不仅仅服从于一家普通工厂的低等功能。

在红塔那耸出地面的三层楼下面,是两个,或者三个,其他的楼层。工厂底层下面那一层是一个为上面三层楼里产品而设的独特的配货系统的枢纽。这个负一层在许多方面都类似一个老式的地下矿山,并且也按照矿山的模式发挥功能。扭曲、多锈的粗铁丝网封闭的电梯仓,深深地沉降到地面以下,进入一个从岩石土层中粗糙挖出、由密集的支柱险象丛生地维持着的宽敞空间,一个杆、柱、梁、椽交叉纵横的网络,其中包含多种材料——木头、金属、混凝土、骨头,以及一种纤细强健的带子,呈纤维状,相当坚固。这个中央仓室发射出一片隧道系统,将红塔周围灰色的荒凉乡村的地下穿透得如同蜂巢。穿过这些隧道,工厂生产的货物被运走,有时是肩扛手提,更多的时候是用小货车和手推车,或远或近,送达最无名、最不可能的交收点。

红塔最初制造的这种交易在某些方面称得上非凡,但起先并不产生于非凡或特别的野心。

那是一条可怕的产品线,也许在最好的情况下可以被称为新奇。最初，红塔的机器里制造出的物体和构造有一种堪称混沌的特质，一种随机性，没有确定的形状、尺寸或明显的设计。偶尔会出现一个独特的灰白色团块，不像脸，也不像指爪；或者也许像是一个箱子，装有细小而不规则的轮子。不过大多数早期产品看起来是相对无害的。然而，经过一段时间后，事物开始一如既往地各归其位，拒绝一种无害而无趣的无序——这种状态从来不可持续——呈现出一个用心险恶的造物那更为寻常的计划与目标。

于是红塔开始生产新的、更可怕、更复杂的独特新奇货。这些物体和构造中，有一些有着近乎天真的特性。比如微小而精细的浮雕宝石，比外表看起来的更重，重得多；还有小盒子，亮闪闪的面子一翻开就能看到里面是一个有回响的黑色深渊，一个深深的黑洞，其中喧嚷着回声。这条产品线上有一系列逼真的内部器官和生理结构的复制品，摸上去全都暖暖的、软软的，手感非常恶心，许多能看出处于疾病的严重阶段。有一只没有身体的假手，指甲隔夜会长长几英寸，若是有人修剪，还会不断地长回来。有许多自然物体，大多呈现球泡状、葫芦形，平时如同蔬菜静物，一被拿起来或者被以其他方式打扰，就发出悠长的、震耳欲聋的尖啸。更难理解的东西像是冷却硬化而成的岩浆团，外形粗糙，有一对黏湿的眼珠，像不知休歇的钟摆一样，把目光永恒地摆来摆去。还有一件简陋的水泥块，像是从随便什么街道或人行道上裂开来的一个碎块，不管放到什么地方，都会留下最顽固的绿色的油腻污渍。不过，这些相对简单的东西接着就被更加复杂的组件式物体和构造彻底取代。

复杂类型的新奇货中有一个装饰华丽的音乐盒，一打开就发出模仿垂死之人喉鸣的简短的咯咯声与吸气声。另一个红塔里产量极大的产品是一只怀表，打开金表盒，看到的是一个奇怪的计时器，上面的数字由颤动的小昆虫标示，而旋转的"指针"是爬虫类细长的粉红舌头。但就算举出这些例子，都还算不上真正让你明白工厂的新奇货生产范围之广。我至少应该说一说那个异国风情的地毯，上面复杂的抽象花纹，定睛多看一会儿，眼前就会浮现出转瞬即变的幻想，让人不由得发起烧来，甚至会造成永久性的脑损伤。

如我发现（也就是我已经向你们揭示过）的那样，红塔里生产的新奇货通过工厂大楼地下挖出的隧道网络发送——是从负一层，不是负二层或者负三层。似乎那些地下层并不一定是工厂原初计划中的基础，而其实是一种反常的、意想不到的发展，仅仅是在红塔从起先的某种状态随着时间流逝而变化，最终堕落成一个制造业场地时才发生。这种变化显然需要挖掘（我不清楚是从上面还是从下面）一个隧道系统，作为一段时间里工厂生产的新奇商品的发送渠道。

红塔那些独特的发明在获得其最终形态时，似乎就被分配给了特定的地址，然后注定会被送往那里——通过地下隧道网络，靠着肩扛手提、小货车或手推车，有时路途迢迢。它们最终会出现在哪里？每个人都在猜。某个最为高明、极端新奇的货物，可能会在黑暗的壁橱后面，埋在一堆乱糟糟的废物里，直到纯粹的偶然或厄运让它重见天日。相反，这同样的发明，或者截然不同的另一件，可能立刻就受到青睐，被放到某人的床头柜上。任何交货点都有可能，没有哪里是红塔所不能及的。甚至有证词称——说这话的人不是强烈的歇斯底里就是处于神志不清的状态——在活着的躯体或者刚死不久的尸体里发现了工厂的产品。我知道，考虑到工厂后来的生产历史，这样的成果完全在其能力范围内。但我自己那更恶劣的想象力却几乎完全沉浸于如下想法：红塔里生产的那些怪异的新奇货，有多少仅仅通过那些无尽的地下隧道就被谨慎而虔诚地运到了偏远得可怕的地方，从未被发现过，并且永远不会被发现。讲真，红塔始终在以一种神秘的方式运转。

正如隧道物流系统是在工厂发展成为一个新奇货生产商时创建，这个系统的扩张则有赖于全新的生产阶段逐步形成。连接工厂上层和地下之间的铁丝网电梯间里，现在安装了一个特殊的杠杆，往后拉或者往前推（我不清楚这些细节），就能让人降到地下负二层。这里挖掘出来的区域比上面一层小得多，也私密得多，电梯一停，你就能看到里面的全景。眼前猝不及防地出现的场景，很像是一座与世隔绝的墓地，周边是生锈的铁丝和间距颇远的尖桩围出一道歪歪扭扭的栅栏。栅栏里面的墓石密密麻麻地紧贴着，样子都很普通，尽管设计得有点仿古。然而，这些石头上没刻名字也没有日期——实际上是一片空白，偶有例外也只是一些简陋而抽象的装饰。不凑近看是搞不清楚这些细节的，因为这一层光线暗淡，并且不循常理，因为仅仅来自于环绕周边的闪烁的石墙。这些墙似乎覆盖着磷光涂料，把墓地笼罩在一团灰白、阴沉的光晕中。我病态的幻想极为漫长地（多久？我搞不清）沉浸于这阴郁的景象：工厂地下的墓地，环绕着歪歪扭扭的铁丝柱栅栏，弥漫着石墙上使用的磷光涂料发出的极为朦胧的光线。这一刻，我凸显的一定是这景象本身，而完全不必想到此地的实际用途，它对上面工厂的功能。

真相是：曾经有个时候，工厂的全部功能被赶到了墓地这一层。在红塔的机械凭空蒸发之前很久就发生过一些事，迫使地上三层的生产线被关停。这么做的原因极为隐晦，只有最绝望、最噬人的好奇心才敢于沉思它，而那沉思如同燃烧的光，会变得如此猛烈，威胁着要把它照亮的一切焚毁。照我看，在此当口，完全有理由重新强调那长期存在的紧张状态——它存在于我认为并非一直染此颜色、用此名字的红塔，与围绕在红塔四周、隔着无可估量的距离赫然涌现的彻底荒芜的灰色风景之间。但是，在工厂地下却是另一种情况：工厂正是隐退到这里，特别是在墓地这一层，继续运转。

显然，红塔制造了一种违反或冒犯，它喧闹的活动与异端的产品，也许连它的存在本身，都侮蔑了周边世界那不变的阒寂。就我个人判断，这里还涉及一种背叛，一种打破纽带的不忠。我当然能想象工厂存在之前的情形，彼时没有任何特色玷污周围如此阴沉、如此荒凉、毫无特色的乡村。设想那片风景的阴沉荒凉，我还发现很容易想象得到：这极度的单调会出现漏洞，一种自发的、无法解释的冲动，想要脱离这沉闷的完美，甚至会产生无法压制的欲望，想要冒险走向一种诱人的缺陷。作为对这种凭空冒出来的冲动或欲望的让步，作为一次极其轻微的屈服，一个新东西被创造出来，一种在此地从未有过同类的建筑出现了。我想象它，起初是风景中几乎看不到的一点入侵，仅仅是一座大厦的草图，初次露面时也许还是半透明的，灰色中升起的一点密集的灰色，以最雅观最和谐的设计浮凸在原来的灰色上面。但是，这样的建筑或创造有其自身的欲望，要实现自身的命运，要不惜一切代价追随自身的神秘与机制。

一片灰色、荒凉、全无特色的风景中，出现了一个钝拙的大厦，一个灰色的，也许半透明的塔楼，随着时间流逝，开始发展成一个工厂，然后，仿佛是出于一种最夸张的好斗劲儿，生产出一系列颇为病态、相当惊人的令人厌恶的新奇货。有一天，它又以一种背叛和任性的谜一般的激情把自己变红，以此表达蔑视与挑战。表面上看，红塔似乎是对周边灰色苍凉风景的一种辉煌的补足，产生了独特而生动的构成，足以界定双方各自的荣耀的本质。但实际上，两者之间存在着深远而难以名状的敌意。有过试图收复红塔的努力，或者，至少要把它拖回其存在那无定形的起源。当然，我指的是让工厂密集的机械库凭空蒸发所展示出的力量。红塔的三层全被清空，它制造新奇货的可恶手段被消灭，工厂耸出地面的部分被废弃。

就算红塔里的机械没有蒸发，我相信，那个地下坟场（或者极其类似的地方）仍然会在某个时候开始存在。这是工厂发展的方向，它后来生产的新奇货的某些模型印证了这一事实。随着红塔病态的狂热不断加强，发展成更加实验性、甚至幻梦般的项目，机器逐渐被废弃。我先前写到过，工厂地下坟场里的墓石全都没有被埋葬者的名字，也没有生卒日期。这一事实从边界上的胡言乱语中提供的大量描述得到了确认。当你注视墓石密密麻麻、歪歪斜斜地立在抹有发光涂料的石墙所发出的磷光光晕中，它们空白的原因就再明显不过了。事实上，这些坟墓没有哪个下面埋着人，自然也就不需要在墓石上刻写名字和生卒日期。这些都不是所谓埋葬的坟。也就是说，它们根本就不是为埋死人而设的。恰恰相反，它们是一种高度实验性设计的墓，红塔最新的产品就将从中产生。

一开始是生产具有夸张特性的新奇货，随后，工厂的业务逐渐发展为创造所谓的"超有机体"。这些新产品也从根子上就有极端的特性，让红塔与周围那乏味而荒凉的灰色景象之间的歧异甚至更大了。正如"超有机体"这个名号所暗示的，新产品表现出了它们有机性质的最本质的特性，这当然意味着它们在自己的两个基础特征里存在着剧烈的冲突。一方面，它们在形态与功能的各方面都展现出强烈的活力；另一方面，并且是同时发生的，它们在那些同样的领域里又显示出无可逃避的衰朽的元素。用最明晰的表述来解释这种状态：每一个超有机体，其活力的冲动几乎达到淫荡的地步，同时，退化与死亡又深深地写在它们的骨子里。与一种被吓呆了的疯狂的传统相一致，对于那些生育之墓的产物，或类似的创造，似乎是说得越少越好。关于红塔地下坟场里产生的一切超有机体现象的那些刺激官能的细节，我对它们的思索几乎完全被限制在一种沸腾的状态。尽管我们可以理性地推测，这些造物称不上美，但我们却不能亲身了解这些造物在地下世界朦胧的磷光中移动的神秘与机巧；它们能够做出怎样痉挛般或吱吱嘎嘎的手势，能发出怎样的声音，又是用什么器官来发出；从深深的阴影中笨拙地浮现，或蹲靠着那些无名墓碑时，它们是什么样子；在那坟场的荒地上，在幼体期之后，它们几乎肯定会经历的变异有过哪些叫人战栗的阶段；它们的身体可能排泄或者分泌出什么；它们的形态由于一种实验的或完全野蛮的天性而变异，它们又会如何应对。我经常想象，为了摆脱它们畸形或压根不存在的脑子丝毫不能理解的局促环境，那些造物抓啊挠啊，做出了怎样狂暴的努力。完全存在于红塔这巨大工厂的里面和深深的下面的这些坟墓，是血肉的微型工厂，是超有机体的育成中心，那些造物为了什么目的而从中诞生？它们对此不比我了解得更多。

当然，超有机体的生产进行了没多久就被禁止，工厂迎来了第二波摧毁，这一点也不奇怪。这一次，不只是机器衰朽和最终凭空蒸发；这一次，发生了粗暴得多的事情。毁灭的力量再一次指向了工厂，特别是位于负二层的地下坟场——地面上的三层建筑早就变成了空荡荡的废墟。坟场及其机巧的渎神之作还剩下什么，这方面的信息我只能从战栗、残害与毁灭的极为含糊混乱的低语、最难以形容的那种大规模的分裂中窥其端倪。同一批信息源似乎也把这一事件视为红塔与从各个方面盘旋环绕着它的那片荒凉的浅灰色光晕之间长期存在的敌意的高潮——如果不算是结局的话。这样一个破碎的插曲似乎终结了红塔的事业。

然而，有迹象表明情况正相反，尽管看似死寂的废墟，工厂却仍在继续活跃。毕竟，这三层红砖工厂里产出了无数新奇货的机器凭空消失，以及地下负一层里精细的隧道系统随之荒弃，都没有阻止工厂以其他更迂回的手段从事它的事业。负二层（坟场层）的工作良好地运行了一段时间。然后，那些机巧而丰饶的坟墓，以及它们制造的货物，遭遇到恶意的大量毁灭，似乎红塔的生产历史终于要告终了。然而，有迹象表明，在地上的三层楼工厂下面，在负一层和负二层下面，存在着一个仍在活跃的负三层。也许仅仅是出于对对称的向往，对事物中成分之平衡的渴望，为了给地上那无特征的灰色风景中耸起的三层工厂提供一种对称的补充，就产生了一系列有关负三层的最空幻的谣言。谣言说，在这个负三层，工厂以某种新颖而奇怪的方式执行生产计划，代表了它在令人恶心的创造物的输出方面最野心勃勃的冒险，最终达到了其堕落传统的巅峰，朝完美的缺陷与无序不断前进——根据每一条与此话题有关的被污染的、云遮雾绕的谣言。

也许我关于红塔说得太多了，也许我的话听起来太奇怪了。别以为我没察觉到这一点。但我在这篇档案中已经反复提到，我仅仅是转述我听到的消息。我自己从来没见过红塔——也从来没有人见过，也许永远不会有人见到。然而，不论我去到哪儿，人们都在谈论它。以这样那样的方式，他们谈到噩梦般的新奇货，或者神秘而恶心的超有机体,对地下隧道系统喋喋不休,对墓石上不写名字也不写生卒日期的那个隐秘的坟场说个不停。他们说的一切都以某种方式关于红塔,别的什么也不说,只说红塔。我们全都以各自堕落的方式谈论或思考红塔。我只是记下每个人说的(尽管他们也许并不知道自己在说它),有时,记下他们曾经见过的(尽管他们也许并不知道自己见过它)。但他们仍然一直在说红塔,以某种神经错乱的方式。我听到他们每天都在说红塔。当然,除非他们开始说到那片荒凉的灰色风景,伟大而勤勉的红塔颤颤巍巍地缩于其中的那片朦胧的空白。然后声音安静下来,直到我几乎听不清,而他们却试图在噩梦之后的创伤的那些令人窒息的碎片中与我交流。现在就是这样,我必须尽力去听那些声音。我等着他们向我揭示红塔的新冒险:它进入了甚至更加堕落的生产阶段,包括负三层那暗黑的工场里正产出的造物。我必须保持沉默,听那些声音;我必须保持安静,等待一个骇人的时刻。然后我会听到工厂重新运转的消息。然后我就能够再次说起红塔。

变形

我对报复行动的主张

那是我在一家临街办公室做表格处理员工作的第一天。一进这个地方——还没来得及关门,也还没往里多走一步——这个穿着不合身的衣服、眼镜框比脑袋小得太多的佝偻的秃头佬就一跃而起,绕过他的办公桌来迎接我。他很兴奋,说得结结巴巴:"欢迎,欢迎。我是里贝罗。请让我,如果你乐意的话,帮你搞清楚方位。抱歉,这里没有衣帽架之类的东西。你只能放到空桌子上。"

我的朋友,我认为你已经认识我够久了,应该意识到我绝非势利小人,也非秉性傲慢,其实我只是缺乏那种行为所需的多余的精力。于是我微笑着打算介绍自己。但里贝罗喋喋不休地纠缠着我。"你带了他们给你说过的东西么?"他问道,低头看我右手提着的公文包,"我们必须自带装备,我敢肯定你听说过了。"他继续啰唆,我一句话也插不进。然后他微微转头,偷偷环视办公室,这里有八张办公桌,只有一半被占用,周围高高地堆着一排排文件柜,还差几英尺就到天花板了。"不用考虑午餐的计划,"他说,"我会带你去个地方。肯定有你想知道的东西。信息、轶闻。这里有一个特别的逸闻……但我们会让那个等着。你会需要转转,搞清楚方位。"

里贝罗然后确认我知道自己分配的是哪张桌子,指着最靠窗的一张。"以前那是我的桌位。现在你来了,我就能搬到靠里面一点的座位。"我猜到他要问什么,就告诉他,我已经接到了工作任务的指令，全都是为奎因公司处理各种表格。这家公司的利益与活动在边境这边无所不在，渗透到每个行业，不论是公是私。它的总部距本城很远，我在这儿搞到一份为他们服务的工作，也许有人会说是一个无聊的岗位，距离该公司的任何一家区域运营中心也都相当远。在这样一个地方，以及类似的许多其他地方，奎因公司也有办公室，即使只是一个昏暗邋遢的店面，充斥着酸馊的味道。这股味道无法忽略，让我不由得想到，在这座房子被一个为这家寡头公司Q记（奎因公司的常规简写）处理表格的机构占据之前，是否开过泡菜店。你可能有兴趣知道，这个猜测后来被里贝罗证实了。他觉得自己有责任帮我搞清楚这份新工作的门道，这也是我到这个只有两条街的小城后获得的第一份工作。

我的桌子上高耸着一堆表格等待处理，我坐下来就试图把同里贝罗的结识抛到脑后。我非常非常紧张，因为你非常了解的原因（我的精神状态，等等），另外，我还因为休息不足而疲乏。我没睡好的主要原因是经营公寓房的那个女人，我在她那儿住了顶层的一个单间。好几个星期以来，我一直在向她抱怨，要求她处理房子屋顶下面的空间里发出的噪音，那个位置就在我的天花板正上方。我的房间很小，一边墙同上面倾斜的屋顶平行，也倾斜得厉害，因而房间显得更小了。我不想对那个女人直接说她管理的房子的屋顶下面有老鼠或其他害虫，但我说"噪音"的时候就暗示着这个。事实上，那些噪音表明里面的东西比一窝普通的害虫体积大得多，并且更难确认。她一直说会处理，但却始终没有做。最终，在我新工作上班第一天的早上——在与睡眠不足和由于本人精神状况造成的焦虑做斗争几个星期后——我觉得自己应该做一了结，我从边境对面住了一辈子的老家过来这里，并且再也不准备回去，可没打算在一个两条街的小城里，住一个这样糟糕的顶楼单间。我在床边坐了许久,把一瓶神经药物在手上反复倒腾,想着:"等我停止把药瓶在手上换来换去——这好像是头脑不受干预或控制的结果——如果发现它在左手上,我就把里面的药全吃掉,一了百了,如果它在右手上,我就出门,去奎因公司的临街办公室开始工作。"

其实我不记得最终药瓶是在哪个手上,还是被我换手时掉到了地板,我不记得到底发生了什么。我只知道自己最终出现在那个临街办公室前,然后,一进门就被里贝罗要帮我搞清楚方位的一派胡话给包围。现在,像机器一样一份接一份地处理表格时,我还要为同这个人一起去吃午餐做心理准备。办公室里其他三个人——两个中年男,一个老女人,坐在远远的角落——对我基本上不理不睬,没有谁像里贝罗一样——他已经让我觉得无法忍受了。我认为他们是体贴周到的,不过这天早上一定有很多理由让他们不来搭理我。我记得那个给你和我都看过病的医生(我估计你现在还在找他)喜欢用一种精明的说教的口吻说:"不管你信不信,这个世界上没有什么是无法忍受的——没有。"若不是他让我相信这个,我就会更谨慎地对待他的意见,就不会沦落到今天这样子,不会流亡到边境这边,这个雾气出现得惊人的有规律的地方。那些雾浓重,灰蒙蒙,顺着喉咙往里爬,几乎让我窒息。

整个早上我努力工作,尽可能多地处理表格,哪怕只是为了让自己的脑子不再纠结于构成我之存在的整个状态,以及不得不同里贝罗一起吃午餐这事儿。我包里带了一些吃的东西,就怕坏得太快。这几个小时,我一直为怎样把公文包里那些吃的给消灭掉感到焦虑,而里贝罗没有表现出任何准备好带我去吃饭的迹象。我不知道现在的时间,因为办公室里没有钟,其他人也没有表现出要休息一会儿去吃午餐的样子,一点都没有。而我已经开始感到头晕又焦虑。不仅是要吃东西,我还需要吃药,可是药留在我的单间公寓里了。

透过前窗看不到街上正在发生什么,因为外面的雾特别重,这样的雾有时会在上午十点左右形成,一整天都笼罩着城市。我差不多处理完了桌上的全部表格,比我最初估计自己一天能完成的工作量还要多很多。就在还剩下没几张表格时,坐在角落里的那个老女人托着有我桌上之前两倍体积的一堆表格,拖着脚走过来,砰的一声丢到桌上。我望着她一拐一拐地走回角落,因为刚才费力搬了那么重的一堆表格,现在可以清晰听到她粗重的呼吸。我转头,看到里贝罗指着他的腕表,冲我微笑点头。然后他从桌位下面掏出一件外套。看来这是我们去吃午饭的时间了,我们穿过里贝罗指给我看的一道后门走出办公室,在此期间其他人都没挪动,也毫无惊讶的神色。

外面是一条窄巷子,沿着临街办公室及毗连的建筑的后面延伸。一走出房间,我就问里贝罗时间,但他的回答是:"我们得快点,不然那边就要打烊了。"最终我发现这一天都快要结束了,或者是我以为如此。"时间是没规律的。"里贝罗对我说着,我俩急匆匆往前奔。巷子一边是几座房子的后墙,另一边是高高的木栅栏,雾紧紧地笼罩着两边。

"没规律,这是什么意思?"我说。

"我说了'没规律'么?我想说的是'不确定',"他回答,"总是有一大堆工作要做。我敢肯定早上看到你来,其他人也同我一样高兴,尽管他们没有表现出来。我们永远缺人手。好,我们到了。"里贝罗领着我朝一道巷子里的门走去,那门顶上有一盏昏暗的灯。这是一个小地方,不比我的住处大多少,只有几张桌子。除了我俩没有别的顾客,灯大多关掉了。"你们还在营业吧?"

里贝罗对一个围着脏围裙、好像几天没刮过胡子的男人问道。

"很快就要打烊了,"那个男人说,"你们坐那儿吧。"

我们在他指给我们的地方坐下来,很快有个女人端来两杯咖啡,重重地放到我们面前的桌子上。我看见里贝罗从他的衣袋里掏出一个用蜡纸裹着的三明治。"你没有带自己的午餐?"他说。我告诉他我还以为我们是到一个点菜吃的地方。"不,这只是一个咖啡馆,"里贝罗边吃边说,"不过没关系的,这里的咖啡很冲。喝一杯你就完全没胃口了。你要做好准备面对厄玛搬到你桌子上的那些表格。我认为她肯定还会继续轰炸你。"

"我不喝咖啡,"我说,"咖啡让我——"我不想告诉别人咖啡让我神经特别紧张,于是我就说它不适合我。

里贝罗放下三明治,盯着我看,"哎呀。"他摸着自己的秃顶说道。

"出了什么问题?"

"海切尔不喝咖啡。"

"谁是海切尔?"

里贝罗拿起三明治,重新开吃,一边说,"海切尔是你顶替的原来那个职员。这件事就我俩私底下说说。关于他。现在看来我可能好心做了坏事。我是真的想帮你搞清楚门道。"

"虽然这样。"我一边说,一边望着里贝罗吃掉三明治。

里贝罗两手互相搓搓,把粘在上面的碎末搓掉。他调整似乎随时可能从脸上滑下去的太小的眼镜。然后他掏出一盒香烟。之前他没有分给我三明治,现在倒是给了我一支烟。

"我不抽烟。"我说。

"应该抽抽,特别是你又不喝咖啡。海切尔抽烟,但他的烟太清淡了。我觉得你不抽烟这一点并不重要,反正办公室也不再允许抽烟了。我们接到从总部发来的一份备忘录。他们说表格里有烟味。我不知道这有什么影响。"

"那泡菜味呢?"我说。

"因为某种原因,他们无所谓。"

"为什么你不走出办公室,到巷子里抽烟?"

"太多活儿要做了。分秒必争。我们一直缺人手。我们总是缺人手,但那些活儿又必须干完。他们没有给你解释过工作时间?"

我犹豫着不想告诉他,我得到这份工作不是通过向公司申请,而是靠我医生的关系,他是这个两条街的小城里唯一的医生。他在处方单上给我写下这个临街办公室的地址,似乎到 Q 记工作是他给我的另一种治疗方案。我疑心重,特别是在给我们治疗过那么久的医生发生那些事儿之后。我之前的信里写到了,他的治疗就是把我丢上一列径直穿过乡村越过边界的火车。据说这样可以帮我克服对远离老家的恐惧,也许还能突破性地克服随着我的精神状况而来的所有其他恐惧。我告诉他,也许我不能忍受这样的冒险,而他只是重复他可笑的箴言:这世界上没什么是无法忍受的。为了让情况更糟,他还不允许我带任何药物,我当然没听他的。但这丝毫也没帮到我,我坐着火车在山岭中穿行时,铁道两边只有深不可测的峡谷,而上面是无垠的天空。在那些时刻——我向你保证是永恒的时刻——我在宇宙中无处容身,没有什么可以抓住以获得最低限度的安全感——那是每个生命都需要的,需要用它来摆脱痛苦,摆脱一切都在宇宙的旋转木马上越来越快地转圈而边缘只有无穷无尽的黑暗这种感觉带来的痛苦。我知道你的情况和我不同,所以你没有办法完全理解我的苦难,正如我不能完全理解你的。但我承认,我们的状况都是无法忍受的,不管那医生如何拾人牙慧地搬弄"世上没有什么是无法忍受的"的陈词滥调。我甚至逐渐相信，依其本性而言，这世界就是无法忍受的。只是我们对这一事实的反应各不相同：我的主要反应是一种趋近绝对恐慌的被动的惊怖，而你主要是一种可怕的强迫症，你担心自己会被它牢牢控制。医生让我坐上的火车最终在边境线对面这个两条街的小城外第一次停站，我发誓宁可自杀也不返程。幸运的是，或在当时看似幸运的是，我很快找到了一个医生治疗我严重的恐慌与迷失感。他还帮我取得了护照与工作证书。因此，考虑到这些情况，我最终告诉里贝罗，其实是我的医生推荐我到这个岗位的。

"哦，那就说得通了。"他说。

"什么说得通了？"

"所有的医生都为奎因公司工作。他们早晚会把你带进来。海切尔也是这样进来的。但他坚持不下去。他接受不了我们人手短缺并且会一直人手短缺这个事实。当他发现上班时间也是不确定的……他就在办公室爆发了。"

"他崩溃了？"我说。

"你这样说也可以。一天，他从他的桌位上跳起来，开始咆哮，关于我们如何人手紧缺……时间又是如何不确定。然后他变得狂暴，掀翻了办公室里几张空桌子，吼叫道：'这些一直都不会派上用场。'他还抽出一些文件柜，把里面的东西甩得满屋都是。最后，他开始撕表格，一些还没有处理的表格。这时皮尔森就出手了。"

"皮尔森是谁？"

"那个留胡子的大块头，坐在办公室后面。皮尔森抓住海切尔，把他推到街上。就是这样。没几天他就被公司正式开除了。

那表格还是我处理的。他再也不可能回来了。他彻底完蛋了。"里贝罗说着,啜了一口咖啡,然后又点了一支烟。

"我不理解,他怎么完蛋了?"我说。

"那不会突然间就发生,"里贝罗说,"那些事情从来不会。我告诉过你,海切尔是抽烟的。他特别订货的非常清淡的烟。某一天,他去平常买烟的店,会被告知,他抽的那个牌子,他能接受的唯一的那个品牌,不再供应了。"

"这也不算世界末日啊。"我说。

"是的,这个还算不上,"里贝罗说,"但那只是开始。香烟上发生的事情,同样也会发生在他的特别食谱所需要的某种食物上。那个也不再供货了。最糟的是,他的药品在城里什么地方都断货了,或者是,告诉他断货了。海切尔是个药罐子,比我知道的任何人都更依赖药物维持生活。对他来说最重要的是控制恐惧症的药物。他有特别严重的蜘蛛恐惧症。我记得有一天在办公室,他看到一只蜘蛛爬过天花板。他总是警惕地寻找哪怕最微小的蜘蛛。他当场就歇斯底里大发作,一定要我们去消灭那只蜘蛛,不然他就停止处理表格。他让我们在文件柜顶上爬来爬去,试图找到那个小东西。最后是皮尔森抓到了,弄死了它,海切尔一定要看到尸体,一定要把它丢到街上。我们甚至不得不用公费叫来了职业灭虫师,不然海切尔就不肯回来工作。但被公司解雇后,他就没法获得能够让他的恐惧症相对可控的药物了。找医生当然是没用的,因为所有医生都是 Q 记的员工。"

"边境对面的医生呢?"我问道,"他们也会为这家公司工作么?"

"我不确定,"里贝罗说,"可能是。总之,有一天,我上班路上看到了海切尔。虽然一看就知道他脱形了,几乎完全垮了,但我还是问他过得怎样。他说他在城市边上住的一个老女人那儿接受了某种针对恐惧症的治疗。他没有详细说明治疗的情况,而我当时急着上班,也没有细问。后来我听说了那个老女人,据说她制造药草和植物的混合剂,给海切尔治疗蜘蛛恐惧症用的是一种从蜘蛛毒液里提取的药物。"

"一种顺势疗法。"我说。

"也许吧。"里贝罗用一种淡漠的声调说道。

这时,那个没剃胡子的男人走到桌前,说要打烊了。既然里贝罗邀请我吃午餐,而且是像这样的一餐,我认为他应该会请客,再说了,我一口咖啡都没喝。但我注意到他只在桌子上放了他那份咖啡的钱,于是我不得不掏了我的钱。然后,在我们正要走人的时候,他伸手拿走我没动过的那杯咖啡,一饮而尽。"没必要浪费。"他说。

穿过雾蒙蒙的窄巷子走回办公室的路上,我提示里贝罗随便再说点什么关于我被雇来顶替的那家伙的事儿。然而,他说的却没什么启发,似乎全是些小道消息和谣言。那次街头相遇后,里贝罗再没有见过海切尔。实际上,就在那段时间,海切尔似乎彻底消失了——按照里贝罗的看法,这是一个人完蛋的顶点。后来,城里流传起许多似乎同海切尔有关的故事,尽管都离奇得要命。无疑,除了里贝罗,其他人也知道了海切尔从住在城市边缘的那个老女人处接受治疗。这一点给那些到处流传的奇闻提供了基础,其中大多数源于小孩,普通市民并不很相信。其中最流行的一个是说有人见到了一只像猫一样大的"像蜘蛛的玩意儿"。据说,许多孩子在街头和后巷玩耍时见过这个荒诞的生物。他们说那是个"球状怪物"(这就是那些孩子说法的源头),除了说它像一只巨大的蜘蛛,还说它的身体上突出一个球状,很像是人头。这一点被一些老人确认,他们的证词总被认为是他们吃的药的副作用——尽管城里每个人说话的真实性都可能被以这种原因否定,因为他们全都(也就是说我们全都)在吃药,不是这种就是那种,以维持正常状态。然而,接着所谓球状怪物的目击传言完全消失了,不论是在孩子里,还是在年纪大、吃药多的人里。海切尔再没被人在城里见到过。

"他离开了公寓,什么也没带,"里贝罗说这话时,我们刚好走到办公室在巷子里的门,"我相信他住在你附近的某个地方,甚至有可能同一个建筑里。我听说,管理公寓楼的那个女人对海切尔的失踪一点也没有不安,他过去总是要求她接纳他的恐惧症,她一个星期至少让灭虫师上门一次。"

我给里贝罗拉开门,但他没有往里走一步。"哦,不,"他说,"我今天的工作做完了。我要回家睡会觉。要想高效率地处理公司的表格,有时必须得休息一会儿。但我们会很快再见面的。"

没过多久,里贝罗就消失在雾里。我走回办公室,心里只想着一件事:放在我公文包里的食物。但我走进去还没两步,就被皮尔森堵在厕所附近。"里贝罗跟你说什么了?"他说,"关于海切尔的事情,是不是?"

"我们只是出去喝了一杯咖啡。"我说,出于某种原因不愿意透露里贝罗的秘密。

"但你没有带午餐。你工作了一整天,什么也没吃。这是你工作的第一天,现在天已经黑了。里贝罗没有同你确认是否带了午餐?"

"你怎么知道我们没有去什么地方点菜吃?"

"里贝罗只去一个地方,"皮尔森说,"那里是不供应食物的。"

"是的,我承认。我们去的那个地方不供应食物,现在我饿极了。所以，让我回座位吧……"

但皮尔森，这个大胡子、大块头，抓住我的衣领，把我推向厕所。

"关于海切尔的事情，里贝罗讲了什么？"

"为什么你不问他？"

"因为他是个天生的骗子。那是他的一种病——他还有许多别的病呢。你看他怎么穿衣服，长什么样子。他是个神经病，虽然他的工作干得不赖。但是他对你说的关于海切尔的任何事情，完全都是瞎编的。"

"有些听起来很牵强。"我说。感到左右为难：一边是里贝罗的秘密，他可能只是个天生的骗子，一边是皮尔森，他是个大块头，也许是个我不能得罪的人。

"牵强就对了，"皮尔森说，"事实就是，海切尔升职了，被调到公司的一个地区中心去了。现在说不定已经调去了公司总部。他很有野心。"

"那就没啥可说了。我喜欢你这样直截了当地告诉我这个海切尔的事情。现在，要是你不介意的话，我想回座位。我真的很饿。"

皮尔森没再说话，但一直看着我走向桌子。然后我感到他一直在盯着我，从他在办公室后面的位置上。吃公文包里的食物时，我做出同时还在处理表格的样子，表明我没有拖后腿。然而我不确定这么过分的装模作样是否有必要，照里贝罗所说，工作量大到做不完，而办公室又永远人手短缺。我想知道皮尔森说里贝罗那些话是否真实。我特别想知道的是，里贝罗说我们的工作日程"不确定"是否真实。然而，从那天早上我到办公室之后，到现在又过了几个小时，仍然没有人回家，除了里贝罗。最后我听到坐在我身后的三个人中有人站起来。又过了一会儿，皮尔森从我身边走过,一边穿上外套。他也带着一个大公文包,从前门走出办公室,于是我猜他是下班了——现在已是傍晚。又等了一小会儿,我也走了。

才从办公室走出一个街区,我就看到里贝罗朝我走来。他换了衣服,还是不合身。"你已经走了?"他在人行道上停在我面前。

"我以为你要回家睡觉呢。"我说。

"我是回过家了,睡了一会儿。现在我要回去工作。"

"我和皮尔森说过话,嗯,其实是他和我说过话。"

"我知道,"里贝罗说,"我就知道。我猜他是问,我讲了些什么关于海切尔的话。"

"是的。"我说。

"他告诉你,我说的一切都是假话,我是个坚定的捣乱分子,捏造谣言败坏公司形象。"

"差不多吧。"我说。

"他就会这么说。"

"为什么?"

"因为他是公司的探子。他不想你上班第一天就听到真相。最不想让你听到的就是海切尔的事儿。就是他检举海切尔的,后来的事情全都由此而起。就是他让海切尔完蛋的。我说过那个住在城市边缘的老女人:她为公司化工部门工作,皮尔森也盯着她。我听一个在地区中心工作的人说,那个老女人被分配参与公司最大的一个项目——一种药,治疗极为特定的精神失常,比如海切尔的蜘蛛恐惧症。那种药会让Q记规模翻番,并且扩张到边境线对面去。但还存在一个问题。"

"我不想再听了。"

"你应该听听。那个老女人几乎把公司的工资支出都耗光了,因为她用的可不只是她那些关于草药与植物的秘传心法。公司总部的化学工程师给她详尽的指导，好让她搞出他们基本配方的各种变种。但她走了彻底不同的路子，进行的是完全未经批准的试验，根本上是些神秘的搞法。"

"你说她几乎耗光了公司的工资支出？"

"没错。他们指责她要为海切尔的消失负责。海切尔是他们非常重要的实验对象。一切都是安排好的，要让他成为小白鼠——拒绝给他常用的香烟品牌，剥夺他的特殊的饮食和药物。他们遇到了一大堆麻烦。海切尔被从公司清除掉，就是为了让那个老女人和公司的化学工程师在他身上做试验。蜘蛛毒液有其意义。但我说过，那个老女人还有些不被公司批准的搞法。他们需要找个人给海切尔的消失背锅。那就是为什么我说她几乎耗光了公司的工资支出。"

"所以，海切尔是个实验。"我说。

"你要是像他一样爆发，大吼大叫地抗议干不完的活儿和永远短缺的人手，也会遭遇同样的下场。然而，问题仍然存在。海切尔的实验是成功还是失败了呢？"

里贝罗看了看腕表，说我们会再深入谈谈海切尔、奎因公司，还有一大堆他想告诉我的别的事情。"早上看到你走进办公室我就很高兴。我们有那么多的表格要处理，所以，我们晚些再碰头，过几个小时如何？"他也不等我回话就沿着人行道朝办公室奔去。

回到单间公寓门前，我的整个身心都在咆哮着要睡觉和吃药。但我听到阴暗的走廊尽头有脚步声朝我走来，我停下。是管理公寓的那个女人，她抱着的好像是一捆脏布。

"蜘蛛网。"没等我发问她就说道。她转身，用头往后朝走廊里一架楼梯指了指，那是下拉式的梯子，通往阁楼。"不管有些从边境线对面来的人怎么想,我们都会把房间打扫干净。那活儿可不轻,不过我好歹开始了。"

我忍不住沉默地盯着女人手上那一堆叫人难以置信的蜘蛛网,而她开始朝楼下走去。我脑子突然掠过一个模糊的想法,就冲她喊道:"要是你的活儿暂时干完了,我就把楼梯收上去吧。"

"您真是个好人,谢谢,"她在楼梯井里嚷了一嗓子,"我很快就会照您安排的找灭虫师来。我不知道上面到底出了什么问题,但肯定是我一个人解决不了的。"

我爬进阁楼,亲眼看到她之前见到的,这才明白她的意思。楼梯顶上只有一个灯泡,无法照亮那片有阴影的巨大空间。我看到许多老鼠的尸体,或者尸体的残块。其中一些像是从刚才我看到那个女人手上抱着的堆得厚厚的那种蜘蛛丝里逃脱。那蛛网密密匝匝地裹着这些啮齿类动物的尸体,像是浓厚的灰色大雾裹着这座城市里的一切。此外,这些尸体全都是畸形的……或者是处于变形的过渡状态。我凑近看,能看到它们除了有本身该有的四条腿,还有四条腿开始从身体下侧长出。不管是什么杀死了它们,都开始改变了它们。

但不是所有这些受影响的啮齿类动物都死掉,或者被部分吃掉。我说服那个女人晚些再叫灭虫师来,随后对阁楼进行检查,发现老鼠和其他坏虫子甚至有了更进一步的形体变化。这些变化解释了我搬进屋顶及阁楼下面那个单间公寓以来一直听到的无可名状的声音。

我看到其中一些家伙有八条一样长的腿,能够爬到阁楼墙壁甚至屋顶下倾斜的天花板上。另一些甚至开始自己吐丝结网了。我的朋友,我想你会认出这些,它们是你阴森可怕的强迫症中常见的东西。幸运的是,同海切尔不一样,我的恐惧对象并不包括蜘蛛。（然而，我在继续探寻阁楼前也必须大量吃药。）我最终在阁楼最偏僻的角落里找到了他——我看到那个球状的人头，突出在苍白、鼓胀的巨型蜘蛛（或像蜘蛛的怪物）的身体上。他正把自己的毒液注入阁楼的另一位又脏又恶心的居民。他针点状的眼睛注意到我的存在，马上放开那个生物，那家伙就吱吱叫着跑开，去开始它自己的变形了。

我不认为海切尔想要继续这种状态的存在。我靠近时，他既不进攻也不逃跑。看到我掏出随身带的切肉刀，他似乎抬起头，把细细的喉咙露给我看。他已经做出决定了，而我也做出了决定：我不会再返回那个临街办公室，不会再为雇用了边境这边所有医生的奎因公司处理表格……也许你那边的医生也已被它雇佣。我现在确信，我们那个医生早就在为这家公司卖力。他至少要为我被流放到这个偏远的、两条街的迷雾与噩梦之城负责。要是想得更坏些，他把我运过边境恐怕是打算让我成为他服务的公司的奴隶或实验对象。

我从海切尔身上抽取了两小瓶毒液，以备不时之需。第一瓶我已经用在边境这边给我看病的那个医生身上，尽管这场治疗的高潮就是将我骗到一个临街的办公室，让我在剩余的不确定的生存中耗费了不确定多少个小时处理文件。从他办公室抽屉里找到的全部药物我都用给了自己，这期间我一直在看着他忍受痛苦的突变。天亮前，我会给他个了断，而他的药物也会给我个了断。第二瓶毒液给你，我的朋友。你受那些可怕的强迫症折磨已经太久了，我们的医生没有帮你减缓痛苦，或者根本没那打算。用这药做你必须做的。用它做你的强迫症所命令的。在适当的时候，你甚至会考虑把我的问候送给那位医生……并且提醒他，这个世界上没有什么是无法忍受的——没有。

我们的临时主管

我已经把他的手稿送过边境，去你们那里出版，估计已经寄到了，因为我相信这部个人秘史里描述的事情就连在我的祖国之外、据我所知不受奎因公司影响的那些人都很关心。这两个组织，其中一个可以说是政治实体，而另一个是纯粹的商业实体，但对你们做新闻调查的人来说，这两者基本上就是同义词。因此，在边境线这边，人们大可以自称奎因公司市民，或者Q记国民，尽管我觉得即使像你这样的人也不可能完全欣赏这个身份，而在我自己这辈子，它早就过了要在两个不同的实体之间确认身份的阶段，而是接近于一个被另一个完全同化。这样的宣言对你们那边的人来说可能显得杞人忧天了，我知道，你最近旁的邻居常被认为是些落伍的家伙，他们居住的小城日渐衰败，铺展在几乎常年被灰色浓雾笼罩的低洼的风景中。这就是奎因公司——也就是说，同时也是我的祖国——如何欺骗性地向世界展示自己，这也正是我为何急于讲述我的个人轶事（这样做的原因并不总是明确的或者严格的详尽的）。

一开始，我在这样一座常年雾蒙蒙的衰败小城郊外的工厂里工作。一层楼的厂房毫无特征，全由煤渣砖和水泥砌成。里面的工作区域就是一个打通的大单间，角落有个小办公室，窗户上装着厚磨砂玻璃。这个办公室的范围内是一些文件柜，一张办公桌，外面的工人站在一个方形的组装台边上时，工厂主管就坐在那儿。

这个方块的四条边，每边有四个工人，他们唯一的任务就是手工组装从另一家工厂运给我们的金属件。我问过的任何人都不知道这些金属件被注定要组装而成的是怎样一套更大的机器——倘若它确实是某种类型的机器。

我第一次进这工厂时，并没打算在此工作太久，因为我对生活有更高的期望，尽管这些期望的准确性质在我年轻的心中一直颇为模糊。尽管这工作并不费力，同事们也都合得来，但我并不想一辈子站在指定的组装台前，把一块块金属件组合到一起，这样一干就是一整天，只有被安排去休息、从沉闷的工作中清醒头脑，或者去吃饭、给身体供应能量时才得以中断。不知为何，我从来没想过，我们这些工人居住在附近并每天沿着同样雾蒙蒙的道路来回的这座城镇能为我或其他任何人提供更高的机会，无疑，这也是我年轻时对未来的希望那么模糊、那么脆弱而虚幻的原因。

碰巧的是，我进工厂没几个月，厂里就发生了打乱它日常装配活动的唯一一次变动，从天知道进行了多少年的仪式中唯一一次脱离。我们工作中这次脱轨的意义起初并未产生多大的恐惧或焦虑，并没有让任何工厂员工重新思考开给他们的药物的类型或剂量，因为边境这边几乎每个人——包括我自己在内——都在吃这种或者那种药，这也许得归结于我们国家的一种人事安排：所有的医生和药剂师都受雇于拥有庞大化学药品业务的奎因公司。

总之，某一天，工厂主管走出他的办公室，极为罕见地出现在我们其他人紧密地围绕着组装台各就各位的车间里，向我们宣布日常工作有了变动。自打我上班以来，在不是我们被安排复苏精力或者补充营养的休息时间，我们的工作第一次被叫停了。我们的主管弗劳利是个大块头，但显得并不凶，他走动和说话都没精打采，这也许仅仅是身材过于庞大的后果，尽管这种慵懒也可能是因为吃药的副作用，没准干脆就是那药物本来要达到的效果。弗劳利先生费力地走到车间中央，慢吞吞地对我们说话。

"因为公司业务，我被调走了，"他通知我们，"我走之后，会有一个新主管来暂时接替我的工作。你们明天来上班时就会看到他。我不能说这种状态会持续多久。"

然后他问我们关于这个极为重要的场合是否有问题问他，尽管当时我没有在厂里干多久，还理解不了它真正的反常之处。没有人提问，也没有发声，随后工厂主管走回角落里有厚磨砂玻璃窗的小办公室。

因为公司业务他被调走，过渡期间工厂由一个临时主管管理，弗劳利先生一发布完通知，我的同事们就开始对这一事件的意义窃窃私语。工厂以前从来没发生过这种事情，老员工们说。说这话的人里有些岁数已经很大了，他们一辈子都站在同样的组装台前装配金属件，在我看来，完全可以不再工作，进入应得的退休期。然而，到这一天结束时，我们鱼贯而出，沿着雾蒙蒙的道路走回城里的家，那些窃窃私语早就消失了。

那天晚上，不知道为什么我睡不着，以前我在工厂站一天，以同样的模式一个个地组装金属件，干一天下来，从来没有失眠的问题。而现在，我在床上辗转反侧，脑子里充满了组装的活动，以及它不断重复、永无终结、与我想得到的任何目的脱节所造成的沉甸甸的分量。我第一次好奇，我们组装的金属件是怎样制造出来的，我的思想徒劳地追寻它们的源头：最初是最粗糙的物质形态，从土地里提取出来，经过精炼提纯，然后在某个或一系列工厂里成形，最终送到我们工厂。带着一种更大的徒劳感，我甚至试图想象这些金属件被我们按照训练的方法组装在一起后送去了什么地方，我的脑子在卧室的黑暗中追寻着它们最终的去向与用途。在那以前，我从来没有被这种问题困扰过。把脑子里灌满这种问题毫无意义，因为我一直对自己的生活有更高的期望，超越了必须在工厂打工养活自己的阶段。最终我下床，多服了一次药。这至少让我能在上班之前勉强睡几个小时。

每天早上到工厂，按照常规流程，第一个进门的工人要打开天花板的长杆子上倒挂着的锥形电灯。主管办公室里有另一组电灯，弗劳利先生同我们其他人差不多同时到厂，他会自己开那套灯。然而，那天早上，主管办公室里的灯没亮。既然这是新主管接替（哪怕是临时地接替）弗劳利先生工作的第一天，我们自然认为，因为某种原因，那家伙还没到工厂。但当阳光透过工厂窄长方形的窗户（也包括主管办公室的窗户）外面的雾气照进来，我们开始怀疑那个新主管——也就是说，我们的临时主管——其实一直在办公室里面。我用"怀疑"这个词，是因为办公室里没有灯光，只靠透过雾气从窗户里照进来的自然光，我们无法判断围住主管办公室的厚磨砂玻璃的另一边是否有人。假如奎因公司派来临时顶替弗劳利先生的新主管其实已经住进了工厂角落里的那个办公室，那他就是不打算起身走动，不给任何机会，不让我们在透过厚磨砂玻璃能够看到的模糊形状中认出他来。

虽然没有人明确说到新主管在还是不在工厂，这一天的早上，我还是看到组装台旁站着的每个人几乎都在某些时刻朝弗劳利先生的办公室那边张望过。我工作的组装台比大多数位置更靠近主管办公室，我们这一组工人似乎更有可能看清楚里面到底有没有人。但我们这一组，同其他甚至更靠近办公室的组装台的工组一样，也只能彼此交流徒劳的表情，仿佛在互相打听"你什么看法"。但没人能够说出什么明确的东西，或者合情合理的看法。

然而，我们全都装得好像那个角落办公室里已经有人了，我们也做出被严密审查和近距离监管的员工应该有的样子。随着时间流逝，越来越明显的是：主管办公室里有主了，尽管新住客的脾性还是个问题。这一天的第一次休息时间，一些工人的说法是：厚磨砂玻璃后面的人影是看不出明确形状的，也不具有任何稳定或固定的形态。一些同事提到，他们好几次偷看到，在围绕主管办公室的玻璃那不平整的表面的后面或里面有黑色的涟漪在波动。但他们说，一旦目光聚焦于那涟漪般的运动，它马上就会停住，或者像一小片雾一样散开。到我们休息吃饭时，有更多观察汇总而来，许多人一致表示，看到了一个缓慢变化的轮廓，某种幽黑的、球状的形体，像变黑的天空中搅动的雷雨云砧。一些人觉得看到的并无实体，只有影子，他们说，也许那就是全部，尽管他们不得不承认，这个影子同以往见过的任何影子都不相同，因为有时它的运动好像是有目的的，在厚磨砂玻璃后面反复沿着同样的路径，似乎是一种在笼中徘徊的生物。其他人发誓说他们能够辨认出一个身体的外形，虽然它实在是太过飘忽和怪异。他们会说它的"头部"或者"手臂状的突起"，尽管办公室里那东西并没有以任何正常的形态展现出这种准解剖学的部件，但这些更加传统的描述也就这么用了。"它好像没有坐在桌子后面，"有个人宣称，"更像是竖起在顶上，有点朝一边歪。"我在组装台旁看到的就是这个样子，在我左边和右边工作的人也一样。但站在我对面的那个工人，名叫布莱切，比工厂里大多数人都年轻，也许比我大不了多少，一个字也没说他在主管办公室里看到了什么。另外，他这一整天都埋头工作，眼睛盯着金属件，视线一直朝下，就算离开组装台去休息或上厕所都没抬起来。我没有一次看到他抬眼往工厂角落那个方向看，而我们其他人几乎一刻也不停地往那边瞄。然后，在这一天快结束时，工厂的气氛因为我们的各种说法和没有说出的想法而沉重，一种未知的管理模式造成的压力不祥地悬在头顶，也压在我们内部（如此可感，以至于我感到一副内在的镣铐锁住我的身体和心灵，阻止我逃离组装台旁的工位），最终布莱切崩溃了。

"别再这样了。"他仿佛只是自言自语。然后他用更高的声音重复，语气激烈，表明这一整天他心里都压着事儿。"别再这样了！"他喊叫着从组装台旁走开，转身直直地瞪着主管办公室的门，那门像窗户一样，也是一块厚磨砂玻璃。

布莱切快速走向办公室门。一刻也没有停留，甚至没有敲门或以其他方式通知一声，就旋风般闯进那个四四方方的房间，砰的一声摔上门。现在，工厂里所有的眼睛都转向角落里的办公室。尽管对临时主管的物理清晰度有那么多困惑和争执，但我们却毫无困难地看到磨砂玻璃后面布莱切的黑色轮廓，能够轻易地看到他的动作。后来，一切都发生得那么快，我们就那样站着，目瞪口呆，像是梦里体验过的一样无法动弹。

起初布莱切硬邦邦地站在办公桌前，但这种姿势只持续了一小会儿。很快他在房间里乱冲乱跑，仿佛在逃避某种追逐他的力量，他撞上文件柜，最后倒在地上。他站起来后，疯狂地挥舞胳膊，像在驱挡一群昆虫，又像是预先阻止像颤抖的光环一样绕着他盘旋的一团不断变换的乌云向他发起攻击。然后，他的身体砰的一声撞到门上的厚磨砂玻璃，我想他是要撞门而逃。但他乱撞一气，最终跟跟跄跄地冲出来，停了一瞬，瞪着我们，我们也瞪着他。他的手抖个不停，眼睛里有一种狂乱而迷惑的神情。

布莱切身后的门半开着，但没人敢往里看。他似乎不能移动，没法离开半开的门前几步距离的地方。然后门开始慢慢合上，尽管看不到有什么力量在推拉，但它却是在从容不迫地绕着铰链旋转。门被推进门框时，发出咔哒一响。但最终却是锁在门那边拧上的轻微声响让布莱切从冷冻般的站姿里苏醒过来，他跑出了工厂。几秒钟后，标志着工作日结束的铃声响起，像警铃一样尖锐刺耳，尽管还没有完全到下班的时候。

我们被震惊得回复到一种完全清醒的状态，集体离开工厂，迈着统一的步子，一言不发，直到全部离开厂房。布莱切已经不见踪影，当然我也觉得没人想要见到他。回城的路上灰蒙蒙的雾格外浓重，我们走路时几乎看不到彼此，谁也不提刚刚发生的事儿，似乎一条沉默的约定束缚了我们的嘴。至少在我想来，谁提到布莱切事件，就会无法再回工厂。而这里并没有别的工作可以让我们维持生计。

那天晚上，我很早上床，吃了大剂量的药，以确保自己倒头就睡，而不会像头天晚上那样几小时几小时地心驰神骛，流连于每天装配的金属件的源头（土地中的某个地方）及其后来的去向（其他某个工厂，或者系列工厂）。我比平常醒得早，但是如果在家里打转，我恐怕就会开始思考头一天的事情，于是我出门去了一家小餐馆，我知道它早上会开门卖早餐。

走进餐厅，我就发现它不同寻常地挤满了人，桌子、卡座和柜台边上的长凳大多被我的同事们占据。我第一次因为看到他们而高兴，我以前对自己的未来模模糊糊有着更高的期望，免不了把他们视为那份我不打算干多久的工作的"终身囚徒"。我同许多人打着招呼，往柜台旁一张空凳子走去，但没人搭理我，连头都没点一下，而他们互相之间也没有交谈。

在柜台边坐下来，点了早餐，我认出右边是我旁边一个组装台的工人。我有把握他的名字叫诺尔斯，但我没有喊他的名字，而是用最轻的声音说了声"早上好"。诺尔斯没有马上回答，而是继续盯着面前的盘子，慢慢地、机械地用叉子挑起几片食物送进嘴里。他没有朝我转头，用比我更轻的声音说："你听说了布莱切的事儿没有？"

"没有，"我低声说，"怎么了？"

"死了。"诺尔斯说。

"死了？"我的声音没压住，餐馆里其他人都转头望过来。我用轻得不能再轻的声音继续交谈，问布莱切发生了什么事儿。

"在他住的出租公寓里。管理公寓的女人说，他昨天回家后就行为反常。"

诺尔斯告诉我，随后，晚餐时布莱切没有露面。管理公寓的女人觉得应该去看看他的情况，敲门时他没有回应。出于关心，她请一个男性房客进去看，结果发现他脸朝下躺在床上，床头桌上有几个装药的容器敞开着。他没有把药全吃掉，但也因为服药过量而死。也许他只是想要忘掉昨天的事情，好好睡一觉。我对诺尔斯说，我昨天也这样。

"也有可能，"诺尔斯回答，"我觉得没人能搞清楚真相了。"

结束早餐后，我把咖啡添了一杯又一杯，我注意到餐馆里其他人，包括诺尔斯都这样干。离上班的时间还早。不过，最终其他的老顾客开始来了，我们这群人一起离开。

在距天亮还有几个小时的黑暗与雾气中抵达工厂时，厂门外已经站着一些工人。但在我看来，他们谁也不想第一个进门打开灯。只有在我们这帮人到了以后，才有人走进去。然后我们发现已经有人在里面工作，并且已经开了灯。那是一张新面孔。他站在布莱切的位置上，正对着我，他已经做了相当多的工作，他的手猛烈地动作，把那些小金属件组装到一起。

我们走进车间，各就各位，几乎每个人都把狐疑的目光投向那个占据了布莱切位置、以激烈的速度工作的新人。不过，事实上，他浑身上下只有手在以激烈的方式工作，操纵那些小金属件，像两只巨大的蜘蛛织着同一张网。忽略手的动作的话，他站得非常平静，很像这工厂里工人的标准形象。他穿着常见的灰色工装，常见的磨损程度，既不明显比其他工人新，也不明显比其他工人旧。他唯一出挑的特征就是全神贯注于工作中体现出来的激烈。就连工厂开始涌入其他穿灰色工装的人，并且人人都用狐疑的眼光盯着他时，他也从未从组装台上抬头，一直在摆弄那些金属件，始终那么专注，那么全心投入，对周围的人毫不留意。

这个新人在布莱切过量服药的次日凌晨，站到我的组装台正对面、布莱切原来的位置上，他的存在令人不安，但至少让我们不再聚焦于临时主管占据的那个黑乎乎的办公室。头一天，我们的全副心思都放在那个主管身上，而现在，注意力主要转向了我们中间这位新工人。并且，即便他让我们心中充满了各种猜测与怀疑，毕竟他也没有让噩梦般的思想与观念的气氛更加糟糕，而这种气氛昨天可是逼疯了布莱切，让他做出了那些发狂的事儿。

当然，这种情况我们也不可能一直忍受下去，最终还得有人同这位新人说话，问问他为何今天出现。既然组装台周围站在我左边和右边的两个工人都一副浑然无事的样子，我觉得，发问的任务就落到我肩上了。

"你从哪儿来的？"我问组装台正对面那个占据了布莱切位置的新人。

"公司派我来的。"他用一种叫人惊讶的坦诚而随意的口气说道，但一秒钟也没有抬头。

然后我向他介绍了自己和这个组装台上的其他两人，他俩点点头，含含糊糊地问了声好。到这个时候，我已经看出新来的那家伙不乐意再透露什么了。

"不好意思,"他说,"但还有许多工作要做呢。"

短暂的交流中,新来者一直毫无停顿地摆弄着面前的金属件。然而,尽管始终像头一天大多数时候布莱切一样低着头,我却看到他的眼珠不时朝主管办公室的方向快速地一扫。看到这个,我就不再打扰他,心想也许到了休息的时候他会健谈一点。同时,我让他继续自己猛烈的工作节奏,那已经远远超出这个工厂里其他任何人所能达到的生产力。

很快我就观察到站在组装台旁我左边和右边的工人试图模仿新来者灵巧组装小金属件的工作方式,甚至要同他不可思议的生产效率比个高下。我也有样学样。一开始,我们的努力遭遇了尴尬,我们的手笨拙地模仿他的手的运动——那运动太快了,连我们的眼睛都跟不上,我们的脑子也无法破解那手法,它同我们一直采用的工作方式很不一样。然而,不知不觉中,我们居然开始接近新来者装配金属件的速度与风格——当然,差距还是很远的。我们的努力与工作方式的改变没有逃过附近组装台工人的眼睛。这种新技术逐渐被接受,扩散到工厂里的其他人。到当天我们第一次停下来休息时,所有人都已经用上了新来者的工作方法。

但是我们没有停多久。很明显,新来者并没打算按照工作日程在该停歇的时候参加我们的休息,于是我们也都返回各自的组装台,继续以最激烈的方式工作。我们惊讶地发现自己沉浸于一种曾经看似沉闷而简单的工作任务中,最终达到了那个连名字都还不知道的人所展示出的精湛的技术表现。现在我期待同他说话,谈谈他给工厂带来的变化,期待在饭点时找他聊。然而,我们这些人压根想不到,最终到了饭点,我们会看到怎样的奇观。

因为,那个新来者甚至在公司许可的饭点也不离开组装台前的位置，而是继续工作，一只手往嘴里喂吃的，另一只手组装金属件，虽然速度稍慢了一点。这一表现让我们见识了一种前所未闻的精湛技艺水准，自然，也带来可观的生产效率。新来者毫不张扬地引领着我们进入更高层次的对工作的投入，起初我们还有些许抗拒。但他的目标很快变得明显。这目标也足够简单：在饭点完全停止工作的工人发现自己的心神再次被工厂里弥漫的那种恼人的气氛占据，甚至被那气氛折磨，而这一切都源于住进了厚磨砂玻璃后面办公室里的临时主管，那家伙的准确性质大家还没有得出统一结论，但在头一天已经祸害了每个人。另一方面，那些留在组装台前继续工作的员工就相对较少被主管的形象与影响困扰。因此，没过多久，我们就都学会了一只手喂东西，另一只手继续工作。更不消说，等到当天最后一次休息的时间到来时，已经没人会从组装台前离开分毫。

直到宣布放工的钟声比往常推迟了几个小时后响起，我才有机会同那个新员工说话。我们出了工厂，每个人都精疲力竭，沉默地往城里走，而他仍然是大步流星地走在灰色的浓雾中，我决定跟上去。我没有拐弯抹角，直接问他："你怎么回事？"

没想到他突然停了下来，望着我，尽管在雾中我俩彼此都不太看得清。然后我看到他的脑袋微微转向远远的工厂的方向，"听着，伙计，"他的声音严肃而真诚，"我不是来挑事的，希望你也不是。"

"难道我不是跟着你一起干活了么？"我说，"每个人都跟着你干活了。"

"是的。你们开了一个好头。"

"所以，我可以认为你是新主管的人？"

"不，"他断然否定，"我一点也不知道他的事。关于他我没什么可说的。"

"但是你以前在类似的条件下工作过,这不是真的么?"

"我为这家公司打工,和你一样。是公司派我来这儿的。"

"但是,公司里一定发生了变化,"我说,"出现了一些新的情况。"

"不见得,"他说,"奎因公司一直在对它的商业模式进行调整和改进。只是需要一些时间,你们才能体会到变化。别说公司总部,就连最近的区域中心也距你们太远了。"

"还会有更多这种变化,是不是?"

"也许吧。但是讨论这种事情真的毫无意义。如果你想要继续在这家公司打工,就不要讨论。如果你不想惹麻烦。"

"什么麻烦?"

"我得走了。请不要再同我讨论这个问题。"

"你的意思是你要举报我?"

"不,"他说,他回头望着工厂,"眼下没必要。"

然后他转身,快步走进雾中。

第二天早上,我同其他人一起回到工厂。我们的工作速度甚至更快了,生产量也更高了。部分原因是放工的钟声响得比昨天更晚了。我们在工厂的时间延长了,工作的效率提高了,这变成了一种既定的模式。没过多久我们就只有几个小时能离开工厂,只有几个小时能属于自己,而这段时间除了用来休息也干不了别的,然后就又得上工,继续完成现在工厂压在我们头上的耗尽精力的劳动量。

但我始终对生活有更高的期望,每过一天,这些希望都会变得更渺茫。必须辞职。每当我勉力在返工之前抓紧休息几小时的时候,脑子里就会掠过这句话。我不知道这样一步意味着什么,因为我没有别的谋生的前景，也没有继续租住公寓房的存款。另外，边境线这边几乎每个人都需要药物来忍受生存的折磨，我也需要，而这些药都得找受雇于奎因公司的医生开方子，并得找那些全靠公司许可才能做业务的药剂师拿。尽管如此，我仍然觉得自己别无选择，必须辞去工厂的工作。

我住的公寓外面的走廊尽头，有个极小的壁龛，里面放着一部给楼内租客共用的电话。我必须通过电话辞职，因为我不敢想象如何亲自到厂里去做这件事。我甚至不能像布莱切一样进入临时主管的办公室。我不能走进那个被厚磨砂玻璃围起来的房间，里面住着那家伙，我和同事们看到它呈现出各种形状与表征，从乌云般移动与搅动的无定形的一团，到某种更明确的东西，似乎有"头部"和"手臂状的突起"。考虑到这些情况，我会打电话到最近的区域中心，向负责这方面事务的合适的人表达辞职的意愿。

我公寓房外走廊尽头的电话壁龛窄得可怜，侧着身子才能钻进去。在这个逼仄的地方，几乎没有空间让你抬手往挂在墙上的电话机里投币，也几乎没有足够的光线让你看清楚号码键。我记得自己好紧张，生怕拨错电话让我那干瘪的钱包再蒙受损失。为了确保自己能成功打完这个电话，我采取了各种预防措施，这好像就费了几个小时，然后我终于接通了最近的公司区域中心里的某个人。

电话响了那么多声，我都担心不会有人来接了。最终铃声停止，过了一会儿，我听到一个几乎听不见的声音，又遥远，又细弱。

"奎因公司，西北区域中心。"

"没错，"我说，"我想要辞去在公司的职务。"

"抱歉，你是说想要从公司辞职么？你的声音听上去太遥远了。"那个声音说。

"是的，我想要辞职，"我对着电话听筒喊道，"我想要辞职。你能听到么？"

"是的，我能听到。但公司眼下不接受辞职申请。我会把你转到我们的临时主管。"

"等等。"我说，但他已经转电话了，铃声又响了那么多声，我都担心不会有人来接了。然后铃声停止，但却没人说话。"你好。"我说。但我只听到一种模糊但却严重回响的噪声——低沉的咆哮声，一会儿减弱，一会儿升高，似乎是回荡在深深的地洞的巨大空间里，或穿过浓云密布的天空。这个声音，这种低沉的、野兽般的咆哮，让我感到莫可名状的恐惧。我把电话听筒从耳边拿开，但那咆哮的噪音一直在我脑子里响。然后我感到电话在手里颤抖，像活物一样搏动。我啪的一声把听筒挂回座机，但那颤抖与搏动的感觉还在持续地移动我的胳膊，穿透我的身体，最终抵达我的头脑，它逐渐与越来越吵的低沉的咆哮声同步振动，把我的思想变得一片混乱，变成回声轰隆的疯狂，瘫痪了我的运动，让我甚至无法呼救。

我根本不确定自己是否真的打通了辞职的电话。就算我真的打了这个电话，我也不能确定自己经历了什么——我在公寓房间外走廊尽头的电话龛里听到和感受到了什么——那种体验，就像是我不去工厂上班后每天夜里循环的梦。吃多少药都不能阻止噩梦夜夜来袭，也不能从我心里抹掉关于它们的记忆。很快，就像布莱切一样，我吃药的量就大到没有足够的存药让我过量服药了。自从辞职后，我就没钱再开药方，也没钱买药服用以忍受自己的存在。当然，我本可以用其他方式弄死自己，如果我有自杀倾向的话。但不知为何，我仍然对生活有着更高的期望。因此，我回去工厂看能否重新入职。毕竟，区域中心里接我电话的那个人不是说了么，奎因公司现在不接受辞职。

当然，我无法确定自己在电话里到底听到了什么，也不确定自己是否真的打了那样一个辞职电话。其实，还没有走进工厂车间，我就意识到，只要我愿意，就还可以在这儿工作，因为我那个组装台前我站了那么久的那个位置依然空着。我穿上自己的灰色工装，走向组装台，开始以一种狂热的速度组装那些小金属件。我的手毫不停顿，望着对面那个人，我曾经认为他是个"新来者"。

"欢迎回来。"他用随意的语调说道。

"谢谢。"我回答。

"我对弗劳利先生说，你迟早会回来的。"

这一刻，我对这话里隐含的消息感到狂喜：临时主管走了，弗劳利先生回来管理工厂了。但望向角落里他的办公室，我发现厚厚的磨砂玻璃后面仍然没有灯光，尽管弗劳利先生坐在办公桌后的庞大身躯轮廓清晰可辨。然而，返工没多久我就发现了，他已经改变了。工厂的人与事全都不一样了。现在我们几乎是夜以继日地工作。一些人开始整晚待在工厂，在角落里睡一个小时左右就回到组装台前工作。

重新工作后，我不再被那些原先逼得我回到工厂的噩梦折磨。然而，我一直感觉到那些噩梦的氛围，非常微弱地感觉到，那多么像是临时主管带到工厂的氛围。我相信这种被临时主管监视着的感觉，是一直在对管理模式进行调整和改进的奎因公司精心算计过的一种手段。

公司保持了不接受辞职的政策。它甚至将这种政策扩展到不允许退休。我们都被开了些新的药物，尽管我没法准确说出那是多少年前的事儿。工厂里没人记得自己在这儿工作了多久，也不知道自己有多老，而我们的速度与生产量一直在提升。似乎公司和临时主管都永远不会处理掉我们。然而，我们毕竟只是人，或者至少是肉体凡胎，总有一天我们会死。这是我们能指望的唯一的退休方式，尽管没人期待那个时候到来。因为我们忍不住想知道接下来会发生什么——公司为我们计划了什么，我们的临时主管在这个计划中扮演怎样的角色。以狂热的速度工作，组装那些小金属件，这可以帮助我们不去想那些事情。

在异国土地上,在一个异国城市里

他的影子将向一座更高的房屋升起

那天半夜,我醒着躺在床上,听窗外漆黑的风声,还有光秃秃的树枝刮擦上方屋顶板瓦的声音。很快我的思绪就聚焦到一座小城,描绘出它不同的角度和面相,那毗邻北方边境线的偏远小城。然后我记起,小城边缘外不远,有一座山顶墓地。我从未对人说过这座墓地,对于隐退到北境的荒凉风景中的人,它一度是他们巨大痛苦的源头。

山顶公墓里的人口比下面城里密集得多,阿斯克罗比乌斯就葬在这儿。他是一个全城闻名的耽于冥想的隐士,因为疾病而身体严重畸形。然而,尽管他的畸形与隐修那么引人瞩目,但他在刚死后却几乎无人知晓。这个隐士获得的全部恶名,我给他加上的全部恶评,都是在他那被恶疾摧折的躯体埋入山顶墓地之后才发生。

起初并没有人特别提起阿斯克罗比乌斯,只有一种黄昏时的闲谈——朦胧的、弥漫的低语,在城外墓地周围持续不断地回旋,不时触及那些有着病态特性的、更加普遍的话题,包括某些关于墓地现象的抽象的讨论。渐渐地,不论是在城里走动,还是留在某些僻静的地方,这种黄昏闲谈变得熟悉,甚至想不听到都难。狭窄街巷的有阴影的门廊里,城中老房子顶层房间的半开的窗户里，迷宫般、有回声的走廊的遥远角落里，都会传来这些话。似乎每个地方都有人对"失踪的坟墓"这个唯一话题变得无比痴迷，甚至到了歇斯底里的地步。没有人会把这个说法错误地理解为坟墓被侵入，被掘开，棺材被搬走，更不会以为仅仅是坟墓的墓碑丢失，让人搞不清楚墓主的身份。我对这个北方边城的语言中那些细微的差别算是不太熟悉的了，但就连我都能理解"一个失踪的坟墓"或"一个空缺的坟墓"的意思。山顶墓地的墓碑那么密集，地里挤满了棺材，所以明显得叫人吃惊的是：过去这里是一个常规的墓园，而现在，这同一片金贵的空间却变成了闲置的空地。

在一段时间里，出现了许多关于失踪的坟墓墓主身份的猜测。因为山顶墓地从未系统地保留关于入葬的记录——比如，葬礼何时何地为谁而办——关于失踪坟墓墓主或前墓主的讨论总是堕落成最疯狂的胡言乱语，或者纯粹变成混乱而阴沉的臆想。一天晚上，我们几个人聚在一座废弃建筑的地下室里，这样的场景又发生了一轮。就是这次聚会中，一位自称克拉特医生的绅士建议，把"阿斯克罗比乌斯"的名字加到那个失踪坟墓的墓碑上。他对自己的断言极为确信，到了叫人不愉快的地步，似乎山顶墓地里并没有多少名字错误或者看不清的墓碑，或者干脆就没有。

有段时间，克拉特在城里到处自吹，说自己在某个勉强算科学的学科里浸淫颇深。这种伪装或者欺诈（如果算得上的话）在这个北方边城的历史上并不罕见。然而，当克拉特开始说最近的反常事儿不是失踪的坟墓，甚至也不是空缺的坟墓，而是一种尚未创生的坟墓，他的话就引起了其他人的留意。很快，当人们说到失踪坟墓（现在叫作未创生的坟墓）的墓主，阿斯克罗比乌斯就成了被最频繁提及的名字。与此同时，克拉特医生的名声也就同那个因为身体畸形和耽于冥想而出名的死者紧密地联系到了一起。

在此期间，似乎在城中任何地方，都能看到克拉特在那儿滔滔不绝地讲述他同阿斯克罗比乌斯的关系，现在他说后者是他的"病人"。在长期歇业的店铺拥塞的后屋里，或者其他类似的偏僻场所——比如，偏远的街角——克拉特大谈他如何造访阿斯克罗比乌斯那栋位于僻街小巷的高房子，如何试图治疗长期折磨他的疾病。另外，克拉特自吹深入观察了隐士那深沉的冥想型人格，这种性格我们大多数人一辈子都没遇见过，而他却同这位隐士进行了许多次长谈。从以前把他当成大话精（也许现在仍然如此）的城中居民那里获得关注，克拉特显得很享受，而但我相信他并未察觉到有些人所说的他对阿斯克罗比乌斯事务的"搅和"激起了怎样深刻的怀疑，甚至恐惧。"汝不应搅和闲事"，这是本城一条虽然很少观察到，但却不言而喻的戒律，对我来说大抵如此。而克拉特披露阿斯克罗比乌斯以往不彰的存在，即便他的那些奇闻轶事是误导性的，或者完全是瞎编的，也会被许多常住居民视为高度危险的搅和。

然而，一旦克拉特开始谈起那位好冥想的死者，就没有人会掉头不顾：没人试图让他闭嘴，甚至没人质疑他的说法。"他是个怪物。"一天晚上，一些人聚到城市郊区一个废弃工厂里，医生对我们这样说道。克拉特频频将阿斯克罗比乌斯称作"怪物"或"畸形种"，而这些绰号并不单纯被认为是对那位声名狼藉的隐士的身体缺陷的反应。据克拉特说，在严格的形而上的层面，阿斯克罗比乌斯应该被视为最魔怪、最畸形的，而这些特征是他耽于冥想天性的后果。"他可以驱使不可思议的力量，"医生说，"他甚至可以治好自己的病态，谁能说得清楚？但在他那栋偏僻小巷高房子里发生的所有冥想的力量，那些绵延沉思的力量，完全被指向了另一个目标。"说完这些,克拉特医生在废弃工厂里临时照明的闪烁不定的光线中陷入沉默。他几乎像是在等待我们中有人追问,好让他作为同谋,继续讲述那位死者的非同寻常的八卦。

总算有人问起了那位隐士的冥想与沉思的力量,以及这些力量最终被指向了什么目标。"阿斯克罗比乌斯寻求的,"医生解释道,"不是他生理疾病的解药,不是任何常规意义上的治疗。他寻求的是一种绝对的消除,不仅消除他的疾病,也消除他的整个存在。在一些罕见的场合,他甚至对我说到他的整个生命尚未被创造。"克拉特医生说出这些话,似乎在我们聚集的废弃工厂里产生了片刻最深沉的宁静。毫无疑问,每个人都像我一样,突然被一个唯一的沉思对象迷住——那就是空缺的坟墓,也就是克拉特医生所谓"未创生的坟墓",在城外的山顶墓地里。"你们看到发生了什么。"克拉特医生对我们说。"他"消除了自己病态的、噩梦般的存在,留给我们一座未创生的坟墓。那天晚上废弃工厂里的每个人,这个北方边城里的其他任何人,都不相信克拉特医生揭示出的东西会让我们付出无法估量的代价。如今我们全都作为共犯搅和进了这些事件——它们渐渐被委婉地称作"阿斯克罗比乌斯的脱逃"。

不得不承认,这座城市一直充斥着各种各样的歇斯底里。然而,在阿斯克罗比乌斯的脱逃之后,城里又爆发出瘟疫般的黄昏怪谈,说的是城中到处都正在形成或已经发生的"不自然的反响"。必得有人为那个未创生的存在赎罪,或者说,在各种晦暗的背景或情境下表达出的就是这样的普遍情绪。夜深人静时,你会听到城中到处频繁升起最有回响的叫喊,尤其是在背街小巷的区域,远远超过了平常夜间类似声音的频率。接下来那些阴郁的日子里,街头几乎阒无人迹。关于小城夜惊症详情的任何谈话都很稀罕，或者完全消失了：也许，我甚至可以说，它像阿斯克罗比乌斯本人一样未创生过，至少暂时未创生。

最终免不了出现的是克拉特医生的形象。一日下午近傍晚时分，他从一座旧仓库的阴影中走出，对聚集于此的一小群人讲话。灰扑扑的窗格里透出薄纱般的光线，他的身形几乎难以看清，他宣称自己有办法解决这座北方边城新发现的麻烦事儿。仓库前聚集的人群同其他任何更深入地搅和进阿斯克罗比乌斯事件的人一样警惕，所以他们虽有犹疑，却听了下去。这群人中有一个女人，人称"格里姆太太"，经营着一座公寓——其实是一种妓院——客户主要是外地人，特别是经过此地去境外而在此歇脚的商业旅行者。尽管克拉特没有直接对格里姆太太说话，但他表达得相当明确：他需要一种特殊类型的助理，帮助他实施心中的计划，把我们从那些近来折磨着每个人的无形创伤中解放出来。"这样一位助理，"医生强调，"不应该特别敏感或聪明。"

"与此同时，"他继续道，"这个人的外表一定得够漂亮，甚至得有一种脆弱的美。"克拉特医生进一步的指示表明，这个必需的助理当天晚上就应该被送上山顶墓地，因为医生预测，这一整天蒙住天空的浓云到夜里都不会散，可以遮住经常过于严峻地照在密密麻麻的坟墓上的月光。医生如此期待最适宜的黑暗，这似乎明显地泄露了他的办法。当然，旧仓库前的每个人都注意到，克拉特提出的这些"措施"不过是又一次搅和，而且是由几乎肯定最坏的那一类骗子来实施。但是，我们已经太深地卷入了阿斯克罗比乌斯的脱逃，并且太缺自己的解决办法，所以，当格里姆太太提出尽力协助医生完成他提出的方案时，没有人试图阻止她。

无月的夜晚来了又去了，格里姆太太派去的助理再没从山顶墓地回来。然而，这座北方边城里，似乎一切都没有改变。午夜尖叫的合唱继续上演，如今黄昏谈话的主题是"阿斯克罗比乌斯的恐怖"与"牛皮大王克拉特医生"，而他也失踪了，我们逐条街逐栋楼地搜寻过，当然，不包括那个可怕隐士的僻街高房子。最终，一小群城里情绪尚算稳定的人上山往墓地去了。当他们到达空缺的坟墓的区域，马上就明白克拉特为了终结阿斯克罗比乌斯的脱逃采用了什么"措施"，而格里姆太太派来的助理又派上了怎样的用场。

那些到了山顶墓地的人们带回城里的消息是，克拉特不过是个普通的屠夫。"嗯，也许不是个普通的屠夫。"上过山的格里姆太太说。然后她详细解释了医生助理的身体（皮肤被精细地切成无数片，器官被分解成无数块）如何按照某种计算播撒在空缺之墓的地点上：头和躯干被支在地上，似乎作为一座坟墓的墓碑，胳膊和腿摆放的方式仿佛是要标示出一块墓地的长方形空间的边界。有人建议把这些残肢断体收拢来好好安葬，但格里姆太太出于某种就连她自己都不知道的原因（或者这是她的托词）说服其他人，应该保持现场不动。也许她对此事的直觉够幸运，因为没过几天，所有与阿斯克罗比乌斯脱逃有关的恐怖状况都彻底终止了，不管这些状况从一开始就有多不明确或者干脆就不存在，反正全都消停了。只是到了后来，在黄昏闲谈那无止境的低语中，我们才渐渐明了，为何克拉特医生要抛弃这座城市，毕竟他严酷的措施完全奏效了啊。

尽管我不能说自己亲自见证了任何事情，但其他人报告了"新占据"的迹象，被占的不是阿斯克罗比乌斯的墓地，而是这位隐士一度起居、日夜冥想的那个僻街高房子。目击者说，挂有窗帘的窗户后面不时透出灯光，窗帘上映出的形体轮廓比以往他们所见房子里住过的任何东西都更加奇形怪状。但是，没有人靠近那房子。后来，黄昏谈话里就一直有对所谓"未创生者的复活"的猜测。然而，当我现在躺在床上，听着风声和光秃树枝刮擦上方屋顶板瓦的声音，我无法入眠，忍不住幻想起那个阿斯克罗比乌斯的畸形幽灵，思忖着它在哪些不可思议的冥想的层面梦着另一次消除存在的行动，一次新的、影响深远、有着巨大力量和明显能持续更久的努力。我并不欢迎这种想法：有一天，在一个北部边城，会有人注意到，某条僻街的一栋房子似乎正从它原本占据的位置上消失，或者空缺。

铃声永恒回荡

初春的一个暗淡的早晨，我坐在一个小公园的长椅上，有位病容满面的绅士在我旁边坐了下来。我们沉默地盯着公园那苍白、浸水的地面看，此时万物还在化冻，植物复苏才微露端倪，光秃秃的树枝扎煞在灰色天空中。以前来公园我就见过这个人，当他自我介绍时，我似乎记起来他是个商人。当我坐着抬头凝望黝黑的瘦枝，还有后面的灰色天空，脑袋里突然冒出"代理商"这个词。我们安静却有点犹豫的交谈莫名其妙地岔到了一个靠近北部边境的小城，我曾经生活过的地方。"好多年了，"那人说，"我出来好多年了。"然后他继续给我讲他住那儿时的经历。当时他是某个公司的长期雇员，工作热情很高，经常为了业务去到各种偏僻之地。

一天深夜，在越过边境去到最终目的地之前，他需要找个地方歇脚。作为那个小城曾经的居民，我知道有两个主要的地方可以过夜。其中一个是城市西边的一栋公寓，其实根本是个妓院，顾客多为旅行代理商。另一个位于城市东边，那个区域曾经很繁华，但当时已破败，大多数房子没人住，有传言说其中一栋被一个名叫皮克太太的老女人改成了旅馆。据说这个女人定居小城之前在许多游乐场里表演助兴节目，起初跳脱衣舞，后来算命。那个代理商告诉我，他不确定是被人指错了方向，还是故意作弄，反正他到了城市东边，只见到零星亮着灯的房子。所以他很容易就看到了旅馆的招牌，矗立在一栋大房子前的台阶旁，那房子临街面上像长疣子一样冒出许多小尖塔，甚至连高高的尖屋顶上也有。尽管这房子看上去很丑怪（公园里那位绅士说，像是"废弃的微型古堡"），而周边社区又一片荒凉，他还是毫不迟疑地登上前门台阶。他按门铃，全没想到不是铃铛或敲钟的声音，而是"蜂鸣器一样的铃声"。然而，他说，在按门铃发出的蜂鸣声之外，还听到类似雪橇铃的"叮叮当当"。最后门开了，看到皮克太太浓妆艳抹的脸，他问："有房间么？"

进到前厅，皮克太太让他稍停，一只瘦胳膊颤抖着指向角落里一个斜面讲台上张开的登记簿。簿子上前面没有任何住客登记，但这位代理商毫不犹豫地拿起搁在上面的钢笔，写下自己的名字：Q. H. 克拉姆。然后他转向皮克太太，弯腰取回自己带来的小手提箱。这时他才第一次看到皮克太太那只不发抖的左手，同右手一样瘦，但却像是个假肢，如同一个老侏儒苍白的手，珐琅质的表皮上有几处剥落。此时克拉姆先生才完全意识到，用他的话来说，自己陷入了一个"谵妄而荒谬"的境地。不过，他说，自己也有一种极度的兴奋感，同他无法准确命名的某些东西有关，那些东西，他以前从未想象过，而当时也甚至不可能稍稍清晰地想象。

老女人发现克拉姆注意到了她的假手。"您已经看到了，"她的声音缓慢而沙哑，"我完全有能力照料好自己，不管某个傻帽想要给我安上什么名声。但我现在接待的旅客没以前多了。我敢肯定，如果由某些人决定的话，我会一个顾客也没有。"谵妄而荒谬，克拉姆先生对自己说。然而，他还是像小狗一样跟着她进了房间，里面光线很差，看不清任何装饰细节，克拉姆晕乎乎的，像是被裹进了最奢华的充满阴影的环境里。当老女人把她那只真手伸向一盏在黑暗中勉强发着微光的小灯，挑高灯芯，变亮的灯光把一些影子推远，而让许多其他影子奇形怪状地变大，这仅仅是增强了他那种眩晕的感觉。然后，她开始陪克拉姆上楼去他的房间，真手举着灯，假手随意垂下。皮克太太每上一级台阶，代理商似乎就会听到刚才在外面等人应门时听到的叮叮当当的铃声。但那声音太微弱，似乎被厚厚地蒙住，克拉姆不由得把它当成了一种记忆的回声，或者是他飘忽的想象。

皮克太太最后给他安排的房间在房子最高一层，与通往阁楼的门就隔着一段短而窄的走廊。"当时看起来，这个安排似乎一点也不荒谬。"在那个初春的暗淡早晨，我们一起坐在公园长椅上时，克拉姆先生这样说道。我回答道，关于皮克太太的出租公寓，出现这样的判断失误并不罕见，至少我住在这座北境边城时听到的传言中是如此。

克拉姆告诉我，当他们走到房子最高层的走廊，皮克太太把她带来的灯放到最后一段台阶顶上附近的一张桌子上。然后她伸手按墙上一个突出的小按钮，打开了走廊一边墙上的灯。光线仍然阴沉——如克拉姆所述，是活跃的阴沉——但足以让人看清花纹密集的墙纸，以及花纹甚至更密集的走廊地毯，这地毯一头通向上阁楼的门，另一头通向安排给他住的房间。皮克太太打开房门，按动里面墙上另一个小按钮，克拉姆看到这个房间如此逼仄又简陋，毫无必要地想到这栋房子里其他地方显然颇为宽敞，或者按他原话，"幽暗的奢华"。然而，克拉姆没有提出异议（他坚持说自己当时连想都没想），沉默而顺从地把手提箱放到一张甚至连床头板都没装的极小的床边上。"从走廊过去几步就有一个盥洗室。"皮克太太说完就离开房间，关上房门。在这个小房间的寂静中，克拉姆再次觉得自己似乎听到叮叮当当的铃声消失在远方，消失在这栋大宅子的黑暗里。

尽管奔波了一整天，代理商仍然毫无困意，也许他已经进入了一种超越了绝对疲乏边界的精神状态——我们坐在公园长椅上他如是猜想。有那么片刻，他在那张尺寸太小的床上躺下，衣服也没脱，瞪着天花板，看上面几块巨大的污迹。他想，他终究被安排进了一个紧贴屋顶的房间，而且这屋顶显然破损过，碰上暴风雨就有水从阁楼浇进来。突然，他的心思以最为奇怪的方式定在了阁楼和从他房间穿过走廊就到的那扇门上。老阁楼的秘密，躺在一栋阴影围裹的巨大房子的顶层房间里那张微型床上，克拉姆喃喃自语。以往从未体验过的感觉与冲动在他心中升起，他对阁楼及其秘密越来越激动。作为旅行代理商，明天还要工作，他本应好好休息，但此时他满心想着的都是从床上爬起来，穿过那道昏暗的走廊，走向阴影重重的皮克大宅里那道通往阁楼的门。他对自己说，不管碰到什么人，他都可以说自己只是要去盥洗室。但克拉姆走过盥洗室门，继续往前，很快就发现自己无助地爬进了阁楼，那道门没有关。

里面的空气甜丝丝地发馊。借着透过一道八角形小窗照进来的月光，代理商在黑暗的混乱中朝从一根粗大黑绳上垂下来的灯泡走去。他向上伸手，转动灯泡座子一边突出的一个小刻度盘。

现在他能看清周围的珍宝了，他被自己的发现震得浑身发抖。克拉姆对我说，皮克太太的旧阁楼像是一家服装店，或者一个剧院的化妆间。周围全是奇怪的全套服饰，从张开的大衣箱里涌出来，或者悬挂在打开的高大衣柜的阴影中。后来他开始意识到，这些古怪的衣服大多是皮克太太当年在各种游乐场助兴节目里跳艳舞、算命的遗物。克拉姆本人还记得，看到阁楼墙上贴着几张褪色的海报，宣扬着那个老女人前半生的两个不同阶段。其中一张海报画着一个舞女，在丝绸的旋风里摆出个半转的姿势，她的脸从聚集在画面底下代表观众的一片戴礼帽或不戴帽的人头的侧影扭开。另一张海报画出一对凝视的黑眼睛，睫毛像蜘蛛脚一样长。眼睛上面画有蜿蜒的字体，写着：**幸运夫人**。眼睛下面用同样的字体写了一个简单的问句：**你有什么心愿？**

除了艳舞女郎和神秘算命师剩下的衣服，还有些别的衣物。在被克拉姆称作"昔日天堂"的阁楼里，它们散落得到处都是。他发现各种古怪的化装衣物摆在地板上，或者悬挂在衣柜镜子上，发现用昂贵天鹅绒与闪亮彩缎精心制作的小丑服，他激动得手都抖起来了。克拉姆在这个狂乱的阁楼世界里搜寻，最终找到了他几乎不知道自己在寻找的东西。就在那儿，埋在最大的一个衣箱的最底下：一件傻瓜小丑服，完美地配有脚尖翘起的软拖鞋，还有尖端分叉的帽子，他戴到头上就听到铃铛摇晃的声音。整套服装是各色画布的疯狂大拼盘，他脱掉自己那套商人行头，发现小丑服再合身不过了。克拉姆照镜子发现帽子的两个尖端像是蜗牛的双角，只不过当他摇头弄响铃铛时它们不是朝这边就是朝那边垂下来。拖鞋翘起的脚尖上也缝有铃铛，整套小丑服上下都挂着不少铃铛。克拉姆说，他在衣柜镜子前腾跃，把身上的铃铛全晃响，一边盯着镜子那个几乎认不出来的自己，沉迷在这个从未想象过的感觉与刺激的世界中。他说,他对自己作为一个旅行代理商的存在不再有丝毫感觉。对他而言,眼下只存在那套裹住他身体的小丑服装,那些铃铛的叮当响,还有镜中那张松弛的傻脸。

克拉姆说,过了一会儿,他脸朝下倒在阁楼冰冷的木头地板上,一动也不动,被在这发霉的天堂里寻得的满足弄得精疲力尽。然后,那铃铛的声音再次响起,但克拉姆听不出是从哪儿传来的。他的身体还在地上不能动弹,处于一种困乏的麻痹状态,但他仍然听到叮当作响的铃声。克拉姆想要睁开眼,在地板上翻个身,好看看是什么在弄出铃声。但他很快就对这个行动计划失去了信心,因为他仍然无法感觉到自己的身体。铃声变得甚至更响了,就在他耳畔叮当,而他连头都转不动,更别说晃动帽子尖端上的铃铛了。然后,他听到一个声音对他说:"睁开你的眼睛……有惊喜给你。"他睁开眼睛,在衣柜镜子里看到自己的脸:一个微小的傻瓜脑袋上一张微小的脸……而那脑袋在一根棍子顶端,那棍子像拐杖糖一样有条纹,抓在皮克太太的木头假手里。她像婴儿摇拨浪鼓一样晃动这根条纹棍子,让克拉姆的微小的脑袋上的铃铛疯狂地叮当乱响。他在镜子里还能看到自己的身体仍然无助地躺在阁楼地板上,毫不动弹。他脑子里只有一个强烈的念头:要永远在皮克太太用木头假手抓着的棍子上做一个脑袋。永远……永远。

第二天早上克拉姆醒来,发现自己和衣躺在床上,房间上面传来雨打屋顶的声音。皮克太太正用她的真手轻轻摇他,说:"醒醒,克拉姆先生。很晚了,你得上路了。你还要到边境对面去做生意。"此时,克拉姆想要和她说些什么,把他讲述给我的"阁楼历险"讲给她听。但皮克太太公事公办的生硬态度和她完全平淡无奇的语调让他明白,任何问询都不可能掏出什么话来。再说了,他害怕过于唐突地讲出这件诡异之事,只会把场面搞砸,毕竟他还不想同她撕破脸。于是,他很快就站到这栋大宅的门前,手里提着箱子,稍作停留,凝视皮克太太那张浓妆艳抹的脸,并努力再瞥一眼垂在她身旁的假手。

"我可以再来住吗?"克拉姆问。

"随时欢迎。"皮克太太回答着,为他拉开门。

刚一出门到了门廊,克拉姆就飞快地向后转,喊道:"可以再住那个房间吗?"

但皮克太太已经关上门了,就算她真的对此问题做出了回答,克拉姆听到的也只是细微的铃铛响。

在北部边境对面完成交易后,克拉姆先生马上返回皮克太太的房子,但却发现自己离开的短短时间里那里被烧成了一片白地。这个初春的暗淡早晨,当他坐在公园长椅上张望时,我告诉他,关于皮克太太和她的旧宅,一直有些传言,一种不负责任的黄昏闲谈。某些歇斯底里患者认为,终结了皮克太太在城东的商业活动的火灾,是在城西经营出租公寓的格里姆太太幕后操纵的。曾经有段时间,她俩显然有过关系,算是某种意义上的合伙人,她们分别位于这座北境边城东西两头的房子在经营中是互利互惠的。但后来关系破裂,她俩成了死对头。有人说格里姆太太是个"贪得无厌的人",她渐渐无法容忍以前的商业伙伴同她竞争。后来,这座北境边城里人人都知道了格里姆太太找人去皮克太太房子里袭击她的事,事件中皮克太太左手被砍断。然而,格里姆太太吓退竞争者的计划最终事与愿违,因为皮克太太在遭人身攻击之后性情大变,她经营出租屋的方式也变了。过去大家一直知道这位前艳舞者兼算命师是个能耐和意志都极为出色的女人,但在左手被砍断换成木头义肢后,她似乎获得了空前的力量,全都朝一个目标用劲——要把她以前的生意伙伴格里姆太太整垮。正是从那时开始,她以一种全新的态度和独特的方法经营她的出租屋,以至于曾经光顾西城格里姆太太公寓的旅行客商只要来东城皮克太太公寓住上一次,就会一直来东城住,永远不会再回西城格里姆太太那儿。

我对克拉姆先生说,我在那个北境边城住过不短时间,也在许多场合听说过:皮克太太的顾客可能会在住过许多次后,突然发现自己再也离不开她。我继续说,这种说法被火灾后从皮克公寓的废墟里发现的东西在一定程度上证实了。那栋房子里到处都是房间,甚至在巨大的地下室里最偏远的角落也是,在那里发现了许多烧焦的尸体。尽管大火烧得非常彻底,但还是能看出每具尸体都穿着某种奇装异服,好像整栋房子里住了一窝参加假面舞会的人。由于城里有过各种奇特的传说,所以,对于皮克太太公寓的住客全都没有试图逃跑这一点,没人会说不可能,也没人觉得太荒谬。然而,我对克拉姆透露,皮克太太本人的尸体一直没找到,尽管格里姆太太派人进行了最详尽的搜查。

不过,当我们坐在公园长椅,我正把这些事讲给克拉姆听,而他的心思却好像飘去了其他地方,他的样子也变得越发像个应该留在医院的人。最后,他开口问我能否确认自己说的话,火场灰烬里找不到皮克太太的尸骨。我确认了,并请他思考一下,是怎样的地点和情形让我和他在这个初春的早晨进行了这么多交谈。"要记得你自己说的话。"我对克拉姆说。

"哪些话?"他问道。

"谵妄而荒谬。"我回答,试图拉长每个音节,仿佛就能给它们注入某种实在的意义,或至少赋予一种戏剧性的力量。"你只是一个小卒子,"我说,"你和其他所有人,都不过是你们无法想象的力量之间的斗争中的小卒子。你的冲动并不属于你自己。它们像皮克太太的木头手一样是赝品。"

有那么片刻，克拉姆似乎要激动了。然后他像是自言自语地说："他们永远找不到她的尸体。"

"是的，找不到。"

"就连手都找不到。"他用一种完全修辞性的语调说话。我再次确认了他的话。

在这个谈话的节点后，克拉姆再次沉默，那天早上我离开时，他还在瞪着公园苍白、浸水的地面看，表情陷入了歇斯底里的恍惚，安静而专注地等待某种声音或信号唤起他的意识。那是我最后一次见到他。

偶尔，在难以入眠的夜晚，我会想起代理商克拉姆先生，还有我们在公园里的对话。我也会想起我曾经住过的那个北境边城里的皮克太太和她的房子。在这些时候，似乎我自己也能听到黑暗中传来轻微的叮当响的铃声，我的心思开始飘忽，绝望地追逐一个并非我自己的梦。也许这个梦根本就不属于任何人，尽管许多人，包括那些代理商，都曾属于它。

什么也不说的低语

在我对那座北境边城的存在产生怀疑之前，多年来我一直相信自己曾经在那个偏远荒凉之地住过。要支持这种看法，可以提出许多迹象，尽管其中一些可能显得有点离题太远。在童年时，我因为这种那种病而虚弱无力的那些温和的灰色岁月里，它们一点也没有出现过。正是在这个发展的早期阶段，我把自己对冬季的挚爱封印在它的各个阶段与各种显现里。鉴于我即使在病中，也表现出一种本质上属于寒冬的状态，对我来说，想要踏上两旁积着雪的屋顶与覆着冰的栅栏柱的道路是再自然不过的冲动。我躺在床上蓬松的毛毯下面，冰凉而苍白，因为发烧而鬓角汗涔涔。透过卧室结霜的窗格玻璃，我无比专注地凝视沉闷的冬日与刺眼的冬夜交替。我一直醒着，期待一种"冰之超越"的可能性（如我年轻的心所想象的）。因此，即使在频频发作的谵妄中，我也警惕着不要沉入一种粗俗的睡眠，除非是有可能梦到自己深深地进入那片风景，在那里，消散的风会突然将我卷起，抛入一种终极冬眠的虚无。

大家都觉得我活不长了，包括给我主治的齐尔克医生。这位医生早过中年，似乎对照料他负责的尸居余气者充满了热情。然而，我一认识他就觉得他对寒冬精神最偏远最荒凉的所在也有一种隐秘的喜爱，因而也与那座北境边城产生了联系。每次来病床前给我做检查，他都会暴露出与我同样狂迷于那套孤独忧郁的信条，并表现出那么多的信念之痕与姿态。他曾经茂密的头发与胡子日渐稀疏，如今粗硬花白，像极了窗外霜雪覆盖的光秃秃的树杈。他面庞粗粝，硬如冻土，眼中充满十二月午后天空的阴沉。他触摸我的脖子或者轻柔地掀开我的下眼睑的手指是冰冷的。

一天，在我觉得他以为我已经睡着了的时候，齐尔克医生暴露出他对严冬世界的荒芜秘密知晓到何等程度，虽然他只是说出了一颗劳累过度、濒临崩溃的灵魂那晦涩的只言片语。他用冷彻、纯净如北极风的声音提到了"经历某些严峻的考验"，还说到他所谓的"事物秩序中怪诞的不连续性"。他颤抖的声音呼唤着一种"希望与恐怖"的认识论，要一劳永逸地揭示这个"巨大的灰色生存仪式"的本性，要义无反顾地扎进一种"虚无的启蒙"。

他轻柔而绝望地喘息，似乎直接对我说话："用你自己的方式终结它吧，小傀儡。用快速的动作，而不是慢吞吞、焦躁不安地关上那道门。要是这个医生能够向你展示这种冰冷的拯救，那该多好。"我感觉自己的睫毛因为这些话的腔调与含义而忍不住眨动，齐尔克医生马上就停口了。就在那时，我的母亲进了房间，这让我可以假装是被她惊醒。但我永远不会辜负那天医生托付给我的信任或轻率。

总之，多年以后我才初次见到那座北境边城，并在那儿逐渐领悟到这个几乎静默的冬日里齐尔克医生的喃喃自语的来源与意义。到这座城市时，我注意到它同我童年的冬境多么相像，尽管当时的准确时节仍然略微有点不合时令。那天的一切——城市的街道，街上行走的人，商店橱窗及里面陈列的贫乏的商品，有气无力的风勉强搅动的轻薄碎片——全都像是被抽走了所有颜色，仿佛一道巨大的闪光刚刚在城市那震惊的面容上爆开。不知怎的，在这惨白的建筑立面之下，我凭着直觉感受到了我对自己所描述的"为一系列绵绵不尽的谵妄事件提供避难所的地方那无孔不入的气息"。

无疑，是一种谵妄的心绪主宰着这城市，让我视线里的一切都在隐约地闪烁，仿佛蒙上了一层病房里薄纱般的光晕：一种并无精确实质的氤氲，让其后或其中的物体扭曲，但却一点也不变模糊。我在街头感觉到一种凌乱与骚动的气氛，似乎它谵妄的心绪仅仅是一场巨大混乱的温和前奏。我听到无法辨别的某种东西的声音，不断逼近的喧嚣，让我逃进两栋高大建筑之间一条狭窄的过道。缩在这个幽暗的藏身地，我望着街头，听着无可名状的嘈杂越来越吵。那声音里混合了叮当与吱嘎，呻吟与嗄哑，某种未知之物摸索着穿过城市的沉闷和喧嚷，庆祝某个特殊的谵狂场景的混乱巡游。

从两栋建筑之间的窄缝看出去，街头已经空无一人。唯一能看到的只有一团模糊的高高低低的建筑在轻微颤抖，而喧闹声越来越高，巡游越逼越近，尽管听不出来自哪个方向。那无形的鼎沸似乎包裹了我周围的一切，然后，我突然看到街上有个形影经过。穿着一件松松垮垮的白色外套，有一个蛋形的脑袋，完全没毛，像面团一样白，一个用既随意又费劲的方式走路的小丑，似乎在水底或顶着强风漫步，用鼓荡的臂膀与苍白的手掌在空中画出奇特的图案。这个怪形似乎要在我目光所及的范围内永恒地经过，但它突然转头，望进我藏身的狭窄通道，它油腻的白脸上挂着一副冷漠的怨毒表情。

跟在这个领头者身后的，有一队衣衫褴褛的人，像牲畜一样套着挽具，拖着毛扎扎的长绳。他们也走出了我的视线，身后的绳子还松垮垮地晃荡着。这些绳索用硕大的钩子拖连的一辆车骨碌碌进入视野，巨大的木头轮子咯咯有声地碾压路面。这是一种平台，周边竖着一圈巨大的木桩，构成笼子的栅栏。顶上并没有什么加固这些木栅栏，于是它们随着巡游的行进而摇晃。

木栅栏上咔哒作响地挂着一排用各种类型的绳索、铁丝与皮带胡乱拴系的物件。我看到面具、鞋子、家用器皿、裸体人偶、硕大白骨、小动物骨架、彩色玻璃瓶、脖子上绕了几圈锈铁链的狗头、乱糟糟的碎片残骸，还有其他一些说不出名字的东西，互相撞击，发出狂乱的混响。我望着，听着那辆滑稽的车经过街头。后面没东西跟着了，这个谜一般的游行队伍似乎结束了，现在只有一片狂乱的吵闹声渐渐消失在远方。然后有人在我身后喊道：

"你在这儿干什么？"

我倏地转身，看到一个肥胖老女人从两栋高楼中间窄巷的阴影里朝我走来。她戴着一顶精心修饰的帽子，几乎同她的身体一样宽，而她已然丰硕的躯体又被层层叠叠、五颜六色的围巾与披肩鼓胀了几分。似乎如此犹嫌不足，她的脖子上还负累着许多重如套索的项链，圆滚滚的手腕上又挂着许多链镯，粗大的手指上还套着林林总总的硕大花哨的戒指。

"我正在看游行，"我对她说，"但我没看清楚笼子里是什么。那里面好像是空的。"

这女人只是瞪着我看了好一会儿，似乎在寻思我的脸，也许在揣测我是否刚到这座北境边城。然后她自称格里姆太太，说她经营着一家公寓。"你有地方住？"她咄咄逼人地问道，"天快黑了，"她略微抬头打了个望，"白天越来越短了。"

我答应跟她去公寓。在路上我向她询问那场游行。"全都是些瞎胡闹，"我们穿过渐渐黑下来的街道，她说，"你以前见过这个没有？"从围巾和披肩里掏出一张皱巴巴的纸递到我手里。

我抹平那张纸，就着昏暗的余晖看上面写了些什么。

最上面用大写字母写着标题：**形而上学讲稿一**。下面是一篇简短的文章，我一边走一边默读，"过去有说法：在经历某些欣喜若狂或糟糕透顶的考验后，我们必须改名，因为我们不再是过去的自己。如今我们反而遵循相反的规则：在与我们之所是或之所思相似的一切彻底消失后，我们的名字还要残留许久。这并不意味着总是有许多东西可以作为开端——其实只有少许可疑的记忆，以及，如同无尽的灰色冬日里的雪花般飘散的冲动。但是，每一片都很快飘落，坠入一团寒冷、无名的虚无。"

读完这篇简短的《形而上学讲稿》，我问格里姆太太它是从哪儿来的。"城里到处都是，"她回答，"纯粹是胡说八道，其他那些都一样。我自己觉得这种东西对生意没好处。我为什么不得不到街上到处揽客呢？但是，只要有人出得起我的价，我就要招待他们，不管他们想要怎样的服务。除了经营一两家公寓，我还有殡葬助理和卡巴莱歌舞舞台经理的执业许可。喏，我们到了。你可以进去——里面会有人招待你。我现在还要去别的地方赴约。"说完最后的话，格里姆太太就走了，每走一步身上的珠宝都咔哒作响。

格里姆太太的公寓属于这条街上最高大的建筑，它们全都有同样的外形，并且，我后来才发现，全都归同一个人所有，或者被同一个人管理——这个人，就是格里姆太太。这一排几乎毫无风格可言的高楼差不多与街道齐平，都有着常见的浅灰色砂浆立面和巨大的深色屋顶。尽管街道相当宽，但房子前面的人行道却非常窄，以至于这些屋顶几乎伸到了人行道上面，搞得下面像隧道一样。这些房子全都酷肖我童年的居所，这后者的外貌我曾经听人形容为"建筑学的悲叹"。伴随着这句话在脑子里打转，我办完了入住的手续，要了一个临街的房间。那其实是一个单间，相当宽敞的卧室，我一进去就站到窗前上下打量这条街道，两旁的灰色房屋似乎构成了一条队伍，一场凝固的葬礼游行。我一遍又一遍地重复"建筑学的悲叹"这几个字，直到精疲力尽，离开窗户，躺到了床上霉乎乎的毛毯下面。睡着之前，我想起来了，这句话是齐尔克医生用来描述我童年居所的，他当时经常去那儿。

于是，我就叨念着齐尔克医生进入了梦乡，在格里姆太太的公寓中，一间宽大的卧室里。我想着他，不仅是因为他用"建筑学的悲叹"来形容我那栋与北境边城里这条灰屋子的街道两旁那些高屋顶的建筑极为相似的童年居所的外貌，更因为，并且甚至主要是因为，几小时前我读过的那篇简短的形而上学讲稿让我格外想起了当年，每个人都以为我会因为枯竭生命的疾病而早逝，而医生在照看我的时候，坐在我床上说出的那些零碎的言语和咕哝。在这个古怪的公寓，躺在有霉味的毛毯下面，一小片月光透过窗户照亮房间里梦一般的空阔，我再一次感到有人坐到我床上，俯身于看似睡着了的我身上，用看不见的手势和轻柔的嗓音照料它。就在那时，我像儿时一样假装睡着，却突然听到第二篇"形而上学讲稿"。念出那些言词的，是一个缓慢而洪亮的单调的声音。

"我们应该感恩，"那个声音对我说，"知识的贫乏严重限制了我们对事物的观念，以至于让我们有可能感觉到有关它们的东西。如果理解……一切，那我们怎样才能找到一个借口对任何事物做出反应？除了心不在焉，从来没有什么会因为强烈情绪的冒险而受害。我们被自己的身体及伴随着的疯狂控制，若是没有这种愚蒙状态产生的悬念，谁会对宇宙奇观有足够的兴趣，几乎不带来一丝厌倦，更不用说，没有这种悬念，谁会来展示更激动人心的证明，向一个本质上由黑色背景中的灰色阴影构成的世界添加这种不寻常的色彩？希望与恐惧——在依赖于一种有缺陷的洞察力的无数状况中我仅仅重复这两种——对于一种将会暴露它们缺乏必然性的终极启示来说，希望与恐惧会糟糕得多。在另一个极端，每次我们获得一点知识之光，将它从照明的光谱中分离出来，然后完全忘记它，我们最糟糕和最高尚的情感都会获得满足。我们全部的狂喜，不论是神圣的还是渣滓的，都依赖于我们拒绝被哪怕最肤浅的真理规训，依赖于我们发狂地意图遵循遗忘之路。有充分理由可以认为，在宏大的灰色的存在仪式上，健忘症是最高的圣礼。最完满的认识与理解，就是投入空虚的启迪，投入一片记忆的冬景——其实质完全是影子和对四面八方包围着我们的无限空间的深刻的意识。在这个空间里，我们保持悬置，仅靠因我们的希望与恐惧而颤抖的丝线支撑，在灰色虚空里一直悬荡。我们能够怎样为这种悬丝木偶的状态辩护，斥责任何试图将我们从这些丝线上解开的努力？人们一定猜想，理由是：拥有一个名字——就算那是个愚蠢的小傀儡的名字——并在我们生命那漫长的折磨中紧握这个名字，仿佛能够永远掌握它，这是我们的一种欲望，同它相比，没什么更为诱人，更为愚蠢得生死攸关。要是能让那些珍贵的丝线永不磨损，永不纠结，要是我们能永不堕入空无的天空，我们会继续冒用那些假名，并且永恒地持续我们的傀儡之舞……"

这个声音低声说了更多的话，比我记得住的要多，仿佛要无止境地向我讲下去。但在某个时间点上，我迷迷糊糊地睡去了，以前从来没有睡得如此平静、灰色、无梦。

第二天早上，我被窗外街上的声音吵醒。又是我头天刚到这座北境边城，看到那个独特的游行队伍经过时听到的那种疯狂的嘈杂。但当我从床上起身，走到窗前，却看不到丝毫喧哗游行的痕迹。然后我注意到我所在的房子隔街正对着的那栋房子。最高处的一个窗户大大敞开，窗台下面不远，灰色的建筑立面上吊着一个人，粗大的白色绳子套在他脖子里。绳子紧绷，上半截穿过窗户延伸到房间里。出于某种原因，这景象丝毫不出人意料，也不显得违和，此时，那看不见的游行的轰响声越来越高，而我认出了那个体型极度瘦小，几乎像个孩子的吊死者。尽管比我最后一次见到他时老了许多，头发和胡子都花白了，但那的的确确就是当年照看过我的齐尔克医生。

现在，我能够看到游行队伍接近了。那个小丑穿着松垮垮的白色外套从隧道般的灰色街道的尽头走来，蛋形脑袋扫描着两侧的高楼。这玩意经过我窗下时，抬头看了我一会儿，还是昨天那副冷漠的怨毒表情，然后它就继续往前。跟在它身后的是被绳索套在木轮笼车上的衣衫褴褛的一队人。无数物件，比我昨天看到的多得多，在笼子栅栏上咔哒作响。这个怪诞的名录包括里面装着药片被晃得啪嗒响的药瓶，有切骨头用的雪亮的解剖刀与其他器械，有像装饰品一样捆扎在一起、挂在一棵圣诞树上的针头与注射器，还有被斩首的狗头上绕着圈的听诊器。那个笼子平台的木桩摇晃着，直到因为这些乱糟糟的垃圾的额外重量而折断。因为笼子上面没有顶，所以我能从窗边一直看到里面。但那里面什么也没有，至少眼下没有。当这辆车经过我正下方时，我望向街对面那个吊死者，他在粗大的绳子上晃荡得像个傀儡。一只手出现在敞开的窗户里的阴影中，拿着一把亮闪闪的钢剃须刀。手指粗大，戴着许多花俏的戒指。剃刀对绳子割了一会儿，然后齐尔克医生的尸体坠下，落进恰好经过的那辆车里。在各个方面都显得没精打采的游行现在似乎正快速地从视线里消失，它低沉的喧嚷渐渐消失在远方。

　　终结它吧，我对自己说——用你想要的任何方式终结它。

　　我越过街道望着对面的房子。刚才敞开的窗户现在关上了，窗帘也拉上了。灰色房屋围成的隧道般的街道一片死寂。然后，似乎是要回应我最深沉的希望，早晨灰色的天空里开始稀稀拉拉地落下雪花，每一片都发出轻柔的低语。我把最漫长的凝望投向窗外，望着那街道、那城市，我知道，这是我的家。

听到歌声，你就知道时辰已至

　　我曾经在那个北境边城住了很久，随着时间玄秘的流逝，我开始以为自己永远不会离开，至少活着时不会。

我曾经相信，自己会选择死在自己手上，或者更为寻常地死于某场狂暴的厄运，或某种慢性消耗病。但我的确已经开始认定自己生命的终结，照常理推断，似乎会发生在这座城市的城区，或者紧邻的郊区——密集的街道和建筑到此开始变得稀疏，最终隐入一片荒凉的、看似无尽的乡村。我以为，或者开始不知不觉地设想，我死后会被葬到城外的山顶墓地。我没想到，会有人告诉我，我很有可能并不死在这城里，也就不会被葬（或以任何方式掩埋）到山顶墓地。这样的人可能会被认为是歇斯底里患者，或者也许是某种类型的骗子，因为这座北境边城的任何一位常住居民不是前者就是后者，或者干脆身兼两者。这些人会向我表示，我也完全有可能既不死在这座城里，也不离开它。当我住在城中一个最老的区域里一栋大型出租公寓底层楼梯后面一个小房间的时候，我开始了解，这样一件事可能怎样发生。

一个午夜，我在床上醒来。更准确地说，我开始进入清醒状态，这辈子我经常这样。那天晚上，这个午夜进入清醒状态的习惯让我注意到小单间里充满一种轻柔的嗡嗡声，如果我是那种整夜都睡得沉的人，估计就听不到了。这个声音来自于地板下面，升起来，回响在整个房间被月光照亮的黑暗中。我在床上坐了一会儿，然后下床，在小房间里轻手轻脚转圈，我觉得那个轻柔的嗡嗡声似乎发自一个嗓音，一个非常低沉的嗓音，仿佛在以权威、自信的语调给人讲课，或者对听众发言。然而，它到底说了些什么，我一个字也听不清楚，能听到的只是它从这个楼梯后面小房间的地板下面升起时嗡嗡的语调和低沉的回响。

在那之前，我从未怀疑过我住的底层出租屋下面还有地下室。我甚至更没想到，最终会发现一块用旧的小地毯（那是房间地面上唯一的覆盖物）下面居然藏着一道活动门——似乎通往这个大型出租公寓下面（我完全没怀疑过）可能存在的任何地下室或地窖。但是，除了它存在于我的小房间里，以及它意味着存在某种类型的出租公寓地下室这一事实，这道活动门还有别的不同寻常之处。尽管活动门莫名其妙地安排在我房间的地板上，但它似乎同这地板完全不是一体的。我认为，这道门根本不是木制的，而是用一种更多皮革特性的材料制成，因而在许多地方都起皱、扭曲或者开裂，似乎它并不要嵌合我房间地板的大致平行的线条，而是要明确地同它们对着干——按照一道出租公寓活动门可能适用的任何标准，它的形状与角度都极度不规则。这个皮革活动门结构粗糙、皱缩变形、难以捉摸，我甚至没法说清它到底是四条边还是五条边或者更多——至少我在楼梯后面的小房间里醒来，在月光中看到它的时候是这样。然而，我绝对肯定，那个在我检查活动门时仍在持续嗡鸣、深沉回响的声音就是从我房间正下方的某种地窖或地下室传出来的。我知道这是真的，因为我把手短暂地放到活动门那皮革质地的不规则表面，马上就感觉到它在振动，呼应着那个整夜重复无法辨认的词句、直到天快亮时才停息的声音的力量和节奏。

这个夜里，我基本上一直醒着，后来我离开楼梯后的小房间，开始在寒冷、阴郁的深秋清晨游荡于北境边城的街巷。一整天，我都在从一种新的角度打量这座我已经生活了一段时间的城市。我曾经宣称，要在这座北境边城里住到死，我甚至说过，我真的想要给它来个终结（在某些时候和某些地方，包括住在这个城市一个最古老街区时，我一直怀有这个目标或愿望）。但是，那个深秋的阴郁早晨，以及那一整天在街头游荡时，我对周遭事物的全部感受，我对自己的存在将会在这些事物中终结的直觉，以一种完全出人意料的方式发生了改变。当然，这个城市一直表现出某种独特的、往往是令人深为震惊的性质与特征。任何常住居民都迟早会遭遇一种几乎难以忍受的怪异或堕落的东西。

从早上到接近傍晚,我在各种偏僻小路上游荡,回想起靠近城市边缘的一条街,那是一条断头路,路边的大宅及其他房子似乎长到了一块,它们林林总总的材料融合成庞大古怪、参差不平的一大团建筑,上面有尖屋顶、高耸的烟囱或塔楼,在宁静的初夏黄昏,甚至能看到它们在摇晃,能听到它们吱嘎呻吟。我曾经认为这是绝对的限制:只能在心中浮现这种想法的那一刻,发现有某种东西与这条街更深入、更密切地联系,有某种东西让生活在这个地区的人对任何听者重复一句特殊的口号或咒语。他们说,当你听到那歌声,你就知道时辰已至。有人说这些话,我也亲自听到了,似乎说这话的人试图以某种完全无法进一步解释的方式赦免或保护自己。不论你是否听到那歌声或曾经听到那所谓的歌声,不论那晦暗而难以言表的时辰是否降临过,或者是否将会降临到那些来到这条住宅与建筑混为一团、乱糟糟地伸向天空的街道的人们头上,但你心中始终保留着那种感觉:这里还是那个地方——那个北境边城——你来此生活,你相信你会一直居住,直到你选择离开,或者死去——如果不是死在自己手上,就是死于狂暴的厄运,或慢性消耗病。然而,不是在头天夜里开始进入清醒状态之后,不是在听到那嗡嗡响的嗓音连续几个小时进行无法理解的布道之后,不是在看到那道皮革活动门,把手按在上面片刻,然后退缩到我的小房间里最远的角落里直到天亮之后,而是在那个阴郁的晚秋早晨,我不能再保持这种感觉。

并非只有我注意到城中发生的变化,黄昏临近,更多人开始聚集到街角、后巷、废弃的店面,或家具大多严重损毁、墙上还歪挂着过期日历的旧办公房。对于某些人来说,在余晖收拢这一天时，很难克制住不去评论我们的人似乎又变少了。就连格里姆太太，虽然她的出租公寓兼妓院同往常一样聚满了外来的顾客，但她也说，这个北境边城里，常住居民的数量"明显减少了"。

据我所知，是一个被称作佩尔先生（有时叫佩尔医生）的人最先使用"消失"这个字眼，他在一次傍晚聚会中想以此说明城中人口略降的原因。他坐在一张翻倒的写字桌或书柜另一边的阴影中，所以他的话并不能完全听清，而他低语的方向又朝着一道黑乎乎的门口，也许是在对一个站在或躺在光圈之外的黑暗中的人说话。但是，一旦"消失"这个概念被引入，似乎就有了不少人对此有话要讲，特别是那些在城里住得比我们大多数人更久的，或者那些在最老的区域比我多住几年的人。正是从后面这种人里，从一个精于各种歇斯底里的家伙口中，我听说了邪恶的柯克教士——头天晚上，在我租住的小房间里，透过那道皮革活动门回响的那个声音，显然就是他的布道。"你没有打开那道活动门吧？"老歇斯底里患者用一种有点忸怩的口气问道。此时就我们俩，坐在一条窄巷口的木箱上。"告诉我，"他追问着，渐渐暗下去的天色里，一盏街灯照亮他的瘦脸。"告诉我，你一点也没有往活动门里偷看。"我告诉他我没这样干。突然，他开始歇斯底里地大笑，嗓音既尖锐，又极度粗俗。"当然，你才不会朝活动门里偷看呢，"笑声最终平息后，他说，"要是你看了，现在就不会和我在这儿了，你就和他在那儿了。"

这老疯子虽然姿态古怪，腔调忸怩，但他的话里却有些东西唤起了我在那个小房间里的体验，还有那天我对这座北境边城正发生深刻变化的感受。起初，我把柯克教士设想为一个幽灵，原本是通过完全自然的手段"消失"的一个人。按照这种思路，我能够想象自己是被那栋大型出租公寓里的鬼魂给缠住了，毫无疑问，那栋房子里这样那样地死过许多人。这个形而上学的框架似乎能很好地解释我最近的经历，也和黄昏转成黑夜时我在那条窄巷里听到的说法不矛盾。我确实在这儿，在这北境边城，同那个老疯子在一起，而不是在那儿，在那个幽冥，同恶魔传教士柯克教士在一起。

但当夜晚缓缓流逝，我在那些比我住得久得多的居民中走动，我逐渐搞清楚，我昨晚听过他的声音"布道"的柯克教士并没有死（按照通常的词义），也不属于只是在最近才"消失"的人，据说这些人完全不是以一种神秘的方式消失，而仅仅是没和别人打声招呼就抛弃了这座北境边城。根据几个疯子或骗子的说法，他们如此匆忙地涌离，是因为他们"看到了迹象"，正如我在从来且完全没想到的情况下看到了那道皮革活动门。

尽管我并不这么认为，但那道似乎通往出租公寓下面地窖的活动门正是最典型的所谓"迹象"。许多人发狂地宣称，所有迹象都是某种门限的象征——你应该谨慎地不走进甚至不走近的门廊或者通道。这些迹象，其实大多表现为门的形式，特别是那些可能在古怪、偏僻的地方找到的门，比如杂物间背后的微型门，或者壁炉内墙上出现的门，甚至那些看起来不会通向任何合理去处的门，比如，一栋公寓楼底层房间地板上的活动门，但这房子没有地下室，甚至从来也没有一个可以由此进入的地下空间。我听说过许多别的这种"门限—迹象"，包括最怪异的位置出现的窗框，普通地下室下面再往下通向深渊的螺旋楼梯，或者在地下沿着偏僻的人行道延伸的楼梯，甚至还有去往以前并不知晓其存在的街道的通道，没准还有一扇窄门充满诱惑地半开半闭。然而，所有这些迹象或门限都被它们独特的外表给出卖，据许多通晓这类事物的人说，与我房间里那道活动门皱巴巴的皮革外形极为相像，更别提它们的形状与角度也同样与周边环境格格不入。

然而，仍然有人由于种种原因，选择忽视这些迹象，或不能抵抗一夜之间在北境边城里最不可思议的地方凭空出现的门限的诱惑。在那时，恶魔传教士柯克显然就是以此方式"消失"的一个。随着黄昏变成星光璀璨的夜晚，我开始明白之前的想法不对，我不是被幽灵缠上，而是竟然见证了完全不同类型的一种现象。

"最后的消失之后，教士就不见了。"一个老女人说，午夜后我们聚集在一个废弃旅馆，有回声的巨大前厅里只有烛光，我几乎看不清她的脸。但有人与老女人争论，把她叫作"白痴老巫婆"。此人宣称，教士就是"老城"。这是我第一次听到"老城"这个词，但我还没领悟它的全部意义或暗示，它就在这些午夜后聚集在废弃旅馆前厅的人群里发生了变形。称呼老女人"白痴老巫婆"的那个人继续说着"老城"，他说柯克教士住在或者原本来自于那儿，而老女人同几个支持者口中说的则是另一个城市。"没有人来自那一个城市。"老女人对喊她"白痴老太婆"的人说道。"只有那些消失的人才会进入另外那个城市，其中就有恶魔教士柯克，他曾经是个荒唐的骗子，但从来没有什么所谓的邪恶行迹，直到他进入这位绅士房间里的那道活动门，"说到这儿，她指着我，"昨天晚上这位绅士还听到他讲经。""你这个白痴老巫婆，"另外那人说，"老城就存在于今天这座北境边城所在的位置……直到有一天它消失了，连同住在城里的所有人，包括恶魔传教士柯克。"

这时，一个深陷在前厅旧沙发垫子里的人发话了："那是一座恶魔城，被各种邪恶的存在占据，它们让这一切隐形。现在它们抛出这些门限，诱惑我们这些只想住在北境边城而不想去那个无法忍受的恶魔之城的人。"

然而，老女人及其支持者坚持说他们指的不是一座老城或隐形的恶魔城，而是那另一座城，他们一致认为，那城从来没有任何有形的存在可言，而仅仅是我们都知道、并且许多人都狂热地想要在此度过余生的这座北境边城的一个形而上学的背景。不论事实如何，唯有一个说法一遍又一遍地扎进了我的脑子里：不管你藏到什么地方，都得不到平静。甚至在这样一个密集了混乱的怪异与堕落的北境边城，仍然会遭遇比你设想过的或者把你考虑进去的更大的混乱，更深的疯狂——不论在哪里，只要那儿有任何事物，就会混乱和疯狂到你无法与之妥协的地步，不论你把自己的世界想成啥样，它迟早会被另一个世界破坏——就算不被彻底踩躏。

那个后半夜，争执、理论与证明持续不断，关于那些幽灵城市，那些可触摸的门限，后者的出现似乎旨在减少北境边城常住居民的人口，通过诱惑他们穿过偏僻的门、窗，或者走下一道螺旋楼梯，走进一条幽灵街道，或者迫使人们放弃这座城市，因为不知道什么原因，城市变得，或者似乎变得，与人们长期以来以为或相信它所是的那个地方大不相同。我不知道这些互相冲突的观点是否决出了胜负，因为我在争论犹酣的时候就离开了那个废弃旅馆。但我并没有回我那个位于城中一个最古老街区的小房间，而是漫步出城，去往城外的山顶墓地，在墓地里站了一宿，直到天亮——又是一个与昨日同样寒冷、阴沉的早上。那个早晨，站在山顶墓地俯瞰下面我生活了那么久的地方，我知道自己不会死在这座北境边城，不会在这儿死于狂暴的厄运、慢性消耗病或自杀，所以也不会被埋入这座墓地。我已经最后一次游历了这座北境边城的大街小巷，并且发现，不知道为什么，它们已经变得和以往大不一样。这是眼下我心中唯一确定的事。有一会儿，我考虑回到城里，找到一个新出现的门限，在它们再次神秘消失前钻进去，好随着它们一起消失到那另一个城市，或者那个老城，在那里，我也许会再次发现我在这座北境边城里似乎失落了的东西。也许在那里，在城市的另一面有某种东西，像是那条断头路，上面写着："听到歌声，你就知道时辰到了。"也许我不会死在这座北境边城，也不必离开。当然，有这样一些想法，只会造成更多的混乱与疯狂。但我已经两宿没睡觉了。我很累，感到胸中曾经怀有的每个破碎的梦都在疼。也许有一天，我会在另一个地方找到另一个城市，可以在那儿自我了断，或者至少在那儿，于宿命论的狂热中等待终结的降临。而现在，是时候沉默地离开了。

  多年以后我知道，有人发动了一场运动，要从那个北境边城里"清洗"掉被其他地方视为"受污染"的元素。然而，执行这项任务的调查者一到城里就发现它已经完全荒弃，唯一留存的居民是些疯子和骗子，他们喋喋不休地念叨着"其他城市"或"恶魔城"，甚至还有"老城"。这些人里，有一个身材高大、衣饰俗丽的老女人，自吹是一家出租公寓和另外一些房产的业主。她说，这些场地，连同城里其他许多房产，都已不适于居住，也不再有任何实际用处。这段话似乎概述了调查者的发现，他们最终提交了一份报告，对北境边城可能产生的威胁表示不屑一顾，而这座城市，不论它曾经是什么样，或者像是什么样，在过去一直是最险恶的幻想的天赋之地。

被毁损和被染病的

怪诞剧团

我最先了解到的是,没有人会期待剧团的到来。没人说,甚至都没人会想:"剧团从来没来过我们城市——难道不该来这儿一趟吗?"也没人会想:"你知道那啥发生时,别惊讶。最后一次是很多年前了。"即使你生活的城市就是剧团青睐的那种地方,也没有丝毫根据可让你预测它的出现。没有警报,也没有广告宣布剧团季即将开始,或者另一个类似的季节会很快降临。但是,如果某个城市有那种有时被称之为"地下艺术世界"的群体,如果某人同这种艺术家社团有密切的联系,那他发现事情已经开始了的几率就是非常大的。你最多就只能期望到这个程度。

有段时间,到处都是谣言、传说、风闻和幻想。在那些寻常的俱乐部、书店或特殊的艺术项目里,某个相关人士若是消失了几天,就会成为猜测的焦点。但我说到的这些群体的人,大多过着极不安定,甚至是危险的生活。这样的人,随时可能卷起包袱走人,消失前和谁都没打招呼。并且,几乎所有这些被认为"消失了的人"都在某个时候又重新冒头。有这样一个人,一个电影制作者,他的短片《私人地狱》曾作为一个本地文化夜的特色主题片。但在展映期间和随后的聚会上,他都没出现。"随剧团而逝。"说这话的人做出一副淡漠的心知肚明的样子,而其他人微笑着碰杯,说着嘲讽的祝酒词。

然而,一个星期后,这个电影制作人出现在一个色情电影院后排。后来他解释消失的原因，一口咬定是被某些不同意或不愿意接受拍摄却被他拍进电影里的人狠打了一顿，住进了医院。考虑到他作品的主题，这听起来很可信。但因为某种原因，没人相信这个说法，尽管他还戴着绷带。"肯定是剧团，"一个同他关系很好、总是戴紫色太阳镜的女人说，"他的东西和剧团的东西。"她说着，伸出两根交叉的手指给每个人看。但"剧团的东西"是什么意思？我听到许多人经常用这个说法，但并不都是那种自命不凡、装腔作势的艺术家。当然，到处流传的奇闻轶事从来没少过，它们声称要揭示这个"残酷剧团"的本质和运营方式，有些人因为太迷信，连"怪诞剧团"的名字都不愿提起，给了它这样一个外号。但是，不介意这些传闻的真实性，把它们整理成一套连贯的描述，这就完全是另外一回事了。

比如，一天晚上，我之前提过的那个紫墨镜女人用一个故事把我们全都摄住了。那故事关于她表妹的室友，一个自封为"肺腑艺术家"的家伙，在郊区一家连锁超市仓库上夜班。十二月的一个早晨，日出前约一小时，这位艺术家下班了，开始往家走。他走的一条窄巷在郊区主街旁各种店铺和公司的背后延伸了几个街区。夜里下过小雪，窄巷的人行道被铺得平平展展，一轮满月似乎还挂在巷子尽头，映得雪地闪烁微光。这位艺术家看见远处有个人影，和他体形差不多，冬日清晨里见到的这一幕让他停下，盯着看了一会儿。尽管他的眼睛惯于衡量尺寸和角度，但他发现巷子远处那个人的轮廓非常有问题。他无法判断它是高还是矮，甚至没法判断它是在动——不管是走近还是走远——还是站着不动。然后，在一个充满幻觉的惊讶的瞬间，那个人影站到了他前面的巷子中央。

月光照亮一个小个子，一丝不挂，伸出双手，似乎想要抓住一个刚刚脱出他可及范围的渴求对象。但是，这个艺术家看到那双手也不对劲。小家伙身体苍白，但手却是黑色的，而且相较于他细小的胳膊来说也太大了。起初他认为这个小人戴着一双太大的棒球手套。那双手似乎覆盖着一种绒毛，就像这巷子里堆叠着的一层夜里落下的雪的绒毛。那双手看着像雪一样柔软、毛茸茸，只不过雪是白的，手是黑的。月光下，艺术家开始看出这个小人戴的手套更像是一种动物的爪子。这几乎让他以为，这双手其实就是爪子，只不过看起来像两只黑色的棒球手套。然后，两只爪子都张开，显出瘦长的手指，在月光中疯狂地扭动。但那不可能是手指，因为数目太多了。所以，看似手指的，不可能是手指，正如那双手其实不是手，而爪子也真的不是爪子——就像它们不是棒球手套一样确凿。在此期间，巷子里的月光中，小人变得越来越小，越来越小，似乎正在快速地向远方移动，艺术家被这景象给迷住了。最终，一个小到他几乎听不见的声音对他说："我不能再拒绝它们了，我正在变得又小又虚弱。"这些话突然让这个冬日凌晨的场景变得让这个自封的"肺腑艺术家"都无法承受。

艺术家外套口袋里有一件工具，是在超市用来开箱子的。他以前用它戳过肉，眼下，借着巷内雪地上闪耀的月光，他挥舞了好几下，把这个白茫茫的世界变得血红。这种情况下，他觉得自己的行为完全正当，甚至可以说是仁慈的。那个小人正在变得太小了。

后来，艺术家跑出巷子，一步也不敢停，一直跑到他和室友住的出租屋。是这位表妹报的警，说在什么什么地方雪地里有一具尸体，然后名字也没报就挂断了电话。接下来几天，几个星期，艺术家和室友搜遍了本地报纸，以为会看到警察在那条巷子发现离奇之物的消息。但什么也没看到。

"你们看到了，这些事情是怎么被掩盖的，"紫色墨镜女人低声说道，"警察知道情况。甚至有专门的警察负责处理这种事。但全都不公开，也不对任何人进行调查。不过，那天之后，我的表妹和室友被监视了，到哪儿都有便装警车跟着。因为这些专职警察知道那是艺术家，是一个极度艺术化的人，他被剧团接近。而且他们知道有谁在盯着事态发展。据说这些警察可能参与了那个'噩梦公司'的事情。"

但我们一点也不相信紫墨镜女人讲的这个剧团轶事，就好像我们也不相信她的朋友，那个电影制作人否认与剧团有关系的话。一方面，当她说她的朋友、短片《私人地狱》的导演同剧团有勾结时，我们的想象力同她站在一起；另一方面，我们嘲讽地怀疑她讲述的表妹室友、自封的肺腑艺术家在巷子雪地里的遭遇。

这种截然不同的反应并不像表面上那么理所当然。可别说那个电影人的说法比肺腑艺术家的故事更可信，那仅仅是因为前者没有夸张的细节，而后者受累于此。直到那时，我们都是不加鉴别地欣赏我们听到的关于剧场的一切消息，不管讲述得多么怪诞，也不管它们与可验证的事实多么矛盾，甚至连连贯一致地描述那种现象都做不到。作为艺术家，我们怀疑让头脑里灌满各种关于剧场的疯狂对我们是有好处的。就连我，一个虚无主义散文的写作者，在安静的图书馆或吵闹的俱乐部里隔着桌子听别人讲述的时候，也会尽情享受那其中的自相矛盾与张扬的荒谬。总而言之，我喜欢剧团故事的不真实。如果说它们带有真实的成分，那也是无关紧要的。并且，我们从来没有质疑过其中任何一个，直到紫色墨镜女人讲起肺腑艺术家和那个巷中小人的经历。

然而，这种新出现的不信任完全不是被我们的理性或现实感激发的。它其实仅仅根源于恐惧，驱动它的是否定自己所恐惧之物的意愿。没有人不期待某种东西,直到它使他兴奋,不论是真是幻。以某种方式,所有这些剧团故事最终磨损了我们的耐心;令我们沉醉的疯狂与开始威胁我们心智的疯狂之间颤巍巍的平衡倾斜了。至于那个紫墨镜女人……我们避之不及。有人会说,使用一个像这样的人来达成目的,这是剧团的典型特征。

也许我们对那女人的判断不公正。无疑,她所说的"剧团的接近"让我们都很紧张。但是,就这个原因,就足以把她逐出唯一对她开放的这个艺术家地下社群么?当然,像许多社群一样,我们这个群体也建立在恐惧的迷信上,而这让我们做出任何行为也不奇怪了。她太过密切地接触了某种本源上就不洁的东西,这给她打上了永恒的烙印。因为,即使她那套理论被一种新出现的剧团故事证伪,她的状况也不会改善。

现在我要讲一个流传已广的故事:一个艺术家没有被剧团接近,而是似乎在一种至高无上的意志的冲动下,自己朝剧团迈出了第一步。

这个艺术家是那种"我即相机"类型的摄影师。他刻意摆出冷血无情的架势,经常无缘无故地盯着别人看,并且一直盯着,直到被看者做出反应——通常是逃离现场,偶尔会对他进行攻击,而他则总是会提起诉讼。因此,并不完全令人惊讶,听说他试图用自己的手段请剧团提供服务,因为他相信这个残酷剧团会收钱接下——照他的原话——"彻底毁灭某人"的任务。而摄影师想要摧毁的人是他的房东,一个秃顶、留胡髭的小个子,在摄影师搬出他的公寓后拒绝退还押金,他这样做也许有正当的理由,也许没有。

总之,这位名字叫"斯彭斯"的摄影师花了几个月打听剧团的信息。不论多隐晦多可疑的碎片信息,执着的斯彭斯都会追索一番，并最终追到了一片老郊区的购物区，那里有一栋两层小楼，出租给许多个人与公司，包括一个小录像店、一家牙医诊所，按照楼里的名录，还有怪诞剧团。一楼后面，一家舞蹈培训室的正下方，有一小套办公室，玻璃门上贴的蜡纸刻字写着：TG 合资公司。门后是接待区，一张办公桌旁坐着一个年轻女人，黑色长发，黑边眼镜。她全神贯注地往一张小的空白卡片上写字，桌面上还散放着一些空白卡片。按照斯彭斯的说法，虽然看到的样子同想象中剧团的样子大不一样，但他一点也没灰心。他进入办公室接待区，站在年轻女人桌前，自我介绍名字和职业——他觉得为了更好沟通，一定要尽快表明艺术家身份，或者至少尽可能把自己包装成一个拥有高度艺术性的摄影师，再说这可是实打实的啊。年轻女人扶了一下眼镜，问道："请问有何贵干？"摄影师斯彭斯向前俯身，低声说："我想请剧团帮我做点事。"接待员问他具体是什么事，摄影师回答道："彻底摧毁一个人。"据他讲述，年轻女人听了这话毫不吃惊、非常镇定。她开始安静地收集散落在桌面上的那些空白小卡片，一边解释说，TG 合资公司是一家"娱乐企业"。把小卡片放到一边，她从桌上拿起一个折叠宣传册，上面大致描述了这家企业的性质：为各种场合提供小丑、魔术师、新奇秀，尤其擅长组织儿童聚会。

斯彭斯研究宣传册的当儿，接待员平静地坐着，双手交叉，透过黑框眼镜盯着他。照斯彭斯的说法，这个郊区办公套房里灯光明亮却不刺眼，苍白的墙壁干净得不可思议，地毯新得出奇，显出同郁金香一模一样的那种紫色。摄影师觉得自己像是站在海市蜃楼里。"这是一个幌子。"最后他把宣传册摔在接待员桌上。但那年轻女人只是捡起宣传册，放回原来的抽屉。"门后面有什么？"斯彭斯指着房间对面逼问。正在此时，门后面传来一声响动,一阵短暂的骨碌声,似乎某样沉重的东西摔到了地上。"舞蹈课。"接待员说,抬起右手食指指向天花板。"也许吧。"斯彭斯妥协道,但他说自己听到的声音有着"深渊般的回响",让他寒意陡生。他本不打算移动,但身体却被离开办公室的冲动压倒。摄影师转身,看着自己在玻璃门上的影子。接待员仍然从黑框眼镜后面盯着他,玻璃门上的蜡纸刻字从反面透过来,如同镜子里的倒影。几秒钟后,斯彭斯就已经到了这栋郊区建筑的外面。他说,回家的一路上,心都在怦怦跳。

第二天,斯彭斯拜访了房东办公的地方,那是市中心一栋脏兮兮房子里一个极小的办公室。既然不打算再找剧团,他不得不用自己的方式对付那个不还他押金的家伙。斯彭斯的策略是赖在房东办公室里,用摄影师令人紧张的目光瞪着他,直到他服软。到达那个让人压抑至极的市中心建筑的六楼办公室后,斯彭斯在一张椅子上坐定,望着一张脏桌子后面那个留胡子的秃顶小个男人。让局势更糟糕的是,(名叫赫尔曼·齐克的)房东不时朝他俯身,用平静的语调说:"你晓得的,我的做法完全合法。"然后斯彭斯还得继续瞪着眼,大感挫败,因为他发现这一招对齐克毫无作用,那家伙显然不是个艺术家,甚至不是个高度艺术化的人——这种人往往会被摄影师击败。这场对峙就这样持续了一个小时,房东不停说:"我的做法完全合法。"而斯彭斯试图用固定的目光定住他想要摧毁的那个人。

最终,斯彭斯先失去了控制。他跳出椅子,开始语无伦次地朝房东吼叫。而斯彭斯一站起来,齐克就绕过桌子,用武力把摄影师赶到走廊,锁在门外。斯彭斯说,他在走廊里才一两秒钟,正对着齐克办公室的电梯门就打开了。里面出来一个穿黑西装、戴黑框眼镜的中年男人。他有一副梳洗整齐的浓密胡须,间杂着少许灰白。他左手抓着一个皱巴巴的棕色袋子，伸到面前几英寸处。他径直走向房东办公室的门，右手抓住黑色的圆形门把手，来回扭动好几次。咔哒声在这栋市中心老房子的走廊里回荡。那人转过头，第一次望向斯彭斯，露出个短暂的笑容，然后就进了办公室。

摄影师再次感到昨日拜访 TG 合资公司那个郊区办公室时体验到的汹涌的恐惧。他按了下楼的按钮，等电梯的过程中，听着房东办公室门里的声音。斯彭斯说，他听到了头一天吓得他从 TG 合资公司逃到街上的那个可怕的声音，那种他所说的"深渊般的回响"。突然，有整洁胡子和黑框眼镜的男子从小办公室里钻了出来。电梯门刚开，那个人快步走过斯彭斯，走进空电梯间。斯彭斯没有进电梯，而是站在外面，眼睁睁地望着那个胡子男，他还抓着那个皱巴巴的小袋子。就在电梯门合上的那一刹那，那人直盯着斯彭斯，眨了一下眼。摄影师坚持认为，在黑框眼镜后面眼睛眨的那一下，发出了一声机械的咔哒响，在昏暗的走廊里回荡。在没乘电梯，而是走楼梯离开这栋市中心老楼之前，斯彭斯又试了试房东办公室的门。他发现那门没锁，就小心翼翼地走了进去。但门后面一个人也没有。

摄影师这次冒险的后果整整一个星期后才发生。一封平邮寄到他的邮箱里：一个小小的方信封，没有回信地址。里面是一张照片。他把这东西带到德泽森特[1]图书馆，那是一家书店，我们几个人经常深夜聚集于此，读自己新近创作的文学作品。属于本地地下艺术圈的一些人，包括我在内，看过那张照片，听过斯彭斯狂乱的讲述。照片是斯彭斯本人瞪大眼睛凝视镜头，明显是从

1　德泽森特（Des Esseintes），法国小说家于斯曼代表作《逆天》中的主人公。

电梯内拍的，因为照片右边可以部分看到数字按钮。"我没有见到相机，"斯彭斯反复说道，"但他朝我眨了一下眼……再看看这东西背后写的东西。"翻过照片，背后有些手写的字，斯彭斯大声读道："那个小人现在小得更厉害了。很快他就会了解柔软的黑星星。另外，你的付款延误了。"然后有人问斯彭斯，对于这一切，他们在TG合资公司的办公室里不得不说了些什么。摄影师缓缓转动脑袋，恼怒地做出否定的姿势。"再也不去那儿了。"他反复说。除了我还有一次见到他之外，德泽森特图书馆的那天晚上就是斯彭斯最后一次露面了。

摄影师不再现身于以前聚会的场所和特定的艺术项目后，没有人说什么"随剧团而逝"的俏皮话。我们全都过了那个阶段。注意到我身为其中一员的那个地下艺术圈获得了一种哲学意义上的成熟，我颇有些乖张的自负感。没有什么比恐惧更能让人感觉复杂化，并诱导反思达到前所未知的层次。在这样的心理压力下，我开始整理自己对剧团的所思所见，尤其是与似乎唯一被其关注的艺术家们有关的现象。

一个艺术家，不论是被剧团接近，还是主动接近剧团，后果似乎都是一样的：艺术家创作的终结。本人可以充分确证这一事实。据大家说，拍出让我们许多人钦佩的短片《私人地狱》的电影人已经变成了全职的毛片经销商，卖的片子一部都不是他自己拍的。自命肺腑艺术家的那家伙公开表示，不再搞那些让他在地下艺术圈薄有微名的噱头。据他的室友（紫墨镜女人的表妹）讲，他现在管理着以前当仓库管理员的那个超市。至于紫墨镜女人本人，她从来没有获得过艺术家的盛誉，其实她的艺术生涯的开端和结束都仅在"组装拼贴雪茄盒"这一阶段，如今她已经改行做房地产销售，并且做得很成功。我敢肯定，这个前艺术家的花名册可以一直列下去。但是，对这份报告或告解（想叫它什么，随便你）的目标而言，我必须就此打住，因为我想要提供一些内情，关于怪诞剧团如何把一个虚无主义散文作者转变成一个非艺术的存在——更具体地说，一个后艺术的存在。

正是在摄影师斯彭斯失踪后，我对怪诞剧场的直觉开始具体化，并变成明确的想法，这一过程不太可靠，但却是我这样一个散文作者免不了要经历的。直到那个时候，每个人都心照不宣地认为剧团与那些被剧团接近或自己接近（像斯彭斯那样以某种主动的表示；或者以更加微妙甚至纯粹理性的姿态——我有所保留，没算上"无意识的姿态"，尽管有人会对我这种智识上的保留有所争议）这个残酷剧团的艺术家之间有某种亲密关系。我们许多人甚至把剧团说成总是故意显得云山雾罩的"超级艺术"的表现形式。然而，摄影师消失后，我获得的关于剧团的全部信息，尽管仍然零零碎碎，但却以一种全新的模式组合到了一起。我的意思是说：我不再认为剧团同一种超级艺术或任何种类的艺术有任何关系——事实恰恰相反。在我看来，剧团过去是，现在也是一种对我视为艺术的任何东西都具有强烈毁灭性的现象。因此，过去和现在，剧团对任何艺术家，甚至对任何高度艺术性的人都具有强烈的毁灭性。不论这种毁灭之力是其意图达成的，还是某种无关的、也许更宏大的设计的附带现象，甚至这种与剧团有关的意图或设计是否真的存在，我全都没有概念（至少没有一种我能够用可理解的语言详细描述的概念）。然而，我能确定，艺术家遭遇剧团只有一个结果：艺术创作的终结。然后，惊奇的是，我了解了这一事实，却仍然像往常一样行动。

说不清楚是我接近了剧团抑或相反，这两种愚蠢有什么区别吗？重要的是，从领悟到剧团是一种深刻的反艺术现象的那一刻起，我就产生了野心，要把自己的虚无主义散文写作这一艺术形式变成一种反剧团的现象。当然，为了做到这一点，我需要深透地了解怪诞剧团，了解这个残酷剧团的某个重要面相，以一种深刻而精微，甚至如梦幻般丰富多样的洞察力掌握其本质与运作机制。

摄影师斯彭斯凭着直觉领悟到，剧团依照其本性就会根据他的请求行动，彻底摧毁某人（尽管过了一段时间后，我和他才明白"很快他就会了解柔软的黑星星"这句关于斯彭斯房东的话的准确含义），然后他走出了大胆而有远见的一步。我意识到需要在自己的头脑里让洞察力迈出同样的一跳。我已经认识到剧团是一种深刻的反艺术现象，但我还不确定什么能构成一种反剧团现象，也不确定到底怎样才能把自己的散文写作转向这一目标。

因此，我对这些问题沉思冥想了许多时日。如同往常，这种冥想对精神力量的索取也极耗体力，身体虚弱后，我感染了病毒，明确地说是一种肠道病毒，把我困在小公寓房里一个星期。然而，就在这段时间，与剧团及我需要用来以或多或少有效的方式对抗这个噩梦公司的洞察力有关的事情逐一到位。

生病期间白天黑夜都很难熬，特别是感染肠道病毒后，你会变得对某些现实极度清醒，同时对这些现实的功能格外敏感，若不是在这种情况下，它们多半不会被漫长的凝神或冥想俘获。病愈后，对这些现实及其功能的感知必定消散，好让复苏者继续日常的生活，而不会因为敏锐地认知到那些最不愉快的生存的事实而被逼入疯狂或自戕。通过类比的启发，我逐渐意识到：剧团的运行方式，几乎与我刚刚经历的疾病一样，造成的结果就是，暴露于剧团病的人变得过度地意识到某些现实及其功能——当然，与肠道病毒的现实与功能大为不同。然而，对较为健康的人来说，一种肠道病毒最终会被抗体（或别的什么）击退。而根据我现在了解到的，被剧团这种病攻击的个体（也就是说，艺术家们）的系统还没发明出任何药物或抗体来与之对抗。遭遇任何疾病，即便是肠道病毒，都会改变患者的心智，让它更强烈地意识到某些现实，但是，一旦这场遭遇结束，心智的改变就无法持续下去，否则，这人就永远不能以往常的方式继续生活。与此相反，同剧团的遭遇似乎能在个体的系统里持续存在，永久改变其心智。在艺术家身上，结果并非被逼入疯狂或自戕（永久的心智或肠道病毒可能就是这样）而是艺术家创作的绝对终结。为何产生这种后果，一个简单的解释是：剧团之病不产生抗体，因此艺术家也就无法摆脱与剧团的遭遇强加于自己的对现实的感知。

为了发现剧团的本性或实质，并借此将自己的散文写作变成一种反剧团现象，我对剧团展开沉思，但沉思到一定程度就进行不下去了。不论我对这个课题投入多少沉思冥想，都无法明确感觉到它揭示了剧团传达给艺术家的真正现实及功能，也没法明确了解这种传递如何终结了艺术家的创作。当然，我能够模糊地想象那种会让艺术家从此无法做出任何艺术努力的认知。其实我已经对这种认知有了一种相当详尽且令人不安的概念——如我所设想的，是一种对世界的认知。然而，我并未感觉到自己穿透了"剧团的东西"的秘密。并且，要了解剧团，似乎唯有通过与它遭遇。我与剧团之间若发生此种遭遇，必定是因为发现自己的散文写作被转变成了一种反剧团现象：对那个噩梦公司来说，这会构成一种最可怕的接近，强行与其全部现实及功能遭遇。因此，在我计划的这个时间点上，还不需要把我的散文写作变成一种反剧团现象。我只需要让别人误以为我已经做到了。

从那场肠道病里完全康复后，我马上开始散播传言。每次置身于这座城市所谓的地下艺术圈，我就会自吹已经获得了对剧团的现实和功能的最强烈的感知，并且，我不仅远远没有结束自己的艺术家生涯，甚至还以这种感知作为灵感，激发出一系列短篇散文的写作。我向同行们解释，仅仅是为了存在——更别提创造艺术作品——就不得不阻止某些东西压倒我们的心智。然而，我继续解说，为了不让这些东西（比如一场肠道疾病的种种现实）压倒心智，我们得努力拒绝它们发出任何声音，不能在我们心中发声，当然也不能在艺术作品中发出准确清晰的声音。比如，在叽叽喳喳的艺术史上，疯狂的声音仅仅是一种低语，因为它的现实本身太令人发狂，所以没法说太久——而剧团的现实则完全没有声音，尽管它们怪诞得无法估量。并且，我说，剧团不仅传播一种对那些事物、那些现实及现实之功能性活动的强烈感知，而且它本身其实就等同于这些东西。而我，我自吹道，我容许自己的心智被形形色色的剧团的东西给淹没，同时又成功地把这种体验作为散文写作的材料。"这，"有一天，在德泽森特图书馆，我真的是吼出声来，"就是超级艺术。"然后我承诺，两天后会让大家读到我的系列短篇散文。

然而，当我闲坐在德泽森特图书馆角落的一把旧椅子上，几个人对我关于剧团的陈述与断言提出了挑战。一个作家兼诗人，大口吞吐烟雾，尖刻地说道："没人知道剧团的东西到底意味着什么。我不确定自己是否相信它。"但我回答道，斯彭斯知道那是什么，心里想着我很快也会知道他所知道的。"斯彭斯！"一个女人用夸张的厌恶语气（她曾经与摄影师同居，自己也是个摄影师）。"眼下他什么也没有对我们讲，别把剧团放在心上。"但我回答，同紫墨镜女人及其他人一样，斯彭斯被他与剧团的遭遇压倒了，他的艺术冲动因此被完全摧毁。"而你的艺术冲动还原封未动。"她嘲讽道。我回答，是的，的确是，两天后我就会证明它，我会朗读一系列散文作品，展示我如何同最压倒性的怪诞体验密切接触，并让它们发出声音。"那是因为你不知道自己在说什么。"另一个人说，几乎所有人都赞成他的观点。我让他们耐心点，等着瞧，看我的散文写作会给他们揭露什么。"揭露？"那个诗人问道，"见鬼了，甚至没人知道它为什么叫'怪诞剧团'。"这个问题我也没有答案，但我重复道，几天后他们就会对剧团了解更多，我心想，在此之前我会试着激发与剧团的遭遇，或者成功，或者失败，而我还不存在的反剧团散文写作将会变得无足轻重。

然而，第二天，在德泽森特图书馆，同另一群艺术家及高度艺术化的人聚会时，我在谈话中昏倒了。尽管我的肠道疾病的症状一直没有完全消失，但我也没想到，自己会像那样昏倒，并且最终意识到，被我当作肠道疾病的，其实是严重得多的东西。醒来时我发现自己躺在附近一家医院急诊室里，这是一家总是收容如我这般边境贫民的后街小诊所，设施陈旧，工作人员犹如梦游。

再一次睁开眼已是晚上。我躺的床靠在一扇镶玻璃的高窗旁，窗上反射着我身后墙上安装的昏暗荧光灯，让玻璃显出耀眼的黑，完全看不到外面是什么，只看到我与病房的碎影。病房有一长排这种高窗，还有其他几张病床，每个上面躺着一个沉睡的人，像我一样也是受伤或受损后被送到这个后街小诊所来的。

我并未感觉到在德泽森特图书馆里让我昏倒的那种剧痛。事实上，在那时我完全感觉不到过往生活的任何体验：似乎我一直是这个幽暗病房的住客，并且将会一直住下去。同自我疏远，与周遭一切隔绝，这双重感觉，让我感到特别难以继续待在床上。与此同时，我对离开这张床的任何行动都感到不安，特别是会让我接近敞开的门口的行动，那门通向后街医院里一条灯光不足的走廊。在下床的冲动与对从床上离开并靠近那走廊的恐惧之间左右为难着，我坐到床垫边缘，光脚摩挲冰冷的油毡地板。我就这样坐在床垫边缘好一会儿，突然听到走廊外有声音。

那声音来自扩音器，但并不特别高。事实上，我必须集中注意力好几分钟才能辨别那声音的特质，破解其含义。它听上去像是个孩子的声音，有一种歌咏的腔调，充满嘲讽与恶作剧。它不断重复同一句话——呼叫格罗戴克医生，呼叫格罗戴克医生。那声音听上去极度空洞而遥远，混杂着各种干扰。呼叫格罗戴克医生，它从世界的另一面傻笑着叫道。

我站起来，慢慢靠近通往走廊的门口。但在我光脚走过房间，站到敞开的门口后，那个孩童的声音也没有变得更响或更清楚。甚至在我走进那条灯光设备陈旧、又长又暗的走廊后，那个呼叫格罗戴克医生的童声仍然那么空洞而遥远。现在，我仿佛在梦里，光脚走在一个后街诊所的走廊，经过无数躺满受损身体的病房的敞开的门口，听到一个疯狂的声音似乎在不断逃远。然而，那声音渐渐微弱，在一次呼叫格罗戴克医生后，就像一口深井里最后的回声一样消失了。就在那声音停歇的同一时刻，我在通往阴暗走廊尽头的某处停下。没有那个淘气的声音，我能够听到别的，像是低声喘笑的声音。它来自我前面走廊右手边的房间。走近那里，我看到墙上与眼睛齐平的高度装着一块金属牌，牌子上写着：T. 格罗戴克医生。

里面传来持续低声喘笑的房间闪烁着奇特的光。我靠着门边往里窥视，看到笑声的源头是一个老绅士，坐在一张办公桌后，而那奇特的光来自他正前方桌子上面装的一个硕大的球形物体。这物体像是个结实的玻璃球，发出的光照在老绅士脸上，那是一张表情疯狂的脸，胡子全白，修剪整齐，修长的鼻梁上搁着一架细长的方形眼镜。我走到办公室门口站着，格罗戴克医生并没有抬眼看我，还是一直盯着那个奇特的光球，看着那里面的东西。

格罗戴克医生盯着的光球里是什么东西？我觉得里面好像均匀地散落着微小的星形花朵，像是那种模仿艺术品外表的普通的玻璃球镇纸。只不过那些花，那些蜘蛛形状的菊花，是纯黑的。看上去它们并没有固定在光球内部，而是不断飘移，花瓣的光芒微微摆动，如同触须一般。格罗戴克医生显得很享受这些黑色附件微妙的运动。方框眼镜后面，眼珠滴溜溜直转，试图把面前桌上光球内每一片形状的漂浮都收入眼底。

然后医生慢慢把手探入白袍子上一个深深的口袋，他的喘笑变得越来越强烈。从敞开的门口，我望着他从口袋里小心地取出一个小纸包，却始终未瞧过我一眼。他一只手抓着那个皱巴巴的纸包，正好伸到光球上面。他轻微摇动纸包，光球里的东西有了反应，它们黑色的瘦胳膊摆动得越来越剧烈。他用双手将纸包从上面打开，然后迅速颠倒。有东西从包里面翻滚着落到光球上，似乎粘在表面。然而，那其实并非粘在玻璃球表面，而是渗入内部。它在蠕动，而球里面那些柔软的黑星星聚到一起，把它往下拖，拖向它们。我还没看出它们俘获的是什么，这场表演就结束了。然后它们各归其位，在光球内，再一次轻微地飘动。

我望着格罗戴克医生，看到他终于看我了。他气喘般的笑声也停歇了，他的眼睛冷漠地盯着我的眼睛，完全读不出任何意义。然而，不知为何，那双眼睛激怒了我。就在后街诊所那个丑陋的办公室敞开的门洞里，格罗戴克医生的眼睛在我心中激起了强烈的愤怒，对我被迫深陷此处的一种沛然莫御的愤恨。就在我（为了将自己的散文作品转变成反剧团现象）完成与剧团遭遇的计划，体验其最毁灭性的现实与功能的时候，我狂怒地站在眼下所站的地方，对格罗戴克医生直瞪瞪的眼神极为怨恨。我是否已经接近剧团，是否剧团接近了我，或者我们互相接近？这一切都不再重要。我意识到，如果"被接近"是为了迫使某人在表面上做出"接近"的样子，那它其实是一种"非接近"，并且否定了"接近"的整个概念。从一开始这就是个困局，因为我属于一个地下艺术圈，因为我是个艺术家，我与怪诞剧团的遭遇会给自己的作品带来终结。所以，我被格罗戴克医生的眼睛激怒了，那是剧团的眼睛，而我憎恨剧团的一切疯癫的现实与折磨人的功能。尽管我知道，剧团的迫害并不只针对这世上的艺术家和高度艺术化的人，但我还是因为自己被挑出来接受这特殊待遇而狂怒与怨愤。我想要惩罚世界上那些并非此种特殊待遇对象的人。因此，我在阴暗的走廊里用尽全力大声呼喊，我呼唤其他人同我汇合，来到这剧团的舞台前。奇怪的是，我想到，有必要加重这个后街诊所里所有那些受损的躯体以及这个设施陈旧的世界里梦游般移动的员工们的噩梦。但还没人来，格罗戴克医生就消失了，他的办公室只剩下一堆脏衣服。

尽管那天晚上闹了这么一出，但我还是很快被从医院放了出去，连给我做的几个检测结果都还没出来。我感觉完全恢复了，而这家诊所同其他任何医院一样，床位总是紧张的。他们说过几天会联系我。

事实上，第二天我就接到检查结果的通知。"再次问好，"这封信打在一张有点洇墨的空白纸上，开头写道，"很高兴最后与您亲自见面。我认为，在医院里我俩见面的过程中您的表现真是一流的，所以我获得授权为您提供一个我们这儿的职位。我们机构里有一个空缺，留给像您这样有能力与想象力的人。我恐怕斯彭斯先生的情况不太妙。但他肯定有一双摄像机的眼睛，而我们也从他那儿得到了一些很棒的照片。我特别乐意同您分享他最后拍的几张柔软黑星星，我们有时简称为 S.B.S.[1]。真正的超级艺术，如果真有超级艺术的话！

"另外，您检查的结果——其中一些您还没有做——呈阳性。如果您觉得肠道病毒很痛苦，过几个月可能会更糟糕。所以快点想吧，先生。不管怎样，我们都会安排另一场会面。请记得——是你接近我们的。或者说，是颠倒过来的？

"你可能已经注意到，这一切艺术事务虽然能让你不断前进，但进展到一定地步，你就只剩下目瞪口呆、哑口无言地凝望现实与功能……好吧，我想你知道我要说的是什么。我被迫自个儿进入这种领悟，我非常清楚这会是怎样的一击。其实，正是我为我们这个机构发明了它目前为人所知的名号。这并非是说我对名字有任何信任，你也不应该信任它们。我们公司比它现在的名字久远得多，也比其他任何与此有关的名字久远得多。（历年来它叫过多少名字？——万件事物，世界灵魂，内瑟斯库瑞额[2]。）

"您应该感到骄傲，作为一个如此有才能的艺术家，我们会让你扮演一个特殊的角色。到时候您会在自己的作品中完全忘记自己，同我们所有人最终的情况一样。至于我嘛，我会用无数别名到处游历，不过你觉得我会告诉你我曾经的真实身份么？一个剧场中人，那似乎是可信的。也许我是浮士德或哈姆雷特的父亲——或者仅仅是彼得潘的父亲。

"最后，我希望您严肃考虑我们邀请您加入的建议。对于您的健康状况，我们能做点事。我们几乎能做任何事。否则的话，

---

[1] S.B.S. 即 Soft Black Stars。
[2] 内瑟斯库瑞额，原文 Nethescurial，为本书作者另一部小说之名，系该小说中一地名。

我恐怕只能欢送您去您自己的私人地狱了,那将会同世界上的任何地狱一样糟糕透顶。"这封信署名西奥多·格罗戴克,其中对我健康状况的预测是准确的:我在那家后街诊所做了更多检查,结果都不太乐观。我几天几夜不眠,思考医生给我提供的选择,还有我自己想出来的一些办法,还没有下定决心选好哪条路。一直强行往我脑子里钻的一个结论是,不论我做还是不做什么选择,结果都不会有区别。你永远不可能预测剧团——或者任何事情。你永远不可能知道你正在接近什么,或者什么正在接近你。用不了多久,我的想法就会完全失去清晰,我将不再知晓,到底做了决定没有。柔软的黑星星已经开始弥漫天空。

加油站游乐场

"深红卡巴莱"夜总会外一片漆黑,下着雨。有人从俱乐部前门进出时,你就会看到下个不停的雨,还能短暂地瞥见黑暗。里面弥漫着晕黄的灯光、香烟的烟雾,还有雨打在漆成黑色的窗户上的声音。在这样的夜里,坐在那个单调的小地方的一张桌旁,我心中总是充满地狱般的喜悦,似乎我正在等待世界末日,并且对它毫不在乎。我也乐于想象自己是置身于狂野的风暴之海上一艘旧船的舱室,或者是在一趟被凶猛的风摇撼、被疯狂的雨捶打的豪华列车的上等车厢里。有些下雨的夜晚,我坐在"深红卡巴莱"夜总会里,觉得自己占据了一间专为深渊而设的等候室(当然,我正是为等它而来),在从杯中啜饮酒或咖啡的间歇,我忧伤地微笑,触摸外套前面的口袋,那里藏着我幻想的通往湮没的车票。

然而,在那个十一月的雨夜,我感觉不太好。胃里有点轻微犯恶心,似乎预示着病毒入侵,甚至食物中毒。我觉得,不舒服的另一个原因很有可能是我长期性的神经紧张,它每日波动,但始终以某种方式伴随着我,并表现为种种身体与精神的症状。尽管并不排除这种恶心感可能源于纯粹的生理原因,比如病毒或中毒,但事实上,我隐约感到一种恐慌。也不排除那天晚上我试图忽略的第三种可能性。不管胃里不舒服的病因是什么,我都觉得当晚有必要待在公共场合,这样如果我昏倒的话(我经常担心这种意外发生),周围能有人帮忙,或者至少能把我送往医院。与此同时,我并不寻求与这些人建立密切的联系,不管怎么看,坐在俱乐部角落,出于对病胃的尊重而喝薄荷茶、抽清淡型香烟的我都不像个好相处的人。基于这一切理由,那天晚上我带着自己的笔记本,摊开放在面前的桌上,似乎向人表示我想要独处,沉思一些文学性的事务。但在十点左右,斯图尔特·奎瑟尔走进俱乐部,看到我摊开笔记本坐在角落一张桌旁,喝薄荷茶,抽清淡香烟(让自己难受的胃保持安好),这一场景丝毫没有阻止他径直朝我走来,在桌子对面坐下。一位女侍者走过来。奎瑟尔点了一种白葡萄酒,而我再要了一杯薄荷茶。

"所以现在你喝的是薄荷茶。"女孩走开时,奎瑟尔说。

"我很惊讶你会在这一带露面。"我没有直接回应。

"我觉得我可以试试同那个深红老女人和解。"

"和解?这可不像你的风格。"

"那又怎样?你今晚见到她了么?"

"没有。你在聚会上羞辱了她。从那以后我就再没见过她,甚至在她自己的俱乐部也没有。我不知道你是否意识到这一点,但她可不是好惹的。"

"你指什么?"他问。

"她同你绝对一无所知的势力有关系。"

"当然你全都知道。我读过你的故事。人人都知道你是个妄想狂,所以你这话有准数么?"

"我的准数,"我说,"就是连每一次握手里都藏着地狱,更别说肆无忌惮的羞辱中。"

"我当时只是喝多了。"

"你说她是个遭人哄骗的庸才。"

奎瑟尔抬头看女招待端着我们的饮料走来,快速做了个手势让我噤声。等她走后他接着说，"我正巧知道，这个女招待对深红女人非常忠心。她很有可能通知她我今晚来了俱乐部。我想知道她是否愿意在我和她的老板之间带个话，帮我向她道歉。"

"看看周围的墙壁。"我说。

奎瑟尔放下酒杯，扫视房间。"嗯，"看完一圈他说道，"这比我想的更严重。她把自己原来的画全都取掉了。新的这些一点都不像她的画。"

"这些不是她画的。你羞辱了她。"

"不过，自从我上次看过以后，她好像已经把那个舞台装修好了。涂了新油漆，或者干了些别的。"

他所说的这个舞台是俱乐部对面角落里一个小平台。那个区域被四块长板完全框起来，每块板都在光滑的红色背景上画有黑金两色的图章。这个舞台上举办各种活动：诗歌朗诵、静态造型、各种类型的短剧、木偶戏、艺术幻灯、音乐表演，等等。那天是星期二，舞台黑着。我并没有看出什么异样，问奎瑟尔有什么东西他认为是新的。

"我没法说得那么清楚，但好像是完成了什么事。也许是那些黑色金色的象形文字，别管它们是什么。整体看起来像是一家中国餐厅的菜单封面。"

"你在重复自己的话。"我说。

"你什么意思？"

"关于中国菜单的评论。上个月你对玛莎·科克展览的评论中用了这个说法。"

"是么？我不记得了。"

"你只是嘴上说说，还是真的不记得了？"问这话时我没有太强的好奇心，胃里的难受劲让我并不真的想和他对着干。

"我记得，行了么？这倒让我想起来某件事，我要和你谈一谈。几天前我想到这事，马上就想到你和你写的……东西，"他说着，朝我俩中间桌子上摊开的笔记本做了个手势，"我不能相信以前从来没想到过这事。你们这些人应该知道它们。别的人好像都不知道。那是好多年前了，不过你当时也够大了，应该记得它们。你肯定记得它们。"

"记得什么？"我问道。他几乎没做停顿，就回答道：

"加油站游乐场。"

他说这话的口气像是个吐出一句妙语的讲笑话人，像是个带来令人惊讶的强烈欢乐的人。我很清楚，我应该表现得吃惊又认可。我并非完全不知道这种现象，而记忆真是太狡猾了。这至少是我对奎瑟尔讲的话。但奎瑟尔讲述他的记忆，试图以此唤起我的记忆，我逐渐意识到这所谓加油站游乐场的真正本质与目的。在此期间，我只能忍住不让人看出胃里有多难受，火烧火燎地想吐。在奎瑟尔讲述他对加油站游乐场的记忆时，我一直在对自己说，如果不是食物中毒，那我肯定是被病毒袭击了。然而，奎瑟尔如此着迷于他的故事，似乎对我的痛苦全无察觉。

奎瑟尔说，他从幼儿时期就有对加油站游乐场的记忆。他的家人，父母和他自己，会驾车进行长时间的休假，往往开车很远，去许多目的地。自然，一路上他们需要停靠许多加油站，在大城市和小城镇里，也有许多在偏远的乡野地带。奎瑟尔说，在这些地方，极有可能发现那些被他称作加油站游乐场的混合企业。

奎瑟尔并没有说他知道这些专门的游乐场（或者也许是专门的加油站）何时出现，如何出现，也不知道它们扩展到多大范围。奎瑟尔相信他父亲能回答这些问题，但父亲几年前已经去世，而他母亲在丈夫死后不久就遭遇了一连串精神危机，变得精神失常。所以，奎瑟尔保留的就只有那些童年随父母远行的记忆——比如，（他似乎还记得，往往是在日落时分）到了某个乡野之地，也许是两条公路的十字路口，在这个前不着村后不着店的地方，发现他描述为加油站游乐场的稀奇事。

奎瑟尔强调，那总是单纯的加油站，而不是有设备可以提供维修的服务站。当时的加油站里最多有四个加油泵，经常只有两个，整个建筑大多不起眼，外墙上总是挂着许多招牌和广告，多到让人怀疑这些牌子后面是否真有个房子。奎瑟尔说，小时候他总是特别注意那些给口嚼烟草做广告的牌子，长大后，作为一个艺术批评家，他仍然觉得口嚼烟草包装的图片非常诱人，他不能理解为什么没有艺术家成功地开发利用其视觉与想象资源。在我看来，那天晚上我们坐在"深红卡巴莱"夜总会说话时，奎瑟尔这个关于口嚼烟草的故事是为了给他的故事增加可信度。这个细节对他来说太鲜明了。但当我问他能否记起在那些有游乐场的加油站见到的口嚼烟草广告的品牌（随便一个都行），他变得有点戒备，好像我提这问题是要挑战他童年记忆的准确性。然后他转移了话题的焦点，宣称那些地方的游乐场部分并不完全附属于加油站部分，但彼此绝不会距离太远，而且两者之间肯定有商业上的联系。像梦境的创建原则一样注入他心中的印象是：买卖汽油的稳定交易，让司机和旅客可以自由地探访附近的游乐场。

讲到这儿，奎瑟尔变得急于解释加油站游乐场绝不精细复杂——事实上，恰恰是其反面。在一个乡村加油站旁边，或偶尔在后面，位于一片空地上，构成这些游乐场的仅仅是全套游乐场的残余，是更大更宏伟的娱乐设施的梗概。入口常会有一个高高的拱门，彩色灯泡营造出与周边辽阔荒凉的风景怪诞的强烈对比。尤其在日落时分——奎瑟尔和他的父母通常（或者可能总是）在这个时候达到这些偏僻的所在，游乐场入口五光十色的照明制造出一种喜庆又邪恶的效果。但是，游客一旦进入游乐场的真正场地，会有那么一瞬对其本身感到失望——那像是在遥远的过去一个旅行游乐园留下的零散设备的集合。奎瑟尔说，这些游乐场里的旋转车马总是少得可怜，而且实际上还能运转的更是少之又少。他猜测，它们有过一段功能正常的时间，也许就是刚刚作为加油站附属设备才安装好的时候。但他估计，这样的日子没持续多久。无疑，最早的失灵迹象一出现，这些骑乘设施就被关闭了。奎瑟尔说，他本人在加油站游乐场里一次也没有坐过旋转车马，尽管他坚持认为，父亲曾经让他坐在一个废弃的旋转木马里某一匹马身上。"那是一个微型旋转木马。"奎瑟尔说，仿佛这能给他记忆中的经历增添一道意义或实质的光环。他宣称，似乎所有的旋转车马都是微型的，是他在其他游乐场见过并真正骑过的车马的小型化版本。这个微型旋转木马黑乎乎、静寂寂地矗立在一片偏远的乡野风景中，丝毫没有移动，它旁边会有一个微型摩天轮（奎瑟尔说，不比普通的平房高），有时会有一个微型旋转椅或一个微型过山车。它们总是处于关闭状态，因为就算它们曾经运转过，只要一发生故障，就会被放弃，从来得不到维修。奎瑟尔说，也许永远不会维修了，因为那些微型的游乐设施的部件和装置都已经过时。

然而，那些地方仍然会有一件单独的、颇为关键的游乐设施，人们几乎总是能指望看到它向公众开放，或者至少对那些汽车里加满了分量管够的汽油、因而可以随意穿过灯火辉煌的入口的人们开放，在那乡野的荒地里，日落时分辽阔而骇人的天空下，入口上"游乐场"几个字五光十色。奎瑟尔向我提出一个问题：一个游乐场，就算只是个加油站游乐场吧，怎么能做广告宣传自己却不包括最重要的狂欢特色——助兴节目呢？也许有某个特殊的法律或者条例管理这种事务，奎瑟尔自言自语道，某种古老的法规，在某些传统以城里人不了解的顽强劲儿保留下来的偏远地区有特殊的效力。这能解释如下事实：除了特别的情况下（比如危险的糟糕天气），这些加油站游乐场里总会有某种助兴节目上演，即使场地里别的设施都是黑咕隆咚而又残破不堪。

当然，如奎瑟尔所述，这些助兴节目即使按照普通游乐场的标准看也不特别复杂，更不用说同那些意在为偏僻加油站招揽顾客的游乐场相比了。在一个特定的地点，只会有一场助兴节目，表面上看，每一场都向游乐场顾客呈献出同样的形象：肮脏褴褛的帆布小帐篷。帐篷四周会有一处松垮垮的门帘，奎瑟尔同他父母（有时就他一个人）由此进入。进得帐内，有一些木头长椅，椅子腿略微陷进下面的硬土，隔开一段距离，是一个小小的舞台区，比地面只高出一英尺许。舞台两边各有一盏普通的落地灯提供照明，既没有灯罩，也没有别的遮盖，裸露的灯泡发出刺眼的光，在帐篷内部到处投下夸张的影子。奎瑟尔说，他总会观察从灯底座拖出来的磨损的电线（通过插头插座延伸了好几段），最终会看到电源来自加油站——也就是说，从一个被太多口嚼香烟或其他商品广告的招牌遮没的小砖房里接出来。

当加油站游乐场的游客进入助兴节目帐篷，在舞台前的一张长椅上坐下来，他们对自己即将目击的表演或奇观的特殊性质往往并无警觉。奎瑟尔说，进入帐篷前或在长椅上就坐之后，没有任何类型的招牌或展板向游客提出这样的警告。然而，除了一处重大的例外，每一场表演或奇观都几乎同样冗长。木头长椅大多快要坍坏，或者（如奎瑟尔所见）高高低低地陷进地里，简直让人没法坐，但观众们还是坐下，然后演出开始了。

每一场助兴节目的亮点各不相同，奎瑟尔说，看过的表演他并不是都能记得住。他特别回忆了一场表演，他称作"人形蜘蛛"。这个表演非常短：一个人，穿着笨重的服装，从舞台一边奔到另一边，然后回来，穿过帐篷后面的一条缝退场。奎瑟尔说，这个穿服装的大概是加油站周边泵气、擦玻璃、提供各种服务的员工。奎瑟尔记得，在许多助兴节目里，比如"催眠者"这场戏里，一个表演者的舞台服装下面露出加油站员工制服（灰色或蓝色的油腻腻的工装）。奎瑟尔承认，他也不确定自己为何要说把这场戏叫作"催眠者"，因为表演中压根没有催眠术，当然，帐篷内外也没有任何招牌或展板透露出这样的信息。表演者只是穿着宽松的长外套，戴的塑料面具是一张极为苍白的平淡无奇的人脸，不过眼睛（或眼洞）的位置是两张大圆盘，上面画着螺旋形的图案。催眠者在观众面前做出各种混乱的动作，无疑是因为他的目光被螺旋形图案的光盘挡住了，然后他就跌跌撞撞地退场了。

奎瑟尔还看过许多别的助兴表演，包括舞蹈傀儡、蠕虫、驼背和手指先生。除了一处重要的例外，看表演的程序总是相同的：奎瑟尔和他的父母会进入助兴节目帐篷，在一张快烂的长椅上坐下，然后没多久，某位表演者就会短暂地出现在被两盏普通落地灯照亮的小舞台上。唯一偏离这套流程的是奎瑟尔称作"杂耍艺人"的那一场。

其他的助兴节目全都在奎瑟尔及父母进入那个特殊的帐篷并就坐后开始和结束，而"杂耍艺人"则似乎总是正在进行中。奎瑟尔一走进帐篷——他说，总是走在父母前面——就看到小舞台上站着一个人，背对观众，一动不动。不知为何，每次奎瑟尔一家在黄昏中停车，光顾某个设施陈旧破损的加油站游乐场，最终走进助兴节目帐篷时，现场都没有任何别的游客。对于年轻的奎瑟尔来说，这样的情况并不显得奇怪或令人不安，除了在他进入助兴节目帐篷，看到"杂耍艺人"背对着几排似乎一有人坐就会崩塌的空椅子站在台上时。每次面对这一场景，奎瑟尔马上就想转身离开。但他父母会跟在身后进入帐篷，在他还没有注意到时就在第一排的长椅上坐下，望着杂耍艺人。他的父母从不知道他多么害怕这个形象，奎瑟尔重复说了好几遍。此外，光顾那些加油站游乐场，特别是参观助兴节目，完全是为了满足奎瑟尔，因为如果只是他父母的话，就会加满油然后继续开向旅程的下一个地点。奎瑟尔认为，他的父母其实挺享受看到他战战兢兢地坐在杂耍艺人面前，直到再也挺不下去，要求回到车上。与此同时，他被这个与自己能记得的任何其他助兴节目角色都不一样的形象惊呆了，凝住了。奎瑟尔说，他就那样站着，背对观众，戴一顶旧高顶礼帽，披一袭下摆拖到肮脏的舞台地板上的长斗篷。礼帽下面的红色头发又长又茂密，硬翘翘、乱蓬蓬，像个叫人恶心的虫窝。我让他再仔细地检验一下自己的记忆和想象，那会不会是假发，奎瑟尔给了我轻蔑的一瞥，似乎是要强调不是我而是他亲眼见到了那头硬翘翘的红发从杂耍艺人的旧礼帽下面戳出来。奎瑟尔继续说，除了头发，观众就只能看到杂耍艺人抓着长斗篷边缘的手指。他觉得，这些手指有点畸形，蜷在一起，像小爪子，白里透着淡绿。显然，如奎瑟尔所见，那个形象的整体姿态是精心设计好的，似乎随时会一个大转身，直面观众，发霉的手指探到红发顶端，掀起斗篷边缘。然而，这形象纹丝不动。有时，奎瑟尔仿佛看到杂耍艺人的头向左或向右略微转动，似乎就要露出侧脸来，玩一种可怕的躲猫猫游戏。但是，奎瑟尔最终放下心来，那转动只是他的幻觉，杂耍艺人一直保持绝对的静止，这个梦魇般的侏儒克制住了任何动作的趋势，给人留下无限的想象空间。

"完全是讨厌的装腔作势。"奎瑟尔说着，停下来，一饮而尽。

"但是，若是他转身朝向观众，又会怎样？"我问道。我喝着薄荷茶等他回答，这茶对我难受的胃似乎没什么帮助，不过也不会让胃更不舒服。我点起一般在这种场合抽的清淡香烟。"你听到我的问题了么？"我问奎瑟尔，他一直盯着"深红卡巴莱"对面角落的那个舞台。"舞台是一样的，"我颇有些厉声地对奎瑟尔说，惹得周围桌子的客人投来目光，"面板是一样的，上面的图案也是一样的。"

奎瑟尔神经质地把玩空酒杯。"我还很小的时候，"他说，"在某些场合见到过那个杂耍艺人，但并不是在他的老地盘，也就是说，不是在助兴节目帐篷里。"

"我感觉今晚已经听够了。"我按着难受的胃，打断他的话。

"你在说什么？"奎瑟尔问道，"你记得那些加油站游乐场，是不是？也许只有模糊的记忆。我敢肯定你会是记得它们的人。"

"我认为我能说的是，"我说，"我听够了你的加油站游乐场故事，知道它讲的是啥。"

"'知道它讲的是啥'，你这话什么意思？"奎瑟尔仍然望着房间对面的小舞台。

"好吧，就一件事，你后来的回忆，关于你声称的那个杂耍艺人的记忆。你想要告诉我，在整个童年，你在不同时间不同地点反复看到这个形象。也许是隔着整个校园看到他，背对着你站在远处。或者是在一条热闹的街上，看到他在街的另一边，但等你走过去，他已经不见了。"

"是的，类似这种吧。"

"然后你会告诉我，近来你一直看到这个形象，或者看到与它有关的迹象——比如，人行道旁商店橱窗上隐约的影子，汽车后视镜上的一瞥。"

"这很像是你的一个故事。"

"某些方面是，"我说，"某些方面不是。你觉得，你是否见过那个杂耍艺人转过头望着你……会发生某种可怕的事情，最有可能的是，某种巨大的震撼让你当场完蛋。"

"是的，"奎瑟尔表示同意，"一种无法顶住的恐惧。但我还没告诉你故事里最奇怪的那部分。你说得没错，最近我瞥见过……那个形象，并且我小时候也在助兴节目帐篷外看见过他。但最奇怪的是，我记得自己在其他地方见到他，甚至比我第一次在加油站游乐场见到他还要早。"

"这就是我的观点。"我说。

"什么？"

"没有什么加油站游乐场。从来就没有任何加油站游乐场。没人记得它们，是因为它们从来没存在过。这整个想法都很荒谬。"

"但我父母和我一起去过。"

"准确地说——是你已经过世的父亲和你精神不正常的母亲。你记得自己同他们讨论过这些么，你在那些特殊的加油站与附属的游乐场里的假期经历？"

"没有。"

"那是因为你从来没同他们一起去过任何这种地方。想想，这一切听起来多荒唐！荒郊野外的加油站，引诱顾客免费去它那些破破烂烂的游乐场——这太荒谬了！微型游乐设施？加油站员工兼任助兴节目表演者？"

"杂耍艺人不是，"奎瑟尔打断我，"他从来不是加油站员工。"

"是的，他当然不是加油站员工，因为他是你幻想出来的。整件事都是一场离谱的妄想，不过，也是一种类型非常特殊的妄想。"

"那你说是哪种类型?"奎瑟尔问道,仍在偷瞄"深红卡巴莱"夜总会房间对面的舞台区。

"不是某种常见的妄想症,你是不是想我这么说?我对这种事情毫无兴趣。但我对某人何时开始遭受一种魔幻妄想的困扰非常感兴趣。甚至可以更准确地说,我感兴趣的是那些作为艺术魔法结果的妄想。你知道自己被这种艺术魔法的妄想影响了多久么?"

"你把我绕晕了。"奎瑟尔说。

"很简单,"我说,"你幻想出关于加油站游乐场的这些无稽之谈,尤其是关于你所谓'杂耍艺人'的故事,有多长时间了?"

"我觉得,在这个时候,我要是坚持说我从儿时就看到过那个形象,是不是显得有点荒谬?哪怕那的的确确就是我见到的,就是我记得的样子。"

"当然是荒谬的,因为那肯定是你的妄想。"

"所以,我说的杂耍艺人是妄想,而你说的……那啥不是妄想?"

"艺术魔法。你成为这种特殊的艺术魔法的受害者有多久,你就对加油站游乐场及其相关现象产生妄想有了多久。"

"那到底是有多久?"奎瑟尔问。

"从你辱骂深红女人,说她是个遭人哄骗的庸才开始。我告诉过你,她有些你全无所知的关系。"

"我说的是从我童年开始就遭遇的事情,是我记了一辈子的事,而你说的是这几天的事。"

"那是因为你产生妄想的时间就是这几天。难道你看不出是她用艺术魔法让你产生了最糟糕的妄想?这是一种可追溯的妄想。在过去几天,几个星期,甚至几个月,受此折磨的不仅是你。你身边的每个人都感觉到这种艺术魔法的威胁有段时间了。我都开始想,我是不是发现得太晚了,晚得太厉害了。你知道被可追溯妄想纠缠的滋味,但你知道被严重的胃病折磨的感觉么?我坐在深红女人的这家俱乐部里,让那个同深红女人关系很好的女招待给我上薄荷茶,是因为我认为,薄荷茶正是适合我的胃的东西,它很有可能加重我的病情,甚至按照艺术魔法的原则,把这病转化为更严重、更奇怪的状况。但是,深红女人不是唯一实施这艺术魔法的。在这附近,到处都有魔法被释放。它出人意料地飘进来,像海上的雾气一样,让我们许多人迷失其中。看看这个房间里的面孔,然后再告诉我,是否只有你才被一种恐怖的艺术魔法伤害。深红女人有许多敌人,也有强大的盟友。我怎么能准确说出他们是谁——毫无疑问,是某个专门从事艺术魔法的团体,但我只是不能带着愚蠢的自信断言道,'是的,那一定是某个特定的光明会组织,'也不能说那是些秘传科学家,尽管现在许多人开始这样自我标榜。"

"但这听起来全都是你编的一个故事。"奎瑟尔反驳道。

"当然,当然,难道你觉得她知道这个?但我是不会对你那些奇谈怪论买账的,什么加油站游乐场啦,什么助兴节目帐篷啦,什么同这个房间对面那个舞台有几分相像的小舞台啦。你一直盯着舞台,眼珠都转不动了,我看出来了,这里其他人都看出来了。而且我知道,你看着那边心里想的是些什么。"

"就算你不是在胡诌吧,"奎瑟尔说着,强迫自己从对面的舞台上收回目光,"那我应该怎么做呢?"

"你可以从别再盯着对面那个舞台看开始。除了一种艺术魔法的妄想,你在那边别的什么也看不到。那种折磨里没什么是必然致命或永恒的。但你必须相信，你会恢复过来，就像你患上某种并不致命的身体疾病也能康复一样。否则，这些妄想会变成某种致命得多的东西，在物理层面或者精神层面，又或者两者皆是。像个对会带来非同寻常厄运的故事浅尝辄止的人一样接受我的建议吧，然后从这种疯狂中走开。平凡的灾祸都已经够多了。找一个安静的地方，等着其中一桩夺走你的命。"

我能看出这番强烈而坚定的话对奎瑟尔产生了效果。他的目光不再转向房间对面的小舞台，而是正正地注视我。面对"他有妄想症"这一真相，他仍然有点迷乱，然而看起来已经相当镇定了。我点起另一支清淡香烟，扫视房间，不是要找什么人或东西，而仅仅是探测气氛。俱乐部里袅袅升起的烟雾极为浓重，琥珀色的灯光暗了几分，雨声仍然在"深红卡巴莱"的黑漆玻璃窗上拍响。现在我回到了那艘旧船的舱室里，被抛掷于凶险的风暴之海，船身摇摇欲裂，被无法控制的力量威胁着。奎瑟尔说他去洗手间，他的身形越过我的视野，如同影子穿过浓雾。

我不知道奎瑟尔去了多久。我的注意力渐渐被俱乐部里其他面孔上泄露出的深深的焦虑完全吸引，那不是一种自然而然的关乎存在的焦虑，而是被对一种离奇的自然所特有的关注造成的焦虑。这些面孔似乎在说：降临到我们身上的是怎样一个季节啊。无疑，他们会直接说出那些特有的关注，倘若他们没有被艺术批评家斯图尔特·奎瑟尔遭受的那种反常的心理折磨吓得只敢说些模棱两可、含义双关的怪话。谁会是下一个？如今，谁在说话甚至想事的时候，能不掂量那些有强大关系的团队或个人的威胁呢？我几乎能听到他们在发问："为什么是这儿，为什么是现在？"但是，当然他们也同样有可能在问："为什么不是这儿，为什么不是现在？"这群人不会想到，这并没有牵涉任何特殊的规则；即使他们是一群充满想象力的艺术家，也不会想到，这整件事仅仅是一种无目的、随机的恐怖事件，在一个特定的时间汇聚到一个特定的地方，却并不出于任何特定的原因。另一方面，他们也没有想到，他们可能曾经希望这事发生在他们身上，他们可能仅仅是希望某些强大的力量和关系到来，就已经把它们带进了我们这个地区。他们可能已经希望又希望，想要一种反自然的邪恶降临到他们头上，但是，至少暂时，还没有发生。然后，这希望停止了，旧的希望被遗忘，却同时大量地汇聚于一处，将自身提炼为一个强力的公式（谁能明白！），直到有一天，可怕的季节开始。因为，倘若他们真的说实话，这群艺术群众也可能已经表达出了一种怎样的意义啊（尽管是一种负面的意义），更不消说这个反自然的邪恶的季节给他们的生活带来了多么强劲的战栗（尽管是一种折磨人的战栗）。活着有什么意义，除了每时每刻招灾受苦？在这个游乐场世界中，我们的本性所需要的每一次消遣、每一次激动都要冒着风险才能得到。没人是安全的，就连艺术魔法师或秘传科学家也一样，在我们当中，他们最容易被哄骗，因为他们最容易被一种离奇、反常的娱乐吸引，像任何艺术家或科学家面对事物内在的混乱时一样笨拙地摸索。就在我一直看着"深红卡巴莱"夜总会里的各种面孔，一直在心里琢磨它们的时间里，一道人影再次在我朦胧的视野里掠过。我以为那是我今晚的酒伴奎瑟尔从洗手间回来了，定睛一看，却是奎瑟尔口中对深红女人忠心耿耿的那个女招待。她问我是否想要还来一杯薄荷茶，她的原话就是"还来一杯薄荷茶"。她的口气很怪，尖酸刻薄，我压住只会加重我胃里难受劲的怒气，回答说我马上就要走了。然后我补充道，我的朋友也许还想再喝一杯酒，一边把手指向桌子对面奎瑟尔去洗手间留下的空杯子。然而桌子对面没有杯子,桌上只有我的空茶杯。我马上指责女招待趁我沉湎于夜总会里各色面孔的当儿收走了空酒杯。但她否认,说压根没给我这台桌子上任何人上过酒杯,说从我进夜总会,落座在小舞台对面这张桌子开始,一直是一个人。我仔细搜索过洗手间后,回到大厅,试图找个人证明艺术评论家奎瑟尔同我说了那么久关于加油站游乐场的话。但所有人都说没见过这么一号人。

就连奎瑟尔本人,在我第二天追踪到一个简陋的画廊找到他时,也说他头天晚上没同我见过面。他说他整晚都一个人待在家里,还说他之前生了一场小病——轻微的传染病——不过现在已经好了。说话时我俩站在画廊中央,我说他是个骗子,他冲着我踏前一步,语气紧张地低声让我"说话小心点"。他说我总是信口雌黄,今后可得对自己说什么以及同谁说更谨慎点。然后他问我,在聚会上信口开河,说谁谁谁是个被人哄骗的庸才,我是否真的认为这是种明智的行为。他说,有些人同某些强大势力有关系,而我本应该比别人更清楚这一点,因为我对这种事情很警觉,并且在我写的故事里表现过这种警觉。"其实我并不是不赞同你对那个人的评论,"他说,"但我不会公开这样讲。你羞辱了她。要是你明白我说的是什么意思,你就知道,这种做法现在可能招来大祸。"

我当然知道他的意思,尽管我还不明白,为什么这会儿是他和我说这些话,而不是我对他说。后来我想,我还忍受着可怕的胃病,难道这还不够?我为什么还要被另一个人的妄想困扰?但是,进一步询问后,就连这种解释也终于支离破碎。那个聚会之夜发生了什么,到底是谁羞辱了别人,甚至到底是谁被羞辱了,关于这一切,在我的熟人和同事里出现了多种说法。"为什么你要告诉我这些事情?"我向深红女人表达最深的歉意时,她说,"我都不认识你。另外，我自己的问题已经够多了。夜总会的一个女招待，一个臭婊子，把我的画全部取下来，换成了她的画。"

看起来，我们全都有麻烦，这些麻烦的根源无从追索，像风暴中无数雨滴的轨迹一样互相交织，汇成一片妄想与反妄想的迷雾。强大的势力与关系无疑在摆弄我们，尽管他们没有面孔，没有名字，但谁都说不准，我们这群遭人哄骗的庸才做些什么事就可能冒犯了他们。我们已经被卷入一个丑恶的魔法季节，没什么能解救我们。我越来越频繁地回到那些关于加油站游乐场的记忆里寻找答案，在黄昏的偏远乡野里，在残破的微型旋转木马和摩天轮的荒凉风景中。

但是那里没人会听我甚至最低声下气的道歉了，尤为不可能的是那个杂耍艺人，他也许还候在随便哪道门（甚至深红卡巴莱洗手间的那道门）的后面。我进入的任何一道门都可能变成助兴节目帐篷，我必须在一条摇摇欲坠的旧长椅上坐下来。那个杂耍艺人甚至现在还站在我眼前。他硬邦邦的红头发朝一边肩膀微微移动，似乎要转头望向我，然后转回去。接着他的脑袋朝另一边肩膀微微移动，玩着这场永不落幕的可怕的藏猫猫游戏。我只能坐着，等待，知道终有一天他会完全转过身来，从他的舞台上走下来，宣布我属于我一直害怕的那个深渊。也许，然后我就会发现我所做的——我们中任何人所做的——活该领受这命运。

平房住宅

去年九月，我在本地一家画廊的展览中发现了一种用录音带记录的表演。后来我得知，这是一个不知名艺术家录下的梦之独白系列的第一部。下文是这部作品开篇部分的一个简短而极为典型的选录。我记得，开头是几秒钟滋滋响的磁带噪音，然后有个声音开始说话："在平房住宅里，要处理的远不止是害虫横行，尽管那也有其可疑之处。"然后那个声音继续说道："月光透过起居室敞开的百叶窗落到地毯上，我能看到那里只有几个虫尸。其中似乎只有一个还在动，动作非常缓慢，但也许有更多虫子还没有死。除了我在黑暗中坐着的椅子，房间里几乎没有家具，平房住宅里其他地方也一样。但我周围布置着一些灯，落地灯，台灯，甚至还有两盏小灯装在壁炉架上。"

我记忆中，这件梦之独白的开篇之作在这里稍作停顿，然后继续："平房住宅建有一个壁炉，我在黑暗中对自己说话，猜想上次有人用壁炉或者房间里其他东西是多久以前的事。然后我的注意力转回灯，开始逐一试用，在黑暗中旋转它们有浅槽的小小开关。月光落到灯罩上而没有透过，于是我能够看到它们都没有安装灯泡，当我旋转落地灯、台灯或壁炉架上灯的开关时，这个平房住宅的黑暗的起居室里，什么也不会改变：月光透过灰扑扑的百叶窗，照见灰白的地毯上昆虫和其他害虫的尸体。"

"平房住宅里人们面临的挑战与障碍变得越来越难以忍受，"

磁带里的声音低语着,"深夜里,尽管我不知道准确时间,待在这个地方,会感觉周围有种荒凉的东西。在磨破的灰白色地毯上看到那些害虫尸体,其中一些还没死透,然后测试每一盏灯,发现全都不管用——似乎一切都在同我的努力作对,一切联合起来同我对抗,不让我好好处理在平房住宅里面临的问题。我第一次注意到,月光地毯上躺着的大多全不动弹的尸体不像是我以前见过的任何种类的害虫。其中一些似乎变形了,它们天然令人恶心的形体以我无法辨别的方式发生了改变。我知道自己需要特殊的工具来处理这些动物,一套先进的灭虫军械。正是用毒的点子——需要有毒溶液和喷雾,用来对平房里的虫子发动攻击——让我被这任务的复杂性以及可用资源的匮乏压倒。"

在这个地方(我记得录音带上还有其他一些地方),声音变得几乎听不清。它说:"这个平房住宅里的环境极为阴冷:透过灰扑扑的百叶窗的月光,地毯上的虫尸,没装灯泡的灯。还有难以置信的静默。那不是没有声音,而是数不清的声音甚至噪音被粉碎,深夜里一座旧平房里本该听到的一切声音同无数的其他声音和噪音一同被闷住。完成这种静默所需的力量让我惊叹不已。我自言自语:一个害虫孳生的平房里无限的恐惧与乏味。一个平房宇宙,我心里想着,没说出声。突然,我被一种绝望的欣快感压倒,它像强力毒品一样注入我的身体,让我的全部思想与动作处于一种梦幻般漂浮的出神状态。在透过平房住宅百叶窗照进来的月光里,我像其他一切东西一样静止而沉默。"

这件录音艺术作品题为《平房住宅(加上静默)》。我发现它和其他那些由同一个艺术家完成的梦之独白,是在达尔哈D.画廊,距离我在其语言文学部门工作的公共图书馆(主馆)很近。有时我中午休息时就去画廊,甚至用棕色纸袋自带午餐去那儿吃。画廊里有几张椅子和长椅，我知道不论怎样流连徘徊，画廊女主人都不会赶人走。她的实际生活来源其实并不依赖这画廊。那怎么可能呢？达尔哈 D. 画廊就跟个老鼠窝似的。你会认为维护这么一个地方一点也不费事，毕竟它面积那么小，只是一个单间，并没有挤满艺术作品或相关的商品。但是似乎压根没人正经维护。展示橱窗灰蒙蒙，就算有人经过也几乎看不清后面经年不换的画和雕塑。从外面的街上看，小小的前窗里以平淡的颜色和不成形的形状呈现出最荒凉的幻觉，尤其是在十一月下旬的下午。进到画廊里面看，情况也差不多——从粗糙的油毡地板（一些开裂的瓷砖露出了混凝土地基），到偶尔会落下小块灰泥的相当高的天花板。如果把艺术品和相关商品都搬走，没有人会认出这里曾经是画廊，而不是一家比较杂乱的企业。但是许多人意识到——也许只是口耳相传——开达尔哈 D. 画廊的女人并不靠经营那些艺术品及相关商品为生，只有最绝望或天真到丢脸的艺术家才会愿意到这个画廊展出作品。在众人口中，也包括我同这个女人一次短暂的午餐谈话中得知，她这辈子干过许多职业。她本人也曾搞过艺术，她的一些作品——旧雪茄盒里乱糟糟的组合——曾在她画廊的一角展出。但她画廊的生意显然没法自给自足，尽管运营费用已经压到最低了也不行，而她也不掩饰自己真实的收入来源。

"谁想买这样的垃圾？"她曾经向我这样解释，一边用涂成翠绿色的长指甲指指点点。这种颜色是她的至爱，似乎主宰了她衣柜里那些长而宽松的衣服，同样颜色的还有她的许多套装，以长得惊人、在画廊里走动时会拖到地板上的围巾或披肩为特色。她停了一下，用一只翠绿色鞋子的尖头轻轻踢了踢垃圾桶，那里面装满了微型的人偶手脚，颜色各不相同。"这些人做出这些玩意的时候心里想的是啥?这些愚蠢的雪茄盒让我怎么想?但是再不要这个了,肯定不要再有这种东西了。"

她对自己在商场上的精力现在投到了什么事情上毫不掩饰,并没有那种该有的警惕性。画廊里电话响个不停,那破裂的颤音从后面房间里传来,总是打乱原本的死寂。然后她就会钻到挂在门道上分隔画廊前后部分的一道门帘后面。在我吃三明治或者一块水果的时候,后面房间里的电话会在半个小时内第四或第五次突然响起,最终把那个女人召唤到门帘后面去。但她接电话时从来没报过画廊名字,也没有说过任何常用的商业术语。就连"下午好,有什么可以为您效劳的吗?"这样的话,我坐在画廊前厅吃午餐时都没听到她说过。她总是用同样的方式接电话,声音里带着同样平静的期待的语气。她总是说,我是达尔哈。

我认识她没多久,就不知不觉地以这种最熟悉的方式使用她的名字了。只需要说出这个名字,就让我沉浸到一种感觉里,似乎我也能获得她向所有来电者提供的东西,更不用说那些亲自拜访画廊订约或者确认预约的人所能得到的了。不论你急于尝试什么,也不论你愿意采取什么步骤——达尔哈都能安排妥当。这些安排才是这家画廊真正的存货。午餐休息后回到图书馆,我还想着达尔哈,想到她回到画廊,前面后面来回跑,在电话里做出各种安排,有时是亲自安排。

我第一次注意到名为"平房住宅"的新作品那天,达尔哈的电话简直吵得要了人命。她在画廊后面同客户说话时,我一个人待在前面。纯粹是为了找点乐子,我走到装满人偶残肢的垃圾篓前,自顾自地拿了一个涂色(翠绿色!)的胳膊,藏到自己运动外套的内口袋里。就在那时,我看到角落里一张小塑料桌子上这个旧的磁带录音机。它旁边放了一张名片,上面手写着作品名字,还有说明：按下播放。听完后请倒回。请别取出磁带。我戴上耳机，按下播放键。那个声音通过巨大的耳机，听起来很遥远，有点被磁带的嘶嘶声扭曲。

尽管如此，我还是被这段前文已经转写过的梦之独白的开场深深地迷住了，我坐在放录音机的小塑料桌旁地板上，听了整盘磁带，超出午餐休息时间半个多小时。磁带结束前，我仿佛置身另一个世界——就是那个害虫孳生的平房住宅的世界，有着梦幻般的粗劣而肮脏的魅力。

"别忘了倒带。"不知不觉中达尔哈站到了我跟前，灰色长发像钢丝球一样，几乎蹭到我脸上。

我按下倒带键，从地板上站起来。"达尔哈，我能用下洗手间么？"我问道。她指着通往画廊后面的那块门帘。"谢谢。"我说。

听第一部梦之独白的效果非常强烈，原因我很快就会解释。我想要单独待一会儿，好让磁带里的声音在我心中激发的状态持续下去，就像刚醒的人想要保留梦中的印象。但我觉得，图书馆那个洗手间有不少我享受多年的独特的优点，却多半会摧毁梦之独白制造出来的情感与精神状态，而不是保留甚至提高这种体验——而我期待达尔哈画廊后面的洗手间能起这样的作用。

我选择在同图书馆周边大不相同的达尔哈画廊附近度过中午休息时间的原因，也正好是现在我宁可多迟到一会儿也要在画廊而不是图书馆上厕所的原因。其实，如我所希望的，这个厕所同画廊的其他部分有同样的气质。它在画廊后面，对我来说是个神秘的所在，这一点很重要。厕所门口摆着一张凌乱的小桌子，上面放着达尔哈用来做安排、谈生意的电话。电话被一盏台灯微弱的光线罩住，我走进厕所时注意到，它显得很笨重，一根拉直的电话线连接着听筒与环形拨号盘硕大的座机。尽管我在厕所里的时候达尔哈接了几个电话，但听起来全都像是些同她的私人生活或画廊事务有关的对话。

"你还要在里面待多久？"达尔哈隔着门问道。"你没什么不舒服吧？要是不舒服，就得去别的地方了。"我大声回答说没事（其实相反），过一小会儿就出了厕所。我想要问刚才听到的艺术表演磁带的细节，很想马上了解这个艺术家，多少钱能买下"平房住宅"这件作品，以及是否还有其他类似作品存在。但是电话又响了。达尔哈用惯常的话回答电话，我就站在旁边，在画廊后半部，这里光线暗淡，但相对整洁，让我想到刚从磁带里听到梦之独白描述的那个平房住宅的客厅。这个和安排无关的电话似乎没完没了，我想到自己滞留而迟到了这么久，变得焦急起来。

"我明天来找你。"我对达尔哈说，她讲着电话，绿色眼珠朝我一转作为回应。她冲我笑了，像是无声地笑，我穿过有门帘的过道走进画廊前厅时想着这事。我扫了眼塑料桌上的录音机，决定压下把磁带顺手牵羊拿到图书馆（然后拿回家）的冲动。明天午饭时我来这儿，它还会在。几乎从没见人买过达尔哈画廊前厅的东西。

第一天接下来的时间——在图书馆和在家——我一直想着那盘磁带。特别是下班坐公交车回家路上，我想着磁带里描述的形象与概念，还有那个讲述这一切的嗓音，以及这梦之独白里用来描述平房住宅的语句。我上下班的通勤路线要经过几条从头到尾都是破败房屋的街道，每座房子都能让我想到平房住宅录音带。我说这些街"从头到尾"都是这种房子，尽管公交车并不会从头到尾走完任何其中一条街，而我其实也从来没有把哪条街从头到尾走完。事实上，从座位旁边的车窗看出去（我从来不坐过道位置），街道显得没个尽头，在无穷无尽的老房子簇拥下向远方无限延伸，很多房子已经废弃，许多正是那种低矮、荒凉的平房。

那天，坐公交车回家路上，望着窗外，我回忆着磁带录下的梦之独白描述那个害虫孳生的平房的几个方面——月光透入灰蒙蒙的百叶窗，灯座里全都没有灯泡的灯，破旧的地毯，分布在地毯上的死掉或半死不活的虫子。磁带里的嗓音让我从内部而不仅是从外面看到了平房。相反，我坐车上下班时如此热切地凝视的房子只能从外面看，其内部的景象只存在于我的想象中。当然，我对这些内部的感觉，作为纯粹想象性的投射，非常模糊，缺乏磁带里提供的精确的物理布局。同样，我经常梦到的那些房子也是非常模糊的。然而，由我想象力的投射与我对这些房子的梦所产生的情感与精神状态，完美地契合了我在达尔哈画廊听那盘名叫"平房住宅"的磁带时的体验。磁带里的声音描述了一个寂静而隐僻的世界，那里面的人生活在一种凄惨的催眠状态中，这声音以最强有力的方式向我展现出一栋老平房最阴沉最凄凉的环境。坐在画廊地板上，透过硕大的耳机听那声音，我有种感觉：我不仅是在听那梦之独白的词句，也是在读它。我的意思是，不论何时，只要我得到机会读一张纸上的词句，任何纸张上的任何词句，在我脑中说出这些词句的声音总是在某种程度上被辨认为我自己的声音，即使那些词句是别人的。也许，甚至更为准确的说法是，不论何时，只要我读纸上的词句，我脑袋里响起的声音就是我自己的嗓音，它逐渐融混（或弥散）到我正在读的词句中去。相反，当我有机会在纸上写词句时，哪怕只是在图书馆写一个简单的笔记或便笺，我脑子里口述这些词句的声音却不像是我自己的嗓音——当然，等到我把这些词句读回给自己时，一切又恢复正常。平房住宅录音带是就我所知这一现象最戏剧性的例子。虽然总体录制质量很差，但读出梦之独白的那个扭曲的声音却渐渐融混（或弥散）到我脑子里那个自己的完美清晰的嗓音中去，尽管我戴着一对大耳机在听磁带里的声音，并没有读纸上的词句。坐公交车回家的路上，望着一条接一条街上的房子，录音带里梦中独白所描述的情景浮上心头，我懊恼为何没有当场取得这件艺术品，或者至少从当时正忙着接一个号码不寻常的电话的达尔哈那里了解更多。

第二天到图书馆上班，我焦急地等待午餐时间，好赶去画廊，尽我所能了解关于那磁带的一切，还要搞清楚怎么获得它。一进画廊，我立刻望向角落，望向昨天放着录音机的那张小塑料桌。看到展品还在，出于某种原因我松了一口气，好像生怕画廊里的艺术品可能会在一夜之间消失不见。我走向角落，想去确认昨天我看到（和听到）的一切都原封不动。我检查，磁带还在录音机里，我拿起上面有展品名称和操作指南的小名片，才意识到这是另一张名片。上面写着一个新名字，叫作"泥巴地面的废弃工厂里的声音"。

我兴奋于发现这个艺术家的一件新作，同时又深深地担忧平房住宅梦之独白会就此消失，让我没法按计划买下它。就在我忧欣交集的时刻，达尔哈从隔开画廊前后部的那道帘子后面走出来。我本来打算要做出漫不经心的样子同她谈买"平房住宅"录音作品的事情，结果被她在我心绪不宁的时候打了个猝不及防。

"昨天那盘平房住宅的磁带到哪儿去了？"我问道，紧张的声音出卖了自己的欲望，这下可算是被她给拿捏住了。

"不见了。"她冷淡地回答道，在画廊里漫无目的地缓缓走动，翠绿色的裙子和围巾曳过地面。

"啥意思？我是说在这个小塑料桌上展览的一件作品。"

"就是它。"

"那，只展览了一天，就不见了？"

"是的，不见了。"

"被人买走了？"我说出最坏的假设。

"不，"她说，"那是非卖品。是一件表演作品。要付费的，但你没给。"

一种病态的困惑开始加入我心里混合的兴奋与沮丧中去。"没有听梦之独白要收费的说明啊，"我说，"在我看来，在任何人看来，它都和这里别的东西一样，是一件待售品。"

"你说的这个'梦之独白'是一件专享作品。标价写在有作品名的名片背面，你现在手里拿的那张翻过来就能看到。"

我把名片翻个面，果然写着"二十五美元"，字体同画廊里其他价格标签上的一样。我故作愤怒地说："你只在这张名片上写了价格。昨天那张没有。"不过这话我说得很没有底气。我知道，如果我想要听废弃工厂的录音带，无论如何我都得把听平房住宅录音带的欠款（或者达尔哈所谓的欠款）结清。

"喏，"我从后裤兜里掏出钱包，"十元、二十元，二十五元，这是给平房住宅录音带的，再给你二十五元，我要听现在这盘。"

达尔哈走过来，拿走五十美元，用最冰冷的语气说道："五十美元只够支付昨天的，平房住宅录音带清清楚楚地标明价格是五十美元。你得再付二十五元，才能听今天的录音带。"

"凭啥啊，平房住宅录音带凭啥比废弃工厂的贵二十五元？"

"仅仅是因为平房录音比今天这盘有更大的艺术野心。"

事实上，"泥巴地面的废弃工厂里的声音"持续时间比"平房住宅（加上静默）"短，但我发现它同样奇妙地描述出了同样

"无限的恐惧与乏味"。有大约十五分钟（在午餐休息期里），我沉浸在废弃工厂的朽坏之美中——那是一处狭窄的废墟，孤立地耸在一片空旷的平原上，破损的窗户只容最纤细的朦胧月光透入，照在紧实的泥土地板上，死寂的机器葬身于阴影的坟墓，滞留在空洞、无意义的声音的回响里。那声音多么绝对的凄清，却又仍然奇妙地予人抚慰，它以录音带为媒，把信息传递给我。想想吧，有另一个人同我一样热爱着事物冰冷的凄凉。听到那单调而有点扭曲的声音如此亲密地讲述那些会在我最深的天性里完美地激起回响的场景与感受——这种体验，即使在当时，当我坐在达尔哈画廊的地板上透过硕大的耳机聆听录音带时，也是令人心碎的。但我想要相信，创造这些关于平房住宅和废弃工厂的梦之独白的艺术家并不打算破碎我或任何人的心。我想要相信这位艺术家已经逃离了这些梦，逃离了一切情绪的恶魔，只为探索一个宇宙那肮脏而低劣的喜悦——那宇宙中的一切被缩减为三条严酷的原则：第一，你无处可去；第二，你无事可干；第三，你无人可知。当然，我知道这看法同别的事物一样是幻觉，但它毕竟是如此有力地支持了我那么久的一种幻觉——同任何别的幻觉一样有力，一样长久，也许更有力，更长久。"达尔哈，"听完录音带，我说，"我希望你能告诉我关于创作梦之独白的艺术家的一切。他甚至没有在作品上签名。"

达尔哈从画廊前面用一种陌生的、有点慌乱的声音说道："哎，你为什么会对他没有在作品上签名感到惊讶呢？今天的艺术家都这样啊。不管在哪，他们都只用某种愚蠢的符号或一块口香糖作为签名，或者干脆完全不签名。为什么你那么在意他的名字？我为什么要留意这个？"

"因为，也许我能劝说他允许我买下他的作品，而不是在午餐时间到你的画廊，租借录音带，坐在地板上听。"

"所以你是想要把我排除在外啰，"达尔哈用原来的声音吼道，"我是他的经纪人，我告诉你，就算他要卖东西给你，也得经过我。"

"我不知道为什么你会这么恼火，"我从地板上站起来，"我会给你提成的。我要求的只是你帮我安排和那个艺术家接洽。"

达尔哈坐在隔开画廊前后的那张有帘子的过道旁一张椅子上，翠绿色的围巾铺展在她身旁，她说："就算我愿意安排，我也做不到。就连我也不知道他的名字。几天前，我在街上等出租车回家，他突然走到我面前。"

"他长什么样？"我忍不住插嘴。

"当时天已经黑了，我又喝醉了。"达尔哈的回答在我看来有些躲躲闪闪。

"那他是年轻，还是年老？"

"一个老人。不太高，浓密的白头发，有点像个教授。他说他想要把自己的一件作品送到我的画廊。我醉得厉害，但还是尽量向他讲清楚我的交易条款。他同意，然后沿街走掉了。那个街区不太好，不怎么适合晚上一个人走。嗯，第二天，一个包裹寄到，里面是录音机。还有使用说明，要求我每天晚上离开画廊前销毁当天的磁带，每一天都有新的磁带寄到。包裹上没有寄信地址。"

"那你销毁了平房住宅的录音带？"我问道。

"当然，"达尔哈的声音有点恼怒，也很坚决，"我为什么要在乎一个疯艺术家的作品，或者他怎么安排自己的艺术事业？另外，他向我保证会有所收益，而我现在已经收到了七十五元。"

"那么，为什么不把这个关于废弃工厂的梦之独白卖给我呢？我不会讲出去的。"

达尔哈停了一会儿，然后说道："他说，如果我不每天销毁磁带，他是会知道的，并且会报复。我忘了他的原话是什么，那天晚上我醉得厉害。"

"他怎么可能知道？"我问道，达尔哈不回话，只是瞪着我。"好吧，好吧，"我说，"但我还想你做个安排。你收了平房住宅和废弃工厂录音带的钱。如果他确实是个艺术家，他也会想要报酬的。如果他联系你，你就帮我安排接洽。我不会黑掉你的提成的。我保证。"

"不管价值多少。"达尔哈讥诮地说。

但她还是同意帮我安排。谈妥条件我马上离开画廊，免得达尔哈再多想。那天下午，我在图书馆语言文学部工作时，脑子全是新录音带里诱人地描述出的废弃工厂。每日上下班坐的公交车总是经过这样一栋房子，孤零零地耸立在恰如艺术家梦之独白中描述的那样的荒僻与遥远中。

那天晚上，我辗转反侧，睡得很糟糕，既没太睡着，又没太醒着。偶尔我会觉得有人在卧室里，同我说话，但我肯定不能以任何现实的方式处理这种感觉，因为我半梦半醒，实际上魂不守舍。凌晨三点左右，电话响了。我在黑暗中摸到放在床头柜上电话旁边的眼镜，看了看发光的闹钟钟面。我清了清嗓子，接了电话。是达尔哈打来的。

"我和他说了。"她说。

"你在哪儿同他说话了？"我问道，"在街上吗？"

"不，不，不是在街上。"她说着，咯咯一笑。我想她一定是喝醉了。"他打电话给我的。"

"他打电话给你？"我重复道，想了一会儿那位艺术家的声音如果不在磁带里而是在电话中会是怎样。

"是的，他电话我。"

"他说什么？"

"如果你不再问那么多，我就告诉你。"

"告诉我吧。"

"几分钟前他电话我，说他明天会在你工作的图书馆同你见面。"

"你和他说我的情况了？"我问道，然后电话里一阵沉默。"达尔哈？"我追问。

"我告诉他你想要买他的磁带。就这些。"

"那他怎么知道我在图书馆工作？"

"你自己问他啰。我不知道。我该做的都做了。"

然后达尔哈说再见，不等我说再见就挂了电话。

接完电话我发现自己完全没法再入睡了，就连半梦半醒的状态也回不去了。我满脑子都是：要与梦之独白的创作者见面了。于是我起身为上班做准备，像要迟到了一样匆忙，走向我住的这条街的街角去等公交车。

天很冷，我在候车厅坐下。银色月亮高挂在黑漆漆的夜空，还有几个小时才会天亮。不知为何，我感觉自己像是在新学年的第一天等公交，因为眼下就是九月，而我心里又充满了恐惧和兴奋。公交车到了，我看到里面只有几个早起去市区的人。我在后排坐下，望向外面，黑魆魆的车窗上映出我的脸，回望着自己。

在下一个公交站，我注意到另一个孤单的等车人坐在长椅上。他的衣服是深色的（有一件松松的长外套，还有帽子），他身子挺直，胳膊紧贴身体，手搁在大腿上。他的头微低，我看不到帽子下面的脸。公交车开近有灯光的公交车站时，我对自己说，这人的坐姿一看就是受过训练的。我很惊讶他没有起身，最终公交车也就没停。我想要对公交司机说什么,但一种强烈的恐惧与兴奋感让我没开口。公交车最终停在图书馆前,我下了车,跑上通往大门的阶梯。透过厚厚的玻璃门,我能看到空旷的内部,只亮着几盏灯。在玻璃上轻轻敲了一阵子,我看到一个穿着维修工制服的人出现在馆内远处的阴影里。我又敲了几下,那人沿着图书馆里拱形的中央通道慢慢走来。

"早上好,亨利。"开门时我和他打招呼。

"您好,先生,"他回答道,但没有站到旁边去让我进门,"您知道我不能在闭馆时间段里开门。"

"我到得有点早,但你放心,让我进去没问题的。我在这儿工作。"

"我知道,先生。但几天前我被谈话了,因为在不该开门的时候开了门。那是因为有东西被偷了。"

"什么东西被偷了,亨利?书?"

"不是,先生。我想是媒体部的东西。也许是摄像机或录音机。我知道得不确切。"

"我向你保证:你给我开门,我会直接上楼去我的办公桌。我今天有一大堆工作要做。"

亨利最终帮我开了门,我直接去了办公桌。

图书馆是个巨大的建筑,但语言和文学部(二楼)位于一个相对较小的区域——长而窄,天花板很高,一边墙上有一排镶嵌玻璃的高窗。其他几面墙摆满了书,中央大部分地方摆着长书桌。不过,大多数情况下,我工作的房间两头都开放着。两道巨大的拱门通往图书馆其他区域,一道普通大小的门道通往存放大部分书目的库房,几百万卷书静静摆放在无穷无尽的书架上,延伸到视线之外。在黎明前的黑暗中,语言和文学部真实的三维变得模糊了。只有月亮高悬在夜空中，透过高窗向我照出办公桌的所在，这间长而窄的房间的中心。

我摸索着走到办公桌前，打开多年前从家里带来的小台灯。（并非在图书馆日常工作时需要额外的灯光，而是我喜欢这东西阴郁古旧的模样。）有片刻我想到平房住宅，那里的灯都没有安装灯泡，月光透过窗户照在虫尸散落的地毯上。不知为何，我不能唤起同这个梦之独白相关联的特殊的感受与精神状态，尽管眼下这种在天亮前几小时独自待在语言和文学部里的情况有一种强烈的梦幻感。

不知道还能做什么，我在办公桌前坐下，像是要开始一天的工作。就在此时，我注意到我的办公桌顶上放着一个硕大的信封，而我记得昨天下班时还没有这玩意儿。信封陈旧，在昏暗的灯光下显得褪色。两面都没有写字，鼓鼓囊囊，封着口。

"谁在哪儿？"我大声喊道，声音几乎不像是我的。检查桌上的信封时我从眼角瞥见个影子。我清了清嗓子。"亨利？"我没有抬头，也没有转向两边，朝黑暗发问。没有回答，但我能够感到语言和文学部里有别的人。

我慢慢向右转头，望向房间对面挺远处的拱门。它通往另一个有月光从窗格里透入的房间，门洞中央侧身站着一个人。我看不到脸，但马上认出那件松松的长外套和帽子。的确就是刚才我坐公交车赶往图书馆时在公交站见到的那个雕塑般的人。现在他来图书馆和我见面，和他对达尔哈说的一样。此刻，问他是如何进入图书馆，或者相互介绍，都是无关紧要的了。我仅仅是启动了一场独白，今早达尔哈打电话以来我就一直在心中排练的独白。

"我一直在等待同你见面，"我开始了，"你的梦之独白——这是我对它们的命名——令我印象深刻。也就是说，你的艺术作品同我以往体验过的任何东西都不一样，不论是艺术的，还是格外艺术的。你把我亲切熟稔的题材表达得那么好，简直难以置信。当然，我说的题材不是平房住宅之类的东西本身，而是说它们唤起了潜在事物的幻象。在你磁带的独白中，当你的嗓音说出这样的句子，比如'无限的恐惧与乏味'或者'对色彩与生活的无休止的否认'，我相信我的反应正是你希望你作品的欣赏者所体验的。"

我以这种方式继续了一段时间，对那个毫不表露他是否在听我的侧影说话。然而，在某个点上，我的独白突然偏离了我原本选择的方向。我突然开始说的东西，同我之前说的毫无关系，甚至互相矛盾。

"因为从我记事起，"我继续对站在拱门里的那人说，"我就对所谓事物冰冷的凄凉有一种强烈的高度审美的感觉。同时，我在这种感觉中体会到一种巨大的孤独。这些感觉的结合显得很矛盾，因为这种感知，这种对事物的观点，似乎排除了孤独的情绪，或者任何要人命的悲哀。所有这些按常规看来令人心碎的情绪，似乎都会在您这样的作品面前五体投地，这些作品如此强有力地表达了我所说的事物冰冷的凄凉，在一种充满凄凉的真相、弥漫着梦幻般的停滞与寂无生气的氛围中，淹没或毁灭一切情绪。然而，我必须承认，就我现在所想到的，效果恰恰是其反面。如果你的目的就是用梦之独白来唤起事物冰冷的凄凉，那么不论是在艺术还是格外艺术的层面，你都完全失败了。你已经辜负了你的艺术，辜负了你自己，也辜负了我。如果你的作品真的唤起了事物真正的凄凉，那我就不会感到有了解你身份的必要，也不会感到这种要人命的悲哀——竟然有人体验到同我一样的感觉和精神状态，并且能够用录下梦之独白的形式同我分享！你是谁，会让我觉得有必要在日出之前几小时就赶到办公室,让我觉得这是必须要做的一件事,而你是我必须要认识的某个人?这种行为违背了我有记忆以来生活的一切原则。你是谁,会让我违背这些长久存在的原则?我认为现在一切都明晰起来。达尔哈让你来做这件事。你和达尔哈共谋,要反对我,反对我的原则。每一天,达尔哈在电话上做出各种安排都是为了谋利,她不能忍受我只是静静地坐在她丑陋的画廊里吃自己的午餐。她觉得我正在对她使诈,因为她没有从我身上获利,因为我从来没付钱让她给我做安排。我知道这一切都是真的,别试图否认了!但你可以说点什么,不论如何。就用你自己的嗓音说几个词。或者至少让我看见你的脸。你可以摘掉那顶滑稽的帽子。那像是达尔哈才会戴的玩意儿。"

说到这儿,我站起来,走向(实际上是蹒跚着走向)拱门中间站着的那人。走向,或蹒跚着走向那人的过程中,我一直在要求他回答我的指责。但当我走到通往拱门的长条桌之间,那人后退到高窗里透入月光的隔壁房间的黑暗中。我走得越近,他退得越远。我抬腿向前走,而他并不是抬脚后退,而是以某种即使到现在我也无法说明白的方式移动,就像是在漂浮。

在完全消失到黑暗中去之前,他终于说话了。就是我在达尔哈的画廊里从那个硕大的耳机里听到的声音,只不过现在没有干扰,没有失真。那些词句回响在我脑中,正如它们回响在天花板极高的图书馆房间里,正是我欢迎的那种样子,因为它们呼应了我内在深处的私人原则。然而,听到另一个声音告诉我无处可去、无事可做、无人可知,我并不感到安慰。

接下来我听到的声音是亨利的,他的喊声从图书馆一楼沿着宽大的石头楼梯传来,"先生,没啥事儿吧?"他问。我镇定下来,能够回答说一切正常。我请他打开二楼的灯。灯马上就亮了,但那个戴帽子、穿宽松长外套的人已经消失。

这天中午我在画廊见到达尔哈时，她对我的问题和指责做出毫不知情的样子。"你疯了，"她朝我吼道，"我不想和你有任何关系。"

我问她这是什么意思，她说："你真的不知道？你真是个疯子。你不记得那天晚上，我在街上等出租车，你走到我面前。"

我告诉她，自己没干过这事儿，而她继续讲那晚上的轶事，以及随后发生的事情。"我站在那儿，醉得很厉害，几乎听不懂你在说什么，你好像是在玩什么小游戏。然后你寄给我磁带。然后你来了，付钱听磁带，同你之前说的一模一样。就在那时，我记起你要求我对你撒谎，说那些磁带是一个白发老人的作品，其实就是你录制的。我知道你疯了，但这是我从你身上赚的唯一一笔钱，即使你天天都来我的画廊，吃你可怜的午餐。那天晚上你在街上朝我走来，我第一眼并没认出你来。你看上去不一样了，并且戴着那顶愚蠢的帽子。不过，马上我就认出你来。你假装别人，但并不是真的假装，我不知道。然后你告诉我，我必须毁掉磁带，如果我不照做，就会有事情发生。好吧，让我告诉你，疯子！"达尔哈说，"我没有毁掉那些磁带。我让朋友听了。我们闲坐着，喝得醉醺醺，你那些愚蠢的梦之独白笑得我们前仰后合。来，你的又一件作品今天又到了。"她说着，走向放在小塑料桌上的录音机。"为什么你不听听这个，并且照你承诺的付钱给我。这看上去像是个好东西，"她拿起写有作品名称的小卡片，"公交候车亭。这应该会让你激动吧——一个公交候车亭。快付钱！"

"达尔哈，"我努力让自己的声音平静，"请听我说。你必须做另一个安排。我需要同这个录音艺术家再见面。你是唯一能安排这事的人。达尔哈，如果你不同意做此安排，我恐怕我们俩都要倒霉。我需要再和他谈谈。"

"那你为啥不走到镜子前面去？那儿，"她说着，指向隔开画廊前后两部分的帘子，"像那天一样，走进洗手间，对着镜子里的自己说话。"

"那天我没有在洗手间里对自己说话，达尔哈。"

"是吗？那你当时在做啥？"

"达尔哈，你必须做此安排。你是中间人。如果你同意的话，他会联系你的。"

"谁会联系我？"

对于达尔哈来说，这是一个值得研究的问题，但也是我无法回答的问题。我告诉她，我第二天会再来找她，希望她到时候已经平静下来。

不幸的是，我再没见到过达尔哈。那天晚上，她被发现死在街头。据猜测，她是在一个酒吧、聚会或社交场合喝得大醉后，在街头等出租车回家。但杀死达尔哈的，不是醉酒，也不是她耗尽生命的放荡的社交生活。其实，她是在深夜等出租车时噎死的。

她的尸体被送往医院检查。医生发现她喉咙里堵着一样东西。看来是有人用暴力塞进去的。根据报纸的描述，那是"一个玩具娃娃的小塑料胳膊"。不过，新闻里没说那胳膊是涂成了翠绿色，还是别的颜色。当然，警察搜查了达尔哈画廊，发现了更多类似物体，装在一个金属垃圾篓子里，每一个都涂上不一样的颜色。毫无疑问，他们也发现，梦之独白的展品，包括未签名的作品和磁带录音机都被偷走了。但他们永远没法知道这些录音带作品和画廊主人怪异的死亡之间的关系了。

那天晚上之后，我不再感到绝望地想要拥有那些独白，甚至我一直没听过的最后的公交候车亭磁带。如今我拥有那个录音艺术家用以创作梦之独白的最初的手写稿,他用大信封装着放到我图书馆的办公桌上。即使在那时他就知道,而我并不知道,在我们第一次见面后,将永远不会再见面。稿纸上的字迹有点像是我的,尽管字体的倾斜角度暴露出那是用左手写的,而我是个右撇子。我反复读关于公交候车亭和废弃工厂的梦之独白,尤其是月光照在遍布虫尸的地毯上的平房住宅的手稿。我试图以曾经的方式体验一个平房宇宙的无限恐惧与乏味,但总是不太一样。其中没有安慰,尽管那幻象和潜在的原则仍然相同。我以一种以往从不知道的方式知道,我无处可去,无事可做,无人可知。我脑袋里的嗓音不断背诵我自己那些老的原则。那嗓音是他的嗓音,那嗓音也是我自己的嗓音。还有别的嗓音,我从来没听过的嗓音,似乎在月光照耀的大黑暗中已死或半死的嗓音。新的安排似乎越来越有序了——某种戏剧性的未知的安排,随便什么安排,只要能从我日日夜夜分分秒秒痛苦忍受的那种令人心碎的悲哀中解脱——那种要人命的悲哀似乎从未离开过我,不论我去哪儿,不论我做什么,不论我认识谁。

塞维里尼

在本地的一个熟人圈子里，只有我从没见过塞维里尼。和其他人不一样，我没有丝毫兴趣同他们一同去拜访他那栋被称作"塞维里尼棚屋"的孤零零的住宅。有人会问我是否刻意避开同这位非凡人士见面，但就连我自己都不知道这是否真实。我的好奇心同其他人一样发达，事实上更发达。然而，某种顾虑或特别的担忧让我避开了其他人称颂的"塞维里尼奇观"。

当然，我逃不开他们拜访塞维里尼的二手信息。他们，每次拜访我曾经生活过的那个城市远郊那座孤寂的棚舍，都是一场大探险，是一次深入最幽晦最怪异的梦魇的远足。主持这些类似沙龙的聚会的那个人物极其飘忽不定，在来访者心中激起一种耸动的预感，一种无焦点的期待，在某些时候会达到疯狂的地步。后来，我从某些人口中听到详尽的描述，关于某个晚上在那个声名狼藉的棚屋周边发生的事。那房子位于一片野草疯长的沼泽地带，名叫圣奥尔本沼泽，据说同塞维里尼本人有一种不祥的联系。偶尔我会记录这些描述，沉迷于一种想象性的，同时也是高度分析性的记录活动。然而，大多数时候，我只是以一种完全自然有机的方式吸收所有这些塞维里尼轶事，就好像我吸纳周边世界上许多事物一样，丝毫没有意识到（甚至连这意识的可能性都没有）这些事物是滋养的，是有害的，还是纯粹中性的。我承认，从一开始，我就倾向于高度包容地接纳关于塞维里尼、他那棚屋般的房舍、他隐居于其中的湿地风景的一切信息。然后，在私人时刻，回到我眼下住的小公寓里，我会在想象中把在不同的时间地点发生的谈话中同我有关的现象重新编制。我很少主动要求他人详细叙述其塞维里尼奇遇中任何特定的方面，但有许多次，当话题涉及他定居沼泽棚屋之前的生活时，我会忍不住追问。

根据直接的见证（指的是那些真的拜访过那个孤零零、歪垮垮的棚屋的人），塞维里尼对他的往事说得相当多，特别是直接导致他目前生活状况的动机和事件。然而，这些人也承认，这位"传奇隐士"显然并不重视常规意义上的事实和真相。因此，他经常用模棱两可的寓言和隐喻的方式讲述自己，更不必说那些叫人震惊的奇谈轶事，彼此间互相抵触的事实，还有彻头彻尾的谎言，连他自己都偶尔会在后来承认为假。但大多数时候——在某些人看来，是全部时候——塞维里尼的话都是完全胡扯，像在说梦话。除开这些可信度与连贯性上的障碍，向我谈到这个话题的人都各自为我描画出塞维里尼隐士的一幅重点极为突出的肖像，一堆道听途说的大杂烩，混合成了一个强有力的传奇。

塞维里尼的传奇形象无疑被一些人所谓"想象博物馆里的展品"加强了。去这位隐士的破败小屋朝圣的人主要是些多少有点艺术化的人，或者至少有艺术爱好，见到塞维里尼强烈地激发了灵感，产生了众多各种媒介与类型的艺术作品。有雕塑、绘画、素描、诗歌、短篇散文、音乐作品（有时还带歌词）、仅以原理图或趣闻的形式存在的概念作品，甚至还有一个建筑计划——"在菲律宾附近一个丛林岛上一座废弃的庙宇"。表面上看，这些作品有大量可疑的来源作为基础，每一个都宣称以塞维里尼本人的原话（他们称之为他的梦谈）作为起源。事实上，我能够感觉到这些作品之间有确凿的统一性，它们与同一个独特的灵感偶像（就是塞维里尼本人）有整体的关系，尽管我从未见过这位奇人，也没有见他的欲望。然而，这些所谓的"展示"帮我在自己的想象中再现了那些被大量讨论过的朝圣之旅，也再现了那个沼泽棚屋里孤独的居住者的个人史。

如我现在所想的——也就是说，在我的想象中再现的——那些以塞维里尼为基础的作品，不论类型和技术上差别多大，都把一些始终不变且总是被以同样方式对待的特征摆到了台面上。我刚开始认出那些共同特征时非常震惊，因为它们以各种方式严密地复制了大量特有的图像与概念，而这些我早就体验过，在想象的白日梦中，特别是在身体疾病或极度的精神骚动导致的谵妄发作过程中。

这种谵妄发作的核心元素是一个地方，其特质让人联想起热带风景，同时又会想到公用下水道。公用下水道那方面的联想浮现于一个封闭而又极为宽广的空间感，在迷雾般的黑暗地下世界里延伸到长度难以置信的一张通道盘绕的网络。而热带风情，与下水道共享了大体上同一类型的暗暗淤出的发酵物的特征，附加的则是最有异国风情的生命形式到处孳生，事物不断增长、不停变异，像其形式与扩张完全没有限制的真菌或多色粘霉菌在延时电影里呈现出的印象。当我体验着对这个地方，这个热带下水道的最强烈的幻觉，当它在我谵妄的想象中年复一年地重现自身，我总是像做噩梦时一样，以很大的动静逃到它外面，不被它俘获。但我仍然能感觉到（也像在噩梦中一样）那个地方发生了某些情况，某些未知的事件泄漏了，在身后留下那些图像，如同一条黏液的痕迹。然后，某种感觉降到我身上，某种概念来到我心里。

当其他人开始向我讲述他们去塞维里尼住所奇怪的拜访，给我看这个怪人激发他们创作出的各种作品，在我的存在深处如此强烈地出现的正是这种感觉及其伴随概念。一次接着一次，我观看某个艺术家工作室里的绘画或雕塑，在一个塞维里尼徒众频繁出没的俱乐部里听音乐表演或阅读分发的文学作品——每一次，那种热带下水道的感觉都在我心中复苏，尽管其强度与我在受苦于身体疾病或极度的精神骚动时体验到的谵妄发作并不相同。仅仅这些作品的名字就足以唤起我谵妄发作时产生的那种特定的感觉与概念。我所说的概念可以以不同的方式陈述，但通常我脑子里出现的是一个简单的短语（或片段），几乎是一曲圣歌，用远超言词的邪恶而萦绕的暗示将我彻底压倒。这句话就是：有机体的噩梦。如我所述，作为这个概念性短语之基础（或被其激发）的邪恶而萦绕的暗示，会被这些基于塞维里尼的作品，这些来自想象博物馆的展品的名称唤起。没法回想起每个名字对应的作品类型时——绘画或雕塑，诗歌或表演作品——我仍然能够引用许多名字本身。在回忆中轻易浮现的一个是：**我们中的无脸**。另一个是：**被污损与被传递的**。现在更多的名字出现在我脑中：**迷失者之路，在黏稠而神圣的地上**（又名：**谭崔医生**），**土地与排泄物中**，**存在的黑色泡沫**，**爆发中的体被**，**堕入真菌**。这些名字全都取自塞维里尼众多梦谈中说出的词句（或片段）。

每次听到这样一个标题，看到标题下的艺术作品，我总是联想起我谵妄发作时的热带下水道。我也感到自己即将认识到这个地方发生的是什么，某个奇妙或灾难性的事件，与"有机体的噩梦"这个概念性短语有着密切关联。然而，这些艺术品及其名字只让我对某种邪恶而萦绕的启示产生了一种遥感。它简直不可能让其他人完全阐明这主题，因为他们对塞维里尼历史的了解仅仅源于他本人的胡扯八道或可疑的表述。和他们所乐意推测的差不多，这个疯狂而近乎匿名的"塞维里尼"似乎正是从不同角度被称作"秘传过程"或"违禁实践"的心甘情愿的对象。探索至此，我发现，要是继续假装对去我曾经居住的那个城市的远郊沼泽荒地里残破屋舍中与那位隐居者见面不感兴趣的话，就很难了解这一过程或实践的确切性质了。然而，同任何人能够推测的差不多，这一实践或过程似乎不是任何已知类型的医学治疗。人们反倒是把它当成超自然或神秘主义的传统，这种传统最有效的形式能够不显眼地存在于世界上剩下不多的几个地方。当然，所有这些推测都可能是塞维里尼或其门徒或他们联手放出来的烟雾弹——因为它们现在事实上已经变成了烟雾。其实，有段时间，我怀疑塞维里尼的门徒在炫耀其艺术作品，夸大其词地讲述他们拜访沼泽小屋之外，还向我隐瞒了他们新体验中某些至关重要的元素。似乎有某种真相是他们知道而我不知的。然而，他们好像也希望在适当的时候同我分享。

我怀疑其他人在欺瞒，是基于一个应该说很主观的原因。参加过沼泽拜访的人对我讲述塞维里尼的奇事后，我坐在家里用想象再现那些场景。我在心中描绘出他们如何坐在那个无家具的小棚屋的地板上，唯一的照明来自他们带去的蜡烛的红光，蜡烛摆成一个圈，塞维里尼就在中央。这个人总是用他独有的神秘口吻说话，梦呓般的嗓音波动不定，甚至像是从他身体以外的地方发出，似乎他正在表演一种超级腹语术。与此类似，他的身体（如我听说，及我在家中想象的）似乎也应和着声音的波动做出反应。其他人说，这些身体的变化有时微妙，有时剧烈，但始终是不分明的——不是像解剖学特征或结构崩坏那种清晰的变形，而是像一坨有生命的病态黏土或泥巴一样扭动、肿胀的东西，一堆类似癌细胞的物质在照亮旧棚屋的烛光下缓慢地翻滚搅动。其他人向我解释，塞维里尼嗓音与身体的双重波动丝毫不服从于他自己的意志，而完全是一种自发的现象，被他归结为在某个未知的地方（也许"在菲律宾附近"）对他起作用的秘传程序或违禁活动的结果。其他人详细说明：如今他的身体注定要服从只能被视为完全无目标的混沌力量的摆弄，就连他的意识也像身体一样无常而易变。然而，说到这种状况的细节，没人表示这番图景的怪异之处会让其产生噩梦般的感觉。是的，敬畏；是的，热情；是的，有点癫狂。但要说到如噩梦般——没有。甚至在我听他们描述与塞维里尼的一次会面时，我也完全不觉得其中有什么噩梦感。他们会对我说到塞维里尼的一个变形："他赤裸形体的轮廓像一池子蛇在翻滚蠕动，或者像一群刚孵出来的幼蛛在抽搐。"然而，反复听到这种类型的陈述，我居然也坐得镇定安然，没有丝毫恶心或惊骇地接受这些恶心而骇人的说法。那时我想，也许我纯粹是被社会礼仪给束住了心神，这经常能用来解释不可思议的感觉（或缺乏感觉）和行动（或缺乏行动）。但是，一旦独自在家，开始用想象再现我听到的塞维里尼奇观，我就会被其噩梦般的本质压倒，许多次陷入谵妄的发作，被卷入热带下水道的可怕感觉与异类生命形态像脓疱肆意蔓延一样到处爆发的噩梦。对于与整个塞维里尼事务相关的几乎能将我淹没的所谓客观资料，我公开的反应（或缺乏反应）与我私底下对这些资料的反应（或过度反应）之间如此矛盾，最终让我开始怀疑自己被骗了，尽管被骗的不仅有我，也包括那其他人。然后我认为，与其说我被骗，不如说是被设局操纵了——这一引诱的过程，将会以我作为一个成熟的新人进入塞维里尼邪教而告终。不论什么情况下，它都让我确信：关于圣奥尔本沼泽隐士，还有某种关键性的元素没有让我知晓，要等到一个有利的时机，让我做好准备直面至今拒绝给我或我有意拒绝给自己的那个真相。

最终，在一个有雨的下午，我在家里独自工作（做塞维里尼笔记），楼下的门铃被人按响。对讲机里传来一个女人的声音，她自称卡拉，是一个我基本不认识的雕塑家。我让她进屋，她没有穿外套，也没带伞，浑身湿漉漉，尽管她的黑色直发和全黑套装不管干湿其实看起来都差不多。我递给她一块毛巾，她拒绝了，说她"挺喜欢湿漉漉的不舒服的感觉"，就这样我们开始了交谈。她说，来我家拜访，是为了邀请我参加想象博物馆展品的第一次"集体展示"。我问她为何会在雨天来我家里亲自提出邀请，她说："因为展示会在他的地方举行，而你从来没想过去那儿。"我说我会严肃考虑这个邀请，并问她是否还有别的话要说。"没了，"她说着，把手揣进打湿而紧贴身体的便裤的口袋里，"其实是他想要我来邀请你去看展览。我们从来没对他说起过你，但他说感觉到有人迷失了，因为某些原因，我们认为那说的是你。"她掏出一张叠了好几层的纸，展开，拿到我面前。"我把他说的话写下来了。"她双手拿着这张软塌塌皱巴巴的笔记凑到自己面前，抬眼从展开的纸的上缘盯着我看了片刻（浓重的睫毛膏顺着脸颊流出一条黑色溪流），然后低下目光，读塞维里尼让她写下的字句："他说，'你和塞维里尼'——他总是像第三方一样称自己塞维里尼——'你和塞维里尼是交感的……'这里有些字我不太认得了。写的时候天色已暗。继续往下：'你和塞维里尼是交感的有机体。'"她停下来，把几缕垂到脸上的湿透了的黑发撩开，露出有点白痴的微笑。

"就这样？"我问。

"稍等，他希望我确保正确。还有一件事。他说，'告诉他，进出噩梦的是同一条路。'"她叠好纸，塞回黑便裤口袋。"有什么让你触动的么？"她问。

我说毫无触动。我承诺会用最严肃的态度考虑参加塞维里尼住所的展会，然后让卡拉离开，回到下午的雨中。

应该说，我从未对卡拉或别的人说过我谵妄发作的情况——热带下水道、"有机体的噩梦"这一概念的浮现——从未告诉过任何人。我把这些发作和有机体噩梦的概念完全视为私人的地狱，甚至是我独有的。受塞维里尼启发的艺术作品，包括它们的标题，成功地在我心中唤起与谵妄发作同样的感觉与暗示，直到那个有雨的下午，我都把这仅仅视为一种巧合。然后，塞维里尼通过卡拉给我送来了讯息，说他和我是"交感的有机体"，还说什么"进出噩梦的是同一条路"。有段时间，我梦想过摆脱谵妄发作的痛苦，及伴之而来的一切暗示与感觉——那是一种可怕的幻象，暴露出一切活物，包括我自己，都不过是真菌，或一堆细菌，一种巨型黏液菌，颤动在这个星球（很有可能也在其他星球）的表面。我觉得，摆脱这种噩梦的任何方式，都会涉及最激烈（也最玄奥）的程序，最陌异（也最违禁）的活动。并且，说到底，我从不相信有可能获得这种解脱，或任何形式的解脱。那简直是太好了，或者太坏了，以至于不真实——至少在我看来是。然而，只是通过卡拉带来塞维里尼的几句话，就让我开始梦想各种可能性。转瞬间，一切都改变了。我现在开始为了解脱而准备采取那些措施；事实上，我已经无法忍受不这样做。我一定要找条路摆脱噩梦，不管采取什么程序或实践。塞维里尼已经采取了那些措施——我敢肯定——我需要知道他进展到什么地步了。

可以想象得到，甚至在想象博物馆的展品露面的晚上之前，我就把自己搞成了什么状态。但那天晚上影响了我在圣奥尔本沼泽边缘那个歪歪倒倒的棚屋里的经历，如今又影响我讲述当晚发生之事的，不仅是我狂乱的梦想与期待。每次我试图整理沼泽棚屋经历，就有一种谵妄来袭，我的心神会渐渐瓦解，直到进入一种我自己的梦呓状态，与之相比，那天晚上之前的谵妄发作压根不算啥（简直可以称得上是完美的清醒）。我透过自己的眼睛看事物，也透过其他人的眼睛看其他事物。并且，到处都传来噪音……

根据得到的指示，我来到通往塞维里尼住所的狭窄小径，周围都是杂草的阴影，黑暗中有青蛙呱呱叫。我把车停在其他人停车的路边。他们都比我到得早，尽管按照活动安排，我一点也没迟。但我早就注意到他们一直很急切，只要安排了拜访塞维里尼，就会一整天焦躁不安，直到夜幕降临，他们离开城市，去往圣奥尔本沼泽。走在狭窄的小径上，我以为会看到前面有灯光，但周围一片漆黑，只听到青蛙叫。无云的天空，一轮满月，照亮我通往沼泽边缘那个棚屋的脚步。但还没走到房子所在的那片空地，我就感觉周围的一切开始变化了。道路两边飘来温暖的薄雾，像窗帘一样合闭在我眼前，好像有什么东西用其他地方来的图像和概念触动我的心灵。"我们是交感的有机体，"我听到薄雾中传来声音，"走近点。"但那条窄路似乎没有尽头，像我谵妄发作时在热带风景的迷雾黑暗中见到的路径一样不断延伸，周围都是异类的生命形态在毫无限制地繁殖与沸腾。我必须去那个地方，我这样想着，似乎这是我自己在说，而不是另一个充满强烈的绝望与困惑的欲念的声音在说话。"冷静点，塞维里尼先生——若是你希望我这样称呼你。作为你的治疗师，我不建议你选择这条路线……追逐奇迹，如果那就是你想象的……这个你口中的'圣殿'，是个出口，可以逃脱任何真正的对峙，同……"但他找到了他的自由之路，去到了那个地方，尽管没有被完全允许离开这个机构。

"文件。护照！[1]"看看周围那些黄褐色的脸，你终于到了。你到了那个丛林之岛，那个热带下水道，一座宏大的圣殿隐现于梦中的黑暗迷雾。每个城镇都在下雨，街道像下水道一样流水。"我不同意。[2]"主治医生宣布。但他不像是你在这个地方寻找的任何医生。阿……巴痢疾——它就在那儿，噩梦继续着，它变化出那么多的形式。进出噩梦的是同一条路。你愿意追随噩梦，需要走多远就走多远，就为了找到出去的路，而我循着这条窄路，走向圣奥尔本沼泽边缘，走向你的棚屋，进入你带回来的同样的噩梦。想象博物馆的展品。你的棚屋，现在是一个你用梦呓和形体波动刺激他人做出的噩梦的展览馆。那些骇人的奇迹当时并没有骇到任何人，只有当我独自在家，用想象再现其他人的讲述，我才能看出这些奇迹就是噩梦本身。我从自己的谵妄发作中知晓这一切。他们是交感的有机体，我不是。我与你敌对，而非交感。因为我不会像你当年一样走进那个噩梦。你梦想在热带下水道里发现谭崔治疗的圣殿，一个会发生奇迹的地方，在那儿，那个"医生"的教派能用最玄奥的程序行圣礼，能施行违禁的实践。但你找到了什么？"我不同意。"主治医生宣布。然后，一小群黄褐色的面孔向你，向我们，讲述另外那个没有名字的圣殿。"对于腹部疾病。"他们说。阿……巴痢疾，仅仅是另一个版本的有机体噩梦，你在过去见过的任何医生都不可能帮你从中解脱。"这种疾病如何自愈？"你问他们。"我的身体——一种肿瘤，曾经从另一个肿瘤的身体里逃脱；一坨疾病，总是沸腾着它自身的疾病。而我的心灵——另一种疾病，疾病之病。在任何地方，我的心灵看到的都是其他的心与身的疾病，那些其他的有机体，仅仅

1　原文为西班牙语。
2　原文为西班牙语 Disentaría，与后文中的痢疾 (dysentery) 一词音形类似。

是另外的疾病，是纯粹的有机体噩梦。你要带我去哪儿？"你冲着黄褐色的面孔尖叫（我们尖叫）。"治疗腹部疾病。我们晓得，我们晓得。"他们一路吟唱着这些词句，在树木与藤蔓，在发出烂肉味、热带下水道里真菌与淤泥味的巨型花朵后面，城市渐渐消隐。他们知道这疾病和噩梦，因为他们住的地方有机体无限繁生，其形式如此多变而奇异，其命运无法逃避。"我不同意。"主治医生断言。他们知道走哪条路穿过石头通道，穿过淤出黏液、霉菌黏软的墙，绕着圈走向无名圣殿的中堂。在圣殿破败的中心，到处都点着蜡烛，闪烁的光照亮一排圣殿艺术与装饰物。墙上出现复杂的壁画，混合在热带下水道的黏液和霉菌里。各种大小与形状的雕塑投出潮湿、黏稠的阴影。中堂的中心是一个圆形大祭坛，一个庞大的曼荼罗[1]，由无数珠玉、宝石、小玻璃块构成，像一摊多色的黏液菌在烛光中闪烁。

他们把你的身体放到祭坛上，他们知道怎么处理你（我们）——知道要说什么话，要唱什么歌，要遵循什么秘传的玄奥程序。我几乎好像能够理解他们以扭曲的庄严腔调唱出的东西。把知道疾病的自我从那个不知道的自我里面带走。有两张面孔，永远无法面面相对。只有一具身体，必须奋力包含它俩。当我走在通往圣奥尔本沼泽边缘塞维里尼棚屋的窄路上，那种疾病幽灵般的攫握，那种阿……巴痢疾，似乎触到了我。棚屋里面摆满了想象博物馆的展品，潮湿的木墙边上排列着画，雕塑从残破小屋的单间里长明的蜡烛投下的阴影里探出。根据其他人对棚屋及其不可思议的居住者的描述，我许多次用想象再现过屋内的

1　藏传佛教中的一种艺术形式，每逢大型法事活动，喇嘛用数百万计沙粒描绘出奇异的佛国世界，这个过程可能持续数日乃至数月，然后会被扫掉，在顷刻间化为乌有。

情形。在圣奥尔本沼泽边缘，我想象你如何能在这样一个地方忘却自身，如何能逃脱那些在其他地方折磨你的噩梦和谵妄发作，并且完全屈服于有机体的波动，甚至变成了别的人（或别的东西）。你需要那个沼泽，因为它帮你在想象中再现了热带下水道（就是你被带进噩梦的地方），你需要那些艺术品，好把摇摇欲坠的棚屋变成圣殿（就是你应该找到了逃出噩梦之路的地方）。但最重要的是，你需要他们，需要他人，因为他们是你的交感有机体。

而我，现在是一个对抗有机体，不想同你的玄奥程序和违禁实践发生更多的联系。把知道这病的自我从不知道的自我中带走。两张脸……一个身体。你想要那些甚至不像我们一样知晓噩梦的人进入噩梦。你需要他们和他们的艺术品进入那有机体的噩梦，一直到最尽头，好让你找到逃出这噩梦的道路。但你不可能抵达噩梦的最尽头，除非我与你同行，我，现在是一个对抗有机体，对于找到逃离噩梦之路不抱任何希望。我们将永远被分开，一张脸离开另一张，在我们共享的身体——那有机体——里挣扎。

那天晚上我始终没有抵达棚屋，我始终没有进入它。当我走在迷雾中的窄路上，我的热度渐渐升高。（"阿米巴痢疾。"第二天我找的医生做此诊断。）那天晚上，出现在棚屋里的是塞维里尼的脸，而不是我的。其他人在这种夜晚去拜访时，总是他的脸。但我没有和他们一起在那儿，也就是说，我的脸不在那儿。当他们坐在想象博物馆的全部展品中间，他们看到的是他的脸。但返回城市的，是我的脸，如今作为独属于我的脸的有机体而被我完全拥有的，是我的身体。但其他人再没从圣奥尔本沼泽边缘的棚屋返回。过了那晚，我再没见过他们，因为那天晚上，烛光闪烁在艺术品上，他形体的波动在他们看来像是一池扭动的蛇，或者像一群刚孵出来的幼蛛，他带着他们进了噩梦。他让他们看到噩梦的入口，但他没法指出噩梦的出口。一旦你进入得太深，就不再有逃出噩梦之路。那就是他永远迷失的所在，他和他带去的其他人。

但他没有带我进入沼泽，去像真菌或多色黏霉菌一样存在。这是我在新的谵妄发作中见到的情景。只有在遭受身体疾病或极度的精神骚动时，我才能看到他现在如何存在，他，和其他人。因为，当我停步于圣奥尔本沼泽边缘那个棚屋，我绝对没有直接凝视过缓缓淤出的生命之池。那个夜晚的出城路上，我停下来的时间刚够把那地儿泼上汽油，点火焚烧。它燃烧，燃起仍然在里面展览的噩梦的全部光华，照亮了沼泽，留下回到那里的东西的最晦暗的影像——一个巨大而模糊的印象，属于我们全都从中产生、全都由它造成的那个宏大的黑色生命。

阴影，黑暗

格罗斯沃格尔要我们付的钱，比他所提供的服务贵得太多了。我们总共十来个人，其中有些一到那地方就后悔了，觉得自己简直是白痴，一位衣着整洁的老绅士还给那地儿起名叫"荒僻之核"。这位绅士，几天前曾经对几个人宣布放弃诗歌，原因是他独创的"炼金术抒情诗"实践没有得到应有的欣赏，他还说，我们现在到了这样一个地方，这本就应该毫不意外，而且，没准正与我们这些白痴和败犬的德行相匹配。夹在辉煌丰饶的秋天与预期中同样辉煌丰饶的冬日之间的一个暗淡的时节，终结在克兰普顿这座死城，终结在这个世界上这个国家里一处荒僻之地，除了这，我们难道还有理由指望别的什么？他说，我们中了陷阱，实际上是彻底搁浅在这整个世界的、这个国家的一个地区。在这里，一年中这个凄凉时节的全部显现（或不如说是毫无显现），如此明了地呈现于周围的风景中；在这里，一切事物都是绝对的形销骨立；在这里，各种形状的可怜的空虚，在毫无修饰的状态中如此残忍的显而易见。我们全体被塞进一个小到堪称微型、挤到快要爆炸的餐馆，里面还有一些异国打扮的外乡人，他们在停止吵闹的几分钟里，就只用一种瘆人的沉默干瞪着窗外这座死城中空荡的街道和倾圮的建筑。当我指出，格罗斯沃格尔为这次他所谓的"物理—玄学远足"而准备的宣传册上并未完全歪曲我们的目的地，我得到的只有我这张桌子和旁边几张桌子上几个人恨恨的目光。有人继续骂这城市，把它叫作"乏味的深渊"，说话者是一个骨瘦如柴的家伙，总是自称"被剥夺圣职的学者"。这个称号经常惹得旁人询问，而他就会讲一大堆话，详细说明他是如何无法把自己的思想扭曲到符合他所谓"知识集市"的标准，他又是如何没能隐藏自己的非常规研究与方法论，最终导致长时间无法在一家声誉良好的学术机构里获得稳定的职位，或者在任何类型的机构或商业场所都不行。因此，在他心中，这种失败或多或少是他的终极特征，在此意义上，他是我们这群人的典型——坐在这个迷你餐厅的桌子旁，或柜台边的长凳上，抱怨格罗斯沃格尔收了我们太多钱，抱怨他的小册子对这趟远足的整体价值与目的讲得不尽不实。

我从后裤兜里掏出我那份薄薄的格罗斯沃格尔手册，展开，放在同桌的三个人面前。然后从旧羊毛衫（穿在甚至更旧的夹克下面）口袋里掏出易碎的老花镜，准备再仔细地读一遍，以确认我对其含义的疑窦。

"如果你是要找细则——"坐我左边的人说道。那是个"肖像摄影师"，在这种场合经常一开口就猛咳不止。

"我知道我的朋友想说什么，"我右边的人说，"我们是陷入了一个狡猾而复杂的骗局。我帮他说了，这就是他的想法，我讲得没错吧？"

"一个玄学骗局。"我左边的人暂停咳嗽，确认上述说法。

"的确，是一个玄学骗局，"右边那人有点嘲讽地重复道，"因为我有经验，又有特殊的知识领域，我从来没想到自己会卷入这种骗局。当然，这一次的手法着实狡猾、复杂。"

我知道右边那人写过一篇名为《对反对人类之阴谋的调查》

的未发表的哲学论文,但我不确定他说的"经验和特殊的知识领域"是什么意思。我还没来得及追问,就被桌子对面的女人粗暴地打断了。

"莱纳·格罗斯沃格尔先生是个骗子,就这么简单,"她声音大得能让整个餐厅里的人都听到,"你们知道,我已经识破他有段时间了,甚至在他所谓的'变形体验'之前,或者叫什么来着——"

"变形复原。"我出言纠正。

"好吧,他的变形复原,不管那意味着什么。甚至在那之前,我就看出他有骗子的全套德行,只是需要一个恰当的时机暴露出来。然后就出现了他所谓的几乎致命的疾病,导致他所说的'变形复原'——这词太难说了。后来他就意识到自己有做骗子的非凡才能,而且自己命中注定也一直想要做个骗子。我参加这次滑稽的远足,只是为了看看大家如何发现我早已知晓并且一直在宣扬的关于莱纳·格罗斯沃格尔的情况。你们都是我的见证人。"说完这些话,她用化了浓妆的有皱纹的眼睛扫视我们的脸,并扫向邻桌,想要得到我们的认同。

我只知道这个女人被人称作安吉拉夫人。直到最近她一直经营着一个在我们圈子里叫作"通灵咖啡馆"的地方,那里在饮品和服务之外,最出名的是她在店外亲手做(至少是自称亲手做)的美味甜点。然而,咖啡馆的生意似乎一直没好起来,安吉拉夫人雇人提供的灵命解读服务不管用,美味的甜点和有点嫌贵的咖啡也不行。正是安吉拉夫人,最先抱怨这家克兰普顿餐馆的服务和饭菜质量不行。那天下午,挤进这个城里似乎唯一还在营业的地方没多久,安吉拉夫人就对那个单独为我们这帮人服务的女孩大喊大叫。"咖啡苦得难以置信,"她冲那个穿崭新白色制服的女孩吼道，"甜甜圈是馊的，每个都变味了。这是什么鬼地方？我要说，这整个城市和城里每样东西，都是骗局。"

女孩来到我们桌边，站在面前，我注意到她的制服更像护士，而不是餐厅女招待。这制服尤其让我想起格罗斯沃格尔因为那场当时显得非常严重的急病而接受治疗并最终康复的医院里护士的服装。被格罗斯沃格尔手册吹嘘为"终极物理—玄学远足"的旅游套餐里包含了这些咖啡和甜甜圈，但其质量让安吉拉夫人恼怒，她为此斥责女招待时，我正在回忆这趟旅行的两三年前，格罗斯沃格尔接受治疗的那个荒凉而明显过时的医院里的情形。他最初进的是急诊室，那纯粹就是医院后面的入口，而严格说来，这家医院也真算不上什么医院，就是个凑合的诊所，在一座老建筑里，位于衰败的街区，格罗斯沃格尔和大多数认识他的人因为拮据，都不得不在这一代讨生活。叫来出租车把他送进急诊室的正是我，把他的所有相关信息提供给登记处女人的也是我，因为他已经失去知觉了嘛。随后，我向一个护士解释——我忍不住要把她当成穿护士服的急诊室服务员，因为她看起来就没啥医学专业能力——格罗斯沃格尔在一家本地画廊为其作品进行的小展览中晕倒了。我告诉护士，这是他的首次经历——我的意思既是公开展览，也指突然晕厥。然而，我没有说的是，如果更准确地描述，那个所谓的画廊应该说是一个空店面，偶尔打扫干净，用来搞各种类型的展览或艺术表演。我告诉护士，展出当晚，格罗斯沃格尔一直在抱怨腹痛。接着我又把这话向一个急诊室医生重复，而他也像是个医学服务员，而不是合格的医学博士。我向护士和医生猜测，当晚格罗斯沃格尔腹痛越来越严重，也许是因为他看到自己作品首次展出而产生的紧张情绪越来越严重，毕竟人人都知道，他对自己的艺术才能毫无自信，并且在我看来，他也确实没有什么理由可以自信。另一方面,也可能与糟糕的身体状况有关,向护士和医生讲述时我都没有排除这种可能。不管怎样,最终的结果是,格罗斯沃格尔晕倒在画廊地板上,无法动弹,只能哼哼,那样子很是可怜,不过说实话,也有点让人恼火。

听我讲述之后,医生让格罗斯沃格尔到灯光昏暗的走廊尽头一张轮床上躺下来,而医生和护士则朝反方向走去。格罗斯沃格尔躺在这个简陋诊所的阴影角落里的轮床上,我就站在旁边。那时是午夜,他的呻吟声减弱了,变成了一连串(在我当时听来)胡言乱语。在谵妄的言语中,他好几次提到什么"无所不在的阴影"。我告诉他,那只是走廊照明不足,因为那天晚上在画廊和简陋诊所急诊室里碰到各种事情带来的疲乏,我的话也显得有点语无伦次。后来我就只是站在那儿,听格罗斯沃格尔不时呻吟,虽然他那些疯话越来越精细地描述"无所不在的阴影让事物变成非其所是"或"无所不动的黑暗让事物行其所非",但我不再理睬。

听了一个多小时后,我突然发现那个医生和护士紧挨着站在阴暗走廊的另一头。他们好像在交换意见,但时间也太久了,而且两人不时朝我和俯卧着哼哼唧唧的格罗斯沃格尔这边瞥来几眼。格罗斯沃格尔躺着呻吟,越来越频繁地哼唧着什么阴影啊黑暗啊,而医生和护士却在玩一场医学猜字谜,演一出诊所哑剧,我纳闷他俩还要这样搞多久。我也许是站着打了一个盹,因为我突然发现护士到了我身边,而医生不见了。在走廊的阴影中,护士的白色制服显得近乎发亮。"你现在可以回家了,"她对我说,"我们会给你朋友办理入院手续。"然后她就推着格罗斯沃格尔的轮床朝走廊尽头的电梯门走去。一走到电梯前,门就迅速而无声地打开,极为明亮的灯光泻入阴暗的走廊。门全开后,我看到医生站在里面。医生拉,护士推,把轮床送入灯火通明的电梯。

他们都进去后，电梯门又迅速无声地关上，走廊显得甚至比之前更黑暗，阴影更浓重。

第二天，我去医院看格罗斯沃格尔。他被安排在最高层一个偏远角落的小单人间。我在楼下信息台那儿咨询后，根据房号一路找将过去，那一层楼上经过的其他房间似乎都没人住。一直走到要找的那个房间，我才看到里面的床上有人，显然是格罗斯沃格尔，因为他块头很大，把一张下陷的旧床垫占得满满当当。这个没有窗子的房间很小，那张床垫又不够大，衬得他像个巨人。床挨墙很近，我费了老大力气才挤进去，他还和昨晚一样处于精神混乱的状态。我们靠得那么近，事实上我就在他头顶上，但却一点也看不出他是否知道我在这儿。甚至在我喊了几遍他的名字后，他那泪汪汪的眼睛也像是完全没见到我一样。然而，就在我打算从床边悄悄走开时，却吃惊地发现格罗斯沃格尔硕大的左手紧紧抓着我的胳膊，头天晚上临街画廊里展出的作品就是用这只手创作的。"格罗斯沃格尔。"我充满期待地喊他，指望他能有所反应，哪怕是念叨那无所不在的阴影（让事物变成非其所是）或无所不动的黑暗（让事物行其所非）。但几秒钟后，他的手软下去，不再紧拽我的胳膊，掉落到他静静地、毫无反应地躺在上面的烂糟糟的床垫边缘。

过了一会儿，我钻出格罗斯沃格尔的病房，去同一层的护士站打听他的病情。唯一在岗的护士听我说完，翻看一个上角印有"莱纳·格罗斯沃格尔"名字的文件夹。然后她盯着我看，费时比看病历更长，最后简单地说了句："你的朋友处于严密的观察中。"

"没别的了？"我问。

"他的检验结果还没有回来。晚些再来问吧。"

"今天晚些时候？"

"是的，今天。"她说着，拿起格罗斯沃格尔的文件夹，走去另一个房间。我听到旧文件柜上一个旧抽屉被吱呀呀打开，然后猛地关上。不知何故，我站在那儿等护士从那房间再出来。最终我放弃，回家去了。

当天晚些时候，我电话医院，得知格罗斯沃格尔已经出院。"他回家了？"我一时不知道问什么好。"我们不知道他去哪儿了。"接电话的女人说完就挂了。没有人知道他去哪儿，因为他不在家，我们这个圈子里其他人都不清楚他的去向。

格罗斯沃格尔出院并失踪后过了几个星期，也许一个多月，我们这群人里的几个完全是偶然地聚到了他在首展开幕之夜昏倒的那个临街画廊里。那时，我甚至已经忘了格罗斯沃格尔和他毫无预兆地消失的事儿。当然，在我们这个圈子里，他不是第一个这样做的，其实我们全都多少有点不稳定，有时还有着危险的爆炸性，可能会卷入可疑的活动，因为某种艺术或智力方面的念头，或者纯粹是出于精神上的绝望。那天下午，在画廊里游荡时，我们中有人提到了格罗斯沃格尔，我想唯一的原因是他的作品还在展览，不管我们转到哪儿，都会碰到他的画作，介绍展品的小册子还是我写的呢，我把它们吹捧成"一种天赋独特的艺术眼光的明证"，其实全都是些胡扯八道的大路货，因为某些无法知晓的原因，偶尔会获得一定程度的成功，甚至会给作者带来盛誉。"我该怎样处理这些垃圾？"拥有（或者仅仅是租下）这座被建成画廊的临街建筑的女老板抱怨道。我正准备对她说，我会负责从画廊搬走格罗斯沃格尔的作品，甚至可能找地方存放一段时间，那个总是自称"被剥夺圣职的学者"、骨瘦如柴的家伙突然插嘴，对焦虑的画廊主人（或者至少是经营者吧）提议把这些作品送到格罗斯沃格尔晕倒后就医的那家所谓医院去。我问他为什么要说"所谓",他回答道:"我一直认为那个地方是个很可疑的机构,而且不止我一个人有这种看法。"我又问,这种看法是否有可信的证据,他却只是抱起瘦胳膊,看着我,好像这话侮辱了他似的。"安吉拉夫人。"他对一个站在旁边细看格罗斯沃格尔作品,似乎正在认真考虑是否要买画的女人说道。安吉拉夫人的灵媒咖啡屋当时还没有被证明投资失败,也许她正在想,格罗斯沃格尔的作品虽然从艺术的角度看不咋地,但放在她那个会所里——客户坐在桌前,一边尽情享受大量的精美糕点,一边接受灵媒顾问的建议——倒没准能补充氛围。"你应该听他讲讲那家医院,"安吉拉夫人眼睛都没抬地对我说,"我很早就对那地方有一种很强的感觉,某些方面极其不对劲。"

"是可疑。""被剥夺圣职的学者"纠正道。

"是的,"安吉拉夫人说,"我是绝对不想在那种地方过夜的。"

"我写过一首关于它的诗。"那个一直在画廊里游荡的衣着整洁的绅士说道。之前他显然是在窥伺良机好接近这个拥有或租下临街铺面的女人,要说服她赞助他一直推销的"炼金术阅读之夜",那当然是以他自己的作品为主要特色的。"我曾经给你读过那首诗。"他对画廊女主人说。

"是的,你读过。"她的声音几乎没有声调变化。

"一天深夜,我在那个地方的急诊室里接受治疗,后来就写了一首诗。"诗人解释道。

"你接受什么治疗?"我问他。

"喔,没什么大毛病。几个小时后我就回家了。让我高兴的是,我的病人身份从未得到承认。我在诗里写道,它是'深渊之核'。"

"这说法很精妙,"我说,"但我们能否说得更明确些?"

然而，这个自封的炼金术抒情诗人还没做出回答，画廊的门突然被推开，那力道让我们马上就辨认出是谁。过了片刻，就看见莱纳·格罗斯沃格尔庞大的身躯站到我们面前。从外表上看，那基本上就是他，就是那个昏厥之前在这个画廊里站在距离我现在所站的位置没几步远的那个人，同我拖进出租车送去医院看急诊的那个谵妄、呻吟的生物没有丝毫共同之处。然而，他身上有某些东西似乎不一样了，他看待周遭的方式有了一种微妙而透彻的变化：这艺术家曾经目光低垂、紧张回避，现在却直射焦点，充满镇静的意志。

"我会把它们全部搬走，"他说，大幅度地，却又颇为轻柔地，朝画廊里摆得满满当当、在首展之夜及他消失期间一幅也没卖出去的作品一挥手，"如果你们愿意帮忙，那我非常感谢。"说着他就开始从墙上取下画作。

我们全都上前帮手，既没有发问，也不做评论，我们扛起或大或小的作品，跟着他出了画廊，走向一辆停在店前马路牙子上的破旧皮卡。格罗斯沃格尔很随意地把作品丢进这辆租来或借来的卡车后面（因为之前从未听说他有车），对于是否会损坏这些他曾经认为代表了自己迄今为止最佳水准的艺术作品毫不关心。安吉拉夫人有一瞬迟疑，也许她还在考虑这些作品中的一件或多件是否适合她的会所，但最终她也开始搬起作品，走出画廊，把它们丢进后备箱，像垃圾一样堆在那儿，直到画廊的墙壁与地面全被清空，又像是个被弃之不用的店面。然后，格罗斯沃格尔上车，而我们站在空荡荡的画廊外面，沉默而好奇。他从这辆租来或借来的车里探出头，朝画廊老板喊了一嗓子。她走向驾驶座旁，同他说了几句话，然后他就发动引擎，开车离去。她回到刚才站的位置上，对我们宣布，几个星期后，画廊将会举行格罗斯沃格尔的第二次作品展。

然后，这个消息在当时我有联系的圈子里传开：格罗斯沃格尔，在极不成功的作品展上因为秘而不宣的疾病发作而崩溃之后，在把那些毫无价值的作品从画廊里迅速清出，丢进皮卡后备箱之后，现在，他要做第二场展览了。

画廊女老板不同往常地大肆宣传格罗斯沃格尔的新展览，为此印发的宣传单上有句话多少有点尴尬地将其吹嘘为"著名的艺术梦想家莱纳·格罗斯沃格尔的激进而修正的作品"，看来她是指望这批作品热卖，好大赚一笔。然而，围绕在格罗斯沃格尔之前和即将进行的展览周边的情势并不妙，整件事几乎马上就陷入一团谵妄的、有时耸人听闻的流言和臆测的迷雾中。这一发展完全符合我们这个可疑的、更不消说是诡秘的艺术与知识圈子（我出乎意料地成了其中的主角）的特点。毕竟，首展之夜格罗斯沃格尔昏厥后，是我送他去医院的，而那个医院已经蒙上了一种奇异的声名，在笼罩着他即将到来的展览的流言与臆测的迷雾中赫然耸现。甚至有人说，在他住院的短暂时间里所接受的某些特殊治疗或药物是他不明不白的消失与再现的原因，而目的是要制造许多人所谓令人震惊的"艺术幻觉"。当然，正是这种期待，对璀璨而新异、丰沛而多彩的想象力——在某些太容易兴奋的人心里，那意味着超越了单纯美学的畛域，甚至拓展了艺术表达的边界——的绝望的希望，让我们这个圈子接纳了格罗斯沃格尔最新展览的非正统特质，接着又让我们当中参加展览之夜的人产生了失望的情绪。

事实上，那天晚上画廊里的情况，同我们以往习惯参加的展览没有丝毫相似：地板和墙壁空空荡荡，倒和格罗斯沃格尔开着皮卡来运走上一次展览的作品那天一模一样，我们到了很快就发现，新展览是在这栋临街建筑小小的里屋中进行。而且，要进去得交一笔相当贵的入场费，天花板上只零散地挂着几个瓦数特别低的灯泡。其中一个灯泡挂在房间角落，在一张小桌子正上方，桌上铺着撕开的小半幅床单，下面鼓胀胀地藏掖着某样东西。从这个被昏暗的灯和小桌子占据的角落，放射状地排出几道摆放松散的折叠椅。这些不舒服的椅子最终被我们占据，总共十来个人，全都心甘情愿地付了入场费，就为了看这场面——要说真不像艺术展，更像是原始的舞台秀。我听到身后某张椅子里传来安吉拉夫人的声音，向她周围的人反复问道："这是什么鬼？"最后她向前靠，对我说："格罗斯沃格尔知道自己在干什么吗？我听说他去过医院后连眼珠里都灌了药。"然而，过了一会儿艺术家本人出现时倒显得很清醒，他穿过松散摆放的折叠椅，站到上面悬着昏暗小灯泡又铺着被撕开的床单的小桌子旁。在这间小小的画廊里屋中，大块头的格罗斯沃格尔如同庞然巨物，同他躺在医院单人病房里那张公用床垫上的观感差不多。等到他开口，就连那通常安静甚至有点纤弱的嗓音，也像是被放大了。

"感谢你们今晚来捧场，"他说，"展览不会太长时间。我只有几句话要说，然后就给你们看样东西。我能够以这种方式站在这里，对你们说话，这真的不亚于一个奇迹。你们也许记得，没多久之前，我在这同一家画廊里急病发作。这场发作到底是怎么回事，产生了什么后果，我会讲述一二，希望你们不要介意。我觉得，要欣赏今晚必须展示给你们看的东西，就必须听我讲述的内容。"

"那么，让我开始说吧。在某个层面上，这间画廊的首展之夜中我的发作具有单纯的胃肠急病的性质，尽管属于其中相当严重的一类型。这种胃肠急病，作为消化系统不调的结果，在我体内发展了一段时间。在许多年里，这种消化不调渐渐地、阴险地发展，在某个层面上可以说是在我身体的深处，在完全另一个层面上，则是在我存在的最黑暗之处。这一阶段，与我卷入艺术创作的历程重合，实际上是后者的直接结果——我有搞艺术的强烈欲望，也就是说，我想要做某事，成为某物（就是艺术家）。这一时期——就此而论，也可以扩展到我这一辈子——我一直试图用我的头脑去制作某物，明确地说是创造艺术作品——以我自己相信唯一能用的手段，也就是说，用我的头脑，用我的想象，或我的创造才能（某种被人们称作灵魂、精神或纯粹是一个个人自我的力量或功能）。但当我不自觉地倒在画廊地板上，随后躺进医院里，我体验到最激烈的腹痛，我意识到自己没有头脑或想象可用，没有什么所谓的灵魂或自我——这些东西全都是胡扯或梦话——我被这种想法压倒了。在严重的腹痛中，我意识到，唯一称得上有那么一丁点存在的，只是我那具大过常人的躯体。我还意识到，这具身体做不了任何事情，除了承受生理痛苦，这具身体也成不了任何事物，除了它之所是——成不了艺术家，或任何类型的创造者，只能是一堆肉，一个肌肉、组织和骨头等东西构成的系统，忍受着自身消化系统失调的痛苦，而且，任何行动，尤其是对艺术作品的生产，若不是直接源于这些事实，那都是深层的、彻底的虚假与虚幻。同时，我也开始意识到在我要做某事、成某物的强烈欲望背后的力量，明确地说，在我要创造彻底虚假与虚幻的艺术作品的欲望背后的那股力量。换言之，我开始意识到，在现实中，是什么在激活我的身体。这种认识不是用我的头脑或想象做出的，而且也肯定不是通过我的灵魂或自我之类的媒介（这些全都是胡扯与梦幻）而做出的。对于"是什么激活了我的身体及其欲望"的认识，只能通过唯一可能的方法做出，也就是通过人体自身及其身体感受的器官。这恰恰说明，非人身体的世界为何总是运行得比人类身体的世界成功得多，因为后者永远被我们编造的关于拥有头脑、灵魂或自我的一切胡扯八道拉着后腿。直接激活非人身体的世界，令其服从被潜藏于所有存在之下、仅仅产生一些简单欲望的那种可怕力量，而这些欲望同创造艺术品或成为艺术家（做，或者成为，与那些深层的、彻底的虚假与虚幻事物类似的任何东西）这样荒谬胡扯、虚幻如梦的任何行为都没有关系。因此，非人身体的世界从来不需要承受追逐虚假与虚幻欲望的痛苦，因为这种念头同那些身体毫无关系，永远不会在它们中间出现。"

这段引论是本次展览或艺术舞台秀（我觉得就是）的开场，讲到这儿，格罗斯沃格尔暂停片刻，似乎在审视画廊里屋中坐着的这一小群观众的面孔。他向我们讲的，关于他的身体及其消化不良，整体上还是易懂的，尽管某些观点当时显得不太可靠，而他总体的论述又有点无聊。然而，我相信，我们忍受他的发言，是因为我们认为那些话会将我们引向他经验中另一个，也许是更迷人的阶段，我们已经莫名地感觉到，那阶段与我们自己的体验并不全然疏离，不论我们是否认可它特别的胃肠本质。因此，我们保持了沉默，考虑到那天晚上非传统的程序，在格罗斯沃格尔将他带来给我们看的东西公之于众之前，当他继续讲述他不得不告诉我们的那些话时，几乎可以说我们是充满尊敬的。

"那全都很简单，非常简单。"艺术家继续说道，"我们的身体仅仅是这种能量的一个表现，那激活性的力量调动这个世界的一切物体、一切身体，让它们能够如其所是地存在。这种激活力量，像某种影子一样，不投在这个世界一切身体的外面，而是在一切事物的内部,并且彻底地弥漫了一切———一种无所不动的黑暗,本身没有实质,却驱动这个世界的一切物体,包括我们称之为自己身体的物体。入院接受治疗期间,在肠胃病发作的剧痛中,可以说我沉入了存在的深渊,并在其中感觉到这片阴影、这片黑暗如何激活我的身体。我也能听到它的运动,不仅在我身体内,也在我周围的一切事物中,因为它弄出的声音并非我身体的声音——而是那片阴影或黑暗的声音,同任何其他声音都不同。同样的,我也能通过身体所装备的嗅觉、味觉和触觉去感知这个颅洞弥漫、无所不动的力量。最后我睁开眼睛,因为,在消化系统痛苦的折磨过程中,我的眼睛基本上都是紧闭着。睁开眼,我发现自己能看到周围的一切(包括我自己的身体)如何被那弥漫的阴影、那无所不动的黑暗从内部驱动。一切都变得同我以往所知道的情况不一样了。在那晚之前,我从未纯粹通过自己的生理感觉器官——那是与存在的深渊(我称为阴影、黑暗)直接接触的点——去体验这世界。作为艺术家,我那些虚假而虚幻的作品,仅仅是我同自己的头脑或想象一同捏造之物的证据,其本质是荒谬胡扯、虚幻如梦的瞎编乱造,只会妨碍我们感官的运作。我相信这些艺术作品总归以某种方式反映了我的自我或灵魂的本质,其实它们仅仅反映出我要做某事或成为某物(这总是意味着去做或成为某种虚假而虚幻的事物)的狂乱而无用的欲望。像其他事物一样,这些欲望被那同一个弥漫的阴影、无所不动的黑暗激活,而归功于我肠胃急病那自我毁灭的剧痛,我现在能够用感觉器官直接体验那黑暗,而无须我假想的头脑或假想的自我介入。"

"应该承认,在这个画廊,在那次生理崩溃之前,我就已经经历过一次精神崩溃——某种虚假与虚幻之物的崩溃,某种荒谬胡扯、虚幻如梦之物的崩溃,尽管当时对我来说它们还是全然真实与实在的——这一点自不待言。我的头脑与自我之所以崩溃，是因为我的艺术作品不被首展之夜的参加者接受，它们作为艺术创造，就连在那个虚假与虚幻的艺术创造领域里都遭遇了多么严重的失败，多么悲惨的失败。这个失败的展览让我看明白，我成为艺术家的努力失败得多么彻底。展览上每个人都能看到我的艺术作品有多失败，我能够看到每个人都在见证我作为一个艺术家的全面溃败。这场精神危机沉淀为生理危机，最终导致我身体崩溃，造成胃肠痛苦的痉挛。一旦我的头脑和我个体的自我感知出现故障，还能继续运转的就只剩下我的身体感觉器官，通过它们我才能第一次直接体验到存在的深渊——也就是那阴影，那黑暗，正是它激活了我要在做某事和成为某物中获得成功的强烈欲望，并因此激活了我的身体，让它像同样被激活的所有身体一样，在这个世界中移动。直接通过感觉通道获得的体验——内在于一切事物的阴影，那无所不动的黑暗，它所构成的奇观——如此令人惊骇，让我确信自己将停止存在。在某些方面，由于我的感官（尤其是视觉）如今改变了运作方式，我的确不再像那天晚上之前一样存在了。没有我的头脑和想象（关于我灵魂和自我的一切荒谬胡扯的幻梦）的干预，我被迫从事物内部的阴影与激活事物的黑暗的角度去看它们。那统统是骇人的，比我用言语所能讲述的要骇人得多。"

然而，格罗斯沃格尔继续向支付了过高票价进来看他舞台秀的我们详细地解释，他是如何被迫以骇人的方式看待他周围的世界（包括他自己正受胃肠折磨的身体），他又是如何确信，这样观看事物将会很快成为他死亡的原因，尽管他在医院里接受了治疗。格罗斯沃格尔的看法是，他唯一的生存希望是彻底灭亡——那意味着，曾经是格罗斯沃格尔的这个人（或头脑或自我）事实上将会停止存在。他坚持认为，这个生存的必要条件，激发他生理的身体去经历一种"变形复原"。格罗斯沃格尔告诉我们，在几个小时里，他不再因为启动了本次危机的剧烈胃肠疼痛症状而痛苦，此外，他现在能够忍受自己永久地、被迫地去看待事物的方式，用他的话来说，"从事物内部的阴影与激活事物的黑暗的角度去看"。他解释道，既然曾经是格罗斯沃格尔的那个人已经毁灭，格罗斯沃格尔的身体就能够持续存在，作为一个成功的有机体，不再被他捏造的头脑、虚假而虚幻的自我强行加诸自身的假想的痛苦所打扰。如他所述："我不再被自我或我的头脑占据。"他说，我们这些观众现在看到的，是格罗斯沃格尔的身体用格罗斯沃格尔的嗓音、格罗斯沃格尔的神经系统在说话，但却没有曾经被视为格罗斯沃格尔的那套"假想的性格"从中搅局：他的一切话语和行动，现在都是直接来自激活了我们每一个人的那同一股力量——倘若我们能够仅仅以他为了让自己的身体存活而被迫采取的那种方式去认识那力量。他用他那种极度平静的方式强调，绝不是他选择了自己独特的康复方式。他断言，没有人会心甘情愿地选择这种东西。每个人都会选择作为一个头脑和自我（不管它让他们多么痛苦，不管它们多么虚假而虚幻）而继续存在，而不是面对那极为明显的现实——你仅仅是一具身体，被那股他称作阴影、黑暗的无头脑、无灵魂、无自我的力量驱动。然而，格罗斯沃格尔向我们揭示，如果他的身体还要继续存在并作为一个有机体延续下去，这的确是他必须纳入其系统的现实。"它纯粹是个生理上存活的问题，"他说，"每个人都应该能够理解。任何人都会做同样的事。"此外，他告诉舞台秀的观众，令人满意的变形复原（格罗斯沃格尔那人死去，格罗斯沃格尔那身体存活）进行得如此成功，以至于他马上就开始了一段紧张的旅游时光，主要是搭乘价格低廉的大巴的线路，他这样走了很远，穿过并环绕了整个国家，看过许多不同的人与地方，同时练习他的新能力（能看到弥漫在他们中间的阴影，激活他们无所不动的黑暗），因为他不再服从由头脑或想象——这些如今已从他的系统中去除了的起阻碍作用的机制——制造的对于世界的误解，也不再错误地想象任何人或任何事物拥有灵魂或自我。去到任何地方，他都在见证奇观，那奇观此前曾把他惊骇得陷入了一种危及生命的身体状况。

"我现在能够直接通过身体的感觉去知晓世界，"格罗斯沃格尔继续道，"并且我用自己的身体去看以前我在失败的艺术生涯中用自己的头脑或想象从来都看不到的东西。去到任何地方，我都看到那弥漫的阴影，那无所不动的黑暗如何使用我们的世界。因为这阴影，这黑暗，其自身乃是空无，除了作为一种激活性的力量或能量就别无存在，而我们有自己的身体，我们只是我们的身体，不论它们是有机的身体或无机的身体，是人的身体或非人的身体，都没有区别——它们全都仅仅是身体，除了身体什么也不是，丝毫没有头脑或自我或灵魂的成分。就这样，那阴影，那黑暗，使用我们的世界，只为让它所需要的蓬勃生长。除开激活性的力量，它什么也没有，正如我们除开是自己的身体，什么也不是。这是为什么那阴影，那黑暗，让事物变成非其所是，并且行其所非。因为若它们没有内部的阴影，没有那激活它们的无所不动的黑暗，它们就会仅仅是它们之所是——成堆的物质，缺乏要在这个世界上存续下去的冲动，缺乏要旺盛生长的刺激。这种情势，应该按照其实情来称呼——一场绝对的梦魇。这的确就是我在医院里所体验到的，当我因为强烈的胃肠疼痛而意识到自己没有头脑没有想象，没有灵魂没有自我——这些名词都是荒谬胡扯、虚幻如梦的中介，被瞎编出来就是为了保护人的存在，让它意识不到我们本质上是什么：是什么？仅仅是一些被那阴影、那黑暗所激活的身体的集合。我们当中，有些在一定程度上是成功有机体的人，包括一些艺术家，之所以成功，仅仅是因为其运转只以身体为限，绝对无涉头脑或自我。这的确是我之前如此惨重失败的原因，因为我深深地确信我的头脑与想象、我的灵魂与自我的存在。我唯一的希望存在于我变形复原的能力中，也就是无条件地接受噩梦般的事物秩序，好让自己作为一个成功的有机体持续存在，甚至无须头脑和想象的胡扯八道来保护，也无须梦想自己有某种类型的头脑或自我来撑持。另外，这种撕裂般的领悟带来的震动可能造成致命的创伤性精神病，我可能会被它消灭。因此，那个叫格罗沃格尔的人必须在医院里灭亡——这也是可喜的解脱——好让格罗斯沃格尔的身体摆脱胃肠危机，继续往各处去旅游，搭乘各种交通工具（主要是廉价的州际公路大巴），去见证那为了让它所需要的蓬勃生长而使用我们这个身体世界的阴影与黑暗的奇观。在见证这奇观后，我必然会以某种方式去描述它，不是作为一个因为使用某些名为头脑或想象的胡言乱语而失败的艺术家，而是作为一个因为感知到世界上的一切实际上是如何运作而成功的身体。这就是今天晚上，我来展示给你们看的东西。"

我，同其他观众一样，被格罗斯沃格尔的讲演催眠或激动，当他突然停止讲演（或幻想般的独白，或者说当时我以为的随便什么玩意儿），我们由于某种原因感到惊讶，甚至忧虑。这间画廊的里屋，天花板上挂着低瓦数的灯泡，其中一盏在那张盖着破床单的桌子正上方，而他在那儿说个不停，似乎要永远说下去。现在，格罗斯沃格尔终于掀起破床单的一角，让我们看看他到底创造了什么——不用头脑或想象（他说这东西同灵魂或自我一样，在他那儿已经不复存在），而是仅用他身体的感觉器官。当他最终揭开那床单，让它在上面悬着的灯泡的昏黄光线下完全展露，我们起初全都毫无反应（不论是正是反），也许是因为我们的头脑被为揭幕一刻做铺垫的吹嘘弄得麻木了。

那像是一个某种类型的雕像。然而，我发现，起初不可能给这玩意任何艺术或非艺术的类别名称。它可以是任何东西。它表面是通一发亮的黑，有闪烁的光泽，下面铺展着一片漩涡状的黑沉沉的阴影，几乎像是在动，效果很像是上面灯泡晃动的结果。它大体的轮廓像是某种生物，也许是一只严重变形的蝎子或螃蟹，因为有不少爪形的部分从中心那团完全不成形的东西向外延伸。但它也像是有许多向上戳出的部分，尖或者角，以大体垂直的角度突出，末端有时是尖点，有时是柔软的头状突起。因为格罗斯沃格尔关于身体说了那么多，我们自然会认为，这些形状以神经错乱的方式构成了那玩意儿的基础，或是以某种方式被并入其中——一个混乱的世界，包含着每种类型的身体，包含着被它们内在的阴影、让它们非其所是并行其所非的黑暗所激活的各种形状。在这些如同身体的形状中，我明确辨认出艺术家本人的大块头，但当我坐在那儿注视这低调的展品时，并没有特别留意"他已经把自己植入其中"这一事实的重要性。

不论格罗斯沃格尔的雕塑从局部到整体可能表现了什么，它都不仅仅是在暗示艺术家之前的讲演或梦幻独白中所阐释的那个"绝对的梦魇"。然而，这作品的质量，即使对非常欣赏噩梦主题与轮廓的观众来说也不值那票价——花了这钱才有资格听格罗斯沃格尔大谈他的胃肠疼痛与所谓的变形复原。作品揭示后没多久，我们的身体就都脱离了那些难受的折叠椅，找各种借口离开了那个展厅。我离开前注意到,雕塑旁边不显眼地摆了一张小卡片,上面印着作品名称:TSALAL 1号。后来我对这个词的意思稍作了解,发现它用语言的方式,既阐明又遮蔽了它所命名的东西。

格罗斯沃格尔后续完成了几百个系列雕像,都用这个名字,编号按顺序而定。当我们坐在位于死城克兰普顿主街的那家餐厅里等待时,详尽地讨论了他的雕像作品。坐在我左边的绅士反复控诉格罗斯沃格尔。

"他先让我们顺从一场艺术骗局,"这人动不动就猛咳,一咳就停不下来,"现在又让我们顺从一场玄学骗局。上一次那个展览开出高价,这一次的'物理—玄学远足'开价更是凶残。我们都是被——"

"被那个彻头彻尾的骗子给骗了,"我左边这人因为咳嗽猛烈发作而无法继续,安吉拉夫人接过话头,"我认为他甚至不会露面,他把我们诓到这个破烂城市。他说,我们这次远足必须到此集中。但他连个鬼影子都没看到。他从哪儿找到这个地方,是在他经常说起的大巴旅行中发现的么?"

看来,我们身陷这倒霉境地,只能怪自己太白痴。尽管没人公开承认,但真相是,格罗斯沃格尔那天去画廊让我们帮忙把他的展品丢进旧皮卡后备箱的做派大大地镇住了在场的人。我们这个艺术家与知识分子的小圈子里,还没人有过如此拉风的行为,我们甚至连做梦都没干过如此激烈而戏剧化的事儿。从那天起,我们就心照不宣地相信格罗斯沃格尔正往牛气的路上一路狂奔,我们可耻地秘密渴望同他拉上关系,好在未来从中获益。当然,我们同时也厌恨他的大胆行为,并且完全准备好迎接他的再一次失败,没准还能见证再一次崩溃,就在他及其作品已经失败过一次、遭到所有人漠视的画廊里。这样不同动机的混杂恰恰是我们为他的新展览花大价钱的原因，后来我们也以各种方式否定了那展览。

那天晚上的舞台秀之后，我站在画廊外面的人行道上，再一次听到安吉拉夫人说起格罗斯沃格尔的变形复原和艺术灵感的真正来源。"自从出院以来，莱纳·格罗斯沃格尔先生连眼珠里都灌了药，"她像是第一次对我说这消息，"我知道一个在药店工作的女孩给他开了药方。她是我的一个很好的客户。"她补充了一句，有皱纹、化浓妆的眼睛骄傲地闪动。然后她继续说，"我认为你可能知道给格罗斯沃格尔这种生理状况的人会开什么类型的药，那真的完全不是生理状况，而是一种心身疾病，我，或者我的员工，很久以前就能讲给他听。他的脑子在各种镇静剂和抗抑郁药里泡了几个月，并且还不止如此。他还吃一种止痉挛的化合物，他指望用这种不可思议的手段让自己恢复。我不惊讶听到他说自己没有头脑或任何自我，那不过是装腔作势罢了。"

"止痉挛。"安吉拉夫人冲我发出嘘声，这是格罗斯沃格尔的展览后，我们站在画廊外面的人行道上。"你知道意味着什么？"她问我，然后马上就自己回答。"那表明里面有颠茄剂，一种有毒的致幻剂。那表明有苯巴比妥米那，一种巴比妥酸盐。药店那女孩全都告诉我了。他过量服用所有这些药物，你明白么？那就是为什么他用那种奇特的方式看待事物，他还想让我们信以为真。那不是某种阴影，也不是所谓的激活他身体的什么东西。我会知道类似的东西，不是么？我有一种特殊的天赋，让我对这样的东西有洞察力。"

但是，尽管她有天赋，还有精美的点心，安吉拉夫人的通灵咖啡馆生意却并不好，最终彻底关门。相反，格罗斯沃格尔高产的雕像作品取得了惊人的成功，不仅吸引了本地艺术买家，也吸引了全国的艺术品商店和藏家，甚至在国际上也颇有市场。莱纳·格罗斯沃格尔出名了，上了专题报道，主流艺术杂志和非艺术类媒体的都有，尽管他总是被描述为"单人艺术与哲学怪物秀"（一个批评家如是说）。然而，不论以哪种标准，现在的格罗斯沃格尔都是一个大为成功的有机体了。正是因为我们圈子里其他人还从未获得过这样的成功，我们当中那些听过他讲述自己从一场严重的胃肠急病中变形复原，看过他奇妙的 Tsalal 系列雕像首次面世然后弃他而去的人，如今再一次将自己和自己失败的事业同他和他不容置疑的成功身体（没有头脑和自我）拉扯起关系来。到最后，就连安吉拉夫人也精通了格罗斯沃格尔的"领悟"，那是他在那家临街画廊的里屋中首次提出，后来通过一套源源不断的系列哲学手册加以散播，这些小册子如今对收藏家来说几乎同他的 Tsalal 系列雕像一样抢手。因此，当格罗斯沃格尔在他即使获得惊人的声誉与财富后也未曾抛弃的那个艺术家与知识分子小圈子里发布手册，宣布发起一场去往死城克兰普顿的"物理—玄学远足"，我们无不心甘情愿地再次支付了高额票价。

在克兰普顿的餐厅里，我提到那本手册时，同桌听众有：左边那位咳个不停的"肖像摄影师"，右边那位未发表哲学论文《对反对人类之阴谋的调查》的作者，对面则是安吉拉夫人。左边那人仍在一边不住咳嗽（这里我会删掉），一边反复指责格罗斯沃格尔用他价格高昂的"物理—玄学远足"实施了一场"玄学骗局"。

"格罗斯沃格尔说起生意来三句不离他自称看到的阴影、黑暗与梦魇世界……然后，我们现在落到这个地方，这个早就破产的凄凉小城，这里的一切都像是曝光过度的照片。我随身带着相机，随时可以拍下那些脸望着格罗斯沃格尔的阴影黑暗的样子，或者拍下他准备让我们到这儿来做的事情。我甚至为这些摄影肖像想过几个非常棒的标题和概念，我认为它们会有很好的机会集结出书，至少可以在顶尖的摄影杂志上发个作品集。我觉得，我起码可以拍下一系列格罗斯沃格尔的肖像，就拍他那张大脸。那甚至可以在任何一本档次更高的艺术杂志上发表。但那个著名的格罗斯沃格尔在哪里？他说他会来这儿和我们碰头。照我的理解，他说我们会发现关于阴影事务的一切。另外，我已经为格罗斯沃格尔在他的小册子和高度欺骗性的宣传册里唠叨的那些绝对的噩梦在脑子里做好了准备。""你想象中这里包含的这种东西，"这家伙咳嗽间歇的嗓音越来越沙哑，我插嘴道，"这本宣传册里完全没有明确承诺过。它特别说明，这是一次远足，原话是，'去一个死城，一个完结之城，一个失败之城，一个虚假与虚幻的地方，是不成功的有机体的产物，所以是极端的失败状态的典范，这种失败可能会严重损伤人体有机系统，特别是胃肠系统，直到削弱其妄想的、全盘捏造的防卫机制——例如，头脑，自我——并因此陷入一场梦魇般觉醒的危机……'接下来就是我们全都熟悉的那套阴影—黑暗的说法。要点在于，格罗斯沃格尔在宣传册中什么也没有承诺，除了说会有一个失败味儿十足的环境，一种培育失败有机体的温室。其他的，全都是你自己在脑补……我得说，我也脑补了。"

"很好，"安吉拉夫人说着，把我放在桌上的宣传册朝她拉去，"我想象自己读过，而且我还复述过原文，'将会提供合适的餐饮住宿'？发苦的咖啡和发臭的甜甜圈可不是我心目中的'合适'。大家都知道，格罗斯沃格尔现在有钱了，这能说他尽力了吗？我做生意时，直到关门的那一天，都提供顶级的咖啡，更不用说顶级的甜点——虽然我现在可以承认那不是我亲手做的。

还有我们的灵命解读，不论是我亲自服务还是我手下人做，全都令人赞叹。而这个有钱人，还有这里的那个女服务员，根本就是在用苦咖啡和臭得难以置信的劣质甜甜圈毒害我们！在这个时候，我能够用得着的，就是格罗斯沃格尔曾经长期大剂量服用的那种止痉挛药。而且我肯定，他随身带着大把药，如果他真会露面的话——说真的，我怀疑他在用合适的餐饮住宿让我们恶心之后不会来了。不好意思，容我失陪一会儿。"

安吉拉夫人朝餐厅另一头的洗手间挤过去，我注意到，门上挂着"厕所"标签的那道门外，已经排起不少人。我环视还坐在桌前或柜台长凳上的人，其中有不少正按着肚子，其中一些轻轻揉着腹部。我也开始感到肚子不舒服，也许要怪的是咖啡和甜甜圈质量低劣，而刚才上餐的服务员却消失了。坐在我左边那人也说声抱歉，起身穿过餐厅。正当我打算起身，同他一起去厕所外排队，坐我右边那人开始向我说起构成他那篇未发表的哲学论文《对反对人类之阴谋的调查》的"研究"和"思考"，而这些又是如何同他对格罗斯沃格尔的"强烈怀疑"联系起来的。"其实，参加他的……远足，也不会让我了解得更多，"他说，"但我觉得有必要知道格罗斯沃格尔故事的幕后情况。我强烈怀疑他所讲述的变形复原以及其他那些事情。例如，他断言——他自称是'领悟'到——头脑和想象、灵魂和自我，全都不过是胡扯与幻梦。然而，他又说，所谓的阴影与黑暗（Tsalal，他的作品就以此命名）不是胡扯与幻梦，它们使用我们的身体，好让它所需要的蓬勃生长。哇哦，说真的，否定头脑、想象等等等等，但却拥抱 Tsalal 的现实（那仍然不过是些荒谬幻梦的产物），这理论基础是什么？"

我发现这个人的诘问让我暂时不再留意现在体内增强的胃肠

不适。我对他的问题做出回应，说我只能重申格罗斯沃格尔的解释：他不再像往常一样体验事物，也就是说，不再用他所谓虚幻的头脑和自我，而是用他的身体去看事物，根据他进一步的说明，这身体被那阴影 Tsalal 激活并完全占据。"无论如何，这都不算是最荒谬的启示，至少就我的经验而言。"我为格罗斯沃格尔辩护道。

"在我看来也是。"他说。

"另外，"我继续，"我觉得，撇开严格的玄学背景及基础，格罗斯沃格尔那些命名古怪的雕像也有其价值和吸引力。"

"你知道他用来给所有作品命名的 Tsalal 一词的意义么？"

"不，我对其源头或含义一无所知。"我遗憾地承认，"但我认为你会给我点启发。"

"这个词同启发毫无关系，它是古希伯来文，意思是'变黑……陷入阴影'。在我为论文《对反对人类之阴谋的调查》进行研究时，这个词出现得不可谓不频繁。当然，在由粗制滥造的大小启示录组成的旧约中，许多段落里都有它出现。"

"也许是吧，"我说，"但我不觉得格罗斯沃格尔用了一个源自希伯来神话的词就一定会让人怀疑其断言的真诚，甚至怀疑它们的有效性——如果你想得那么远的话。"

"哦，我好像没把自己的意思讲清楚。我所讲到的，在我为《调查》而做的研究与初步思考中出现得相当早。简单地说，我无意对格罗斯沃格尔的 Tsalal 提出质疑。我的《调查》会证明我对这个现象非常明确，毫不含糊，尽管我从来不用格罗斯沃格尔采用的那种花哨且有点琐碎的处理方法——这种方法一方面造成了他的雕像与手册的巨大成功，另一方面则要对我论文的极度失败负责，它永远也出版不了，不会有人看。把这一切都撇开，我的观点不是说格罗斯沃格尔的 Tsalal 在某些方面不是一种真实的现象。我知道得太清楚了，头脑和想象，灵魂与自我，并不仅仅是格罗斯沃格尔所说的荒谬无稽的幻梦。它们实际上不过是一种掩饰——同格罗斯沃格尔在生理崩溃与复原之前制造的艺术品一样虚假而虚幻。他能够通过与其生理考验无疑有关的某种极端罕见的境遇穿透这一事实。"

"他的肠胃失调。"我说着，越来越感觉到自己体内也产生了这症状。

"没错。正是他那种体验的精确机制让我产生了足够的兴趣，所以花钱也要参加这次远足。而那机制还模糊不清。要说起来，他的 Tsalal 或其运作机制中就没有什么是明晰的，然而格罗斯沃格尔在做出那些令人着迷的断言和区分时，却带着那么难以抗拒的确信。但他肯定是搞错了，或者可能是不诚实，至少在有一个点上。我这样说，是因为我知道，他对自己接受治疗的医院的情况可不是全部坦白的。在为我的《调查》所做的研究中，我了解过那个地方，知道了他们是如何运作。我明确地知晓，格罗斯沃格尔接受治疗的那家医院是一个烂透了的机构，一个完全堕落的机构。它的一切都是虚假，都是在掩饰最令人厌恶的勾当，其堕落的实际程度连那些与它有关系的人都未必认识得到。可以说，它的问题不是随便什么类型的堕落，也不是什么邪恶的目的。那里简直是发展出一种……共谋，与某些人和地方的堕落的联盟。他们勾结了……哦，你只需要读一读我的《调查》，就会知道格罗斯沃格尔在医院里面对的那种梦魇，那是个发出梦魇恶臭的地方。只有在这样一个地方，格罗斯沃格尔才能遭遇那些噩梦般的领悟，对此他用无数的小册子阐述，在 Tsalal 系列雕像中描绘，他说这些作品不是他头脑或想象、灵魂或自我的产物，而只是他用身体和感觉器官所看到的,那阴影与黑暗的产物。头脑、自我,还有诸如此类的东西,如格罗斯沃格尔所说,都只是一种掩饰,一种编造。它们不能被身体看到,不能被任何感官感觉到。这是因为它们其实是不存在的掩饰、面具、伪装,遮蔽了以格罗斯沃格尔描述的方式激活我们身体的事物——激活身体,使用身体,让它所需要的蓬勃生长。它们其实是作品,Tsalal本身的艺术作品。哦,不可能简单地给你讲清楚。我希望你能够读我的《调查》。它会解释一切,揭露一切。但是,你怎么可能去读一篇首先就绝不会写的东西呢?"

"绝不会写?"我问道,"为什么绝不会写?"

"为什么?"他停了片刻,龇牙咧嘴,"不打折扣的回答是:格罗斯沃格尔一直在用他的小册子和公开讲演对此布道。他的全套教义(如果那称得上教义的话,或者说真有不管什么样的教义的话)基于:我们相信自己与之等同的一切事物,本质上是幻想的、不存在的。尽管他努力表达自己的遭遇,但他一定非常清楚:任何言语都无法解释这件事。言语,完全是对存在的最基本事实的混淆,是反对人类的阴谋——我的论文揭示了这一点。格罗斯沃格尔已经直接体验过这阴谋的真髓,或者至少宣称他体验过。语言仅仅是对这一阴谋的掩饰。它们是掩饰的终极手段,是阴影、黑暗的终极艺术作品——是它们终极的艺术性掩饰。因为言语的存在,我们认为存在着头脑,某种心灵或自我。这不过是无穷的掩饰层中的又一层。并没有一个写下《对反对人类之阴谋的调查》的头脑,没有能够写下这样一本书的头脑,没有能够读这样一本书的头脑。压根就没人能说出关于这存在的最基础事实的任何信息,没人能背叛这种现实。也没有人可作为这信息的传达对象。"

"这一切似乎无法理解。"我反对道。

"可能吧，但愿真的有什么东西可被理解，或什么人能理解它。但根本没有这样的存在。"

"如果是这种情况，"我说，因为肚子痛而皱眉蹙额，"那现在是谁在进行这场谈话呢？"

"真的有个谁在说吗？"他回答道，"不过，我愿意继续说。哪怕这只是胡扯与发梦，我也觉得有必要让它全部持续下去。特别是在这个时候，当疼痛占领了我的头脑和自我。很快，这些就会没有任何区别。不，"他声音死沉，"现在就无关紧要了。"

我注意到，他刚才一直瞪着餐厅前窗，望向外面的城市。餐厅里的其他人也一样，对他们所看到的目瞪口呆，又因为他们看到这一切的方式（同我一样）痛苦不堪。空荡荡的街道和笼罩四野的荒凉季节构成空茫的城市景观，我们刚到时，这个惹人抱怨的地方没有显现出任何有趣之处，如今在我们许多人眼中正经历可见的变形，仿佛一场日食在发生。但是，我们现在所看见的，不是黑暗从遥远的天空落下，而是阴影从周围的死城中升起，仿佛一道汹涌的黑血开始从它苍白的身体里奔流而出。我意识到，自己不知不觉间也突然加入被正在发生的改变所影响的人的最前列了，尽管我真的一点也不知道正在发生什么，我的脑中一片空白，它已经停止像几分钟前一样的运转，只留下我的身体处于一种麻木的痛苦状态，让它的感官注意到周围事物那令人毛骨悚然的奇观：其他的身体被它们体内漩涡状的阴影蚕食，其中一些还在说话，仿佛它们还拥有头脑与自我，这些假想的实体还在用人类的言语抱怨它们刚刚开始意识到的疼痛，进入"深渊之核"时还在号叫着乞求救援，在头脑彻底抛弃它们并如同蜃景一样消散之前仍然在用那头脑进行观看，还能够讲述一切事物在它们看来如何显现，餐厅窗外城市的形状如何完全变得扭曲而难辨，如爪子般朝它们伸过来，如奇怪的峰与角一般伸向天空，不再呈现灰白色，而是同那弥漫的阴影、无所不动的黑暗一同涡旋，最终，它们的视力变得完美，因为现在，它们是在用身体去看，仅仅使用那些被投入巨大黑色疼痛的身体去看。并且有一个声音——既在呻吟又在咳嗽——叫喊道，外面有一张脸，一张"跨越整个天空的脸"。现在，天空和城市都那么黑，也许只有某个专注于人面肖像摄影的人，才能从餐厅窗外翻涌的阴影世界中看出一张脸来。很快，言语全都停歇了，因为处于真正疼痛中的身体是不说话的。我记得最后的声音是一个女人尖叫着让人送她去医院。这个请求，被那个引诱我们参加本次"物理—玄学远足"的人以最奇特的方式预料过了，那人的身体已经掌握了我们的身体才刚刚开始学习的东西——身体的梦魇，也就是说，身体被使用，并且知道是什么在使用它，知道是什么让事物变得非其所是并且行其所非。我感觉到一个年轻女人出现，穿着白如纱布的制服。她回来了。还有其他像她一样的人在我们中间走动，她们知道如何照料我们的疼痛，好让变形复原发生。我们不需要被送去她们的医院，因为那医院及其全部的腐烂已经被带给我们。

我愿意讲述在克兰普顿我们遭遇的一切（在其隐藏的生命被揭示给我们的眼睛之后，那城市的死寂与凄凉似乎是天堂的假象），我愿意讲述我们如何从这个国家的那个地区，从那个荒僻之核被送回我们遥远的家中，我也愿意确切地讲述我们接受了什么援助与治疗才得以摆脱那个地方及在那儿体验到的疼痛，但我其实压根什么也说不出来。因为，当一个人从那样的痛苦中获救，最困难的就是质疑拯救的手段：身体不知道，也不关心是什么带走了它的疼痛，它不可能质询这些事。因为，那就是我们已经变成，或我们几乎已经变成的东西——没有头脑或想象这一类幻觉的身体，没有灵魂或自我干扰的身体。我们圈子里没人质疑这一事实，尽管我们从未说起它……自从复原以来。我们也不谈格罗斯沃格尔从圈子里消失的事，这个圈子，不再像以往一样，作为艺术家和知识分子的集合而存在。我们变成了所谓"格罗斯沃格尔遗产"的接受者，这不是比喻性的表达，因为他确实把他通过销售作品积累的可观的财产遗赠给我们每个人一份，条件是在他"死亡或失踪一定时间后"。

但是这种纯粹的财产继承，仅仅是那个废弃了的艺术家与知识分子圈子中所有人都开始体验到的承续的初始，是种子，让我们逐渐脱离自己作为失败的头脑与自我的存在，进入作为极其成功的有机体的新生命——每个人都是，在我们各自的奋斗领域中。我们在追寻的事业中当然不会失败，就算想要失败也不成，因为我们体验和创造的一切都是阴影与黑暗的表象，那阴影与黑暗，从我们内部伸出来，向上伸，又刨又戳地探出一条路，去往堆积如山的人与非人的身体的高处。这，是我们所拥有的全部，是我们所是的全部；这，是被使用和为蓬勃生长供肥的东西。我能感觉到自己的身体被使用和培植，能感觉到拉扯它，把它拽向各种成功的欲望与冲动。我绝无可能反对这些欲望与冲动，既然我的存在仅仅是一具身体，它只寻求有效的永存，以便帮助需要它的东西蓬勃生长。我没有可能抵抗那些需要我们为其蓬勃生长供肥的东西，没有可能以任何方式背叛它。即使我这篇小文章，这篇短短的记录好像是泄露了一些秘密，可能破坏事物的梦魇秩序，但其实，也只不过是支持和传播了这种秩序。没有什么能抵抗或背叛这梦魇，因为，不存在什么东西会去做和成为能够以此方式实现成功的任何事与物。就连设想一下这种东西，都只是胡扯与幻梦。

关于"反对人类的阴谋",再也没有什么可写,因为一场阴谋的现象需要大量的代理,需要不同的立场,其中一个以某种方式破坏另一个,而另一个又需要有一种能够被破坏的存在。但是,并没有这样的繁多与歧异,没有各个立场的破坏、抵抗或背叛。存在的只有这种拉扯,这种拖拽,施加于世间的一切身体。但这些身体,仅仅在分类学或地形学的意义上有一种集体的存在,绝无可能构成一个集体的实体,一种可被阴谋针对的代理。被叫作人类的集体实体不可能存在,因为它所在之地只有一种非实体的集合,只有那些本身仅仅是临时的、将会逐一散失的身体的集体,它们的整个集合总是接近胡扯,总是溶入幻梦。在一片虚空中,更精确地说,在一片黑色深渊中,阴谋不可能存在。这里只能有对一切身体的拖拽,要拽向那终极的成功——我那位大块头的朋友似乎已经实现了,当他最终被榨干用尽,他的身体被用完,被需要它供肥以蓬勃生长的东西完全消耗掉。

"对于让事物非其所是的阴影来说,只有一种真正的最终胜利,"格罗斯沃格尔在他的最后一本小册子中宣布,"对于让事物行其所非的无所不动的黑暗来说,只有一种真正的最终胜利。"这是这最后一本册子的最后一行。除了这些非结论性的表述,格罗斯沃格尔不能再对自身或其他任何事物做出解释。他已经用尽了言语,这言语(引用某位将会作为人类的区区一员而始终无名的某人)是那阴影与黑暗的终极艺术作品——它终极的艺术性掩饰。当他的身体被拉向那终极的胜利时,他无法抵抗它,也不能用言语背叛它。

在克兰普顿远足后的那个冬天,我开始充分看出格罗斯沃格尔这些最后的话引向何方。一天深夜,我站在一扇窗前凝望初雪开始落下,在我用身体感觉的器官去观察它发展的每个黑暗的时刻里，那雪变得越来越盛大。在那时，我能够看出纷落的雪花里有什么，正如我能够看出其他一切事物中有什么，并以其力量激活它们。我所看到的是，一场来自黑色天空的黑雪。天空中无物可辨——当然没有熟悉的面容在夜空中铺展，植入其中。只有上面的黑暗与下面的黑暗。只有这消耗的、增生的黑暗，它唯一、真正的最后成功，只不过在于尽其所能成功地永存其自身，而这世界上的一切，除了为它的蓬勃生长提供肥料，就别想有其他指望……直到一切全被消耗殆尽，在所有存在中只剩下一个东西，一具无限的黑暗之躯，在最深的实体之渊中，用永恒的成功激活自身并以自身供肥。格罗斯沃格尔不能抵抗或背叛它，尽管它是一种绝对的梦魇，终极的物理—玄学梦魇。他不再是一个人，所以能够作为一个成功的有机体持存。"任何人都会这样做的。"他说。

而我不论怎么说，也无法抵抗或背叛它。没人能这样做，因为这里没有人。只有这身体，这阴影，这黑暗。

图书在版编目（CIP）数据

被毁损和被染病的 /（美）托马斯·里戈蒂著；方军，吕静莲译. -- 广州：花城出版社，2021.9
书名原文：TEATRO GROTTESCO
ISBN 978-7-5360-9503-8

Ⅰ. ①被… Ⅱ. ①托… ②方… ③吕… Ⅲ. ①短篇小说－小说集－美国－现代 Ⅳ. ①I712.45

中国版本图书馆CIP数据核字(2021)第207195号

Copyright © 2008 by Thomas Ligotti
Published in agreement with McKinnon McIntyre Literary Agency, through The Grayhawk Agency.
本书中文简体版版权归属于银杏树下（北京）图书有限责任公司。

著作权合同登记号：图字19-2021-231号

出 版 人	肖延兵
编辑统筹	朱 岳　梅天明
责任编辑	刘玮婷
特约编辑	赵 波
装帧制造	墨白空间·张静涵

书　　名	被毁损和被染病的 BEIHUISUN HE BEIRANBING DE
出　　版	花城出版社 （广州市环市东路水荫路11号）
发　　行	后浪出版咨询（北京）有限责任公司
经　　销	全国新华书店
印　　刷	嘉业印刷（天津）有限公司 （天津市静海区岩丰西道8号路）
开　　本	880毫米×1194毫米　32开
印　　张	7.5　2插页
字　　数	150,000字
版　　次	2021年9月第1版　2021年9月第1次印刷
定　　价	38.00元

后浪出版咨询(北京)有限责任公司 常年法律顾问：北京大成律师事务所　周天晖 copyright@hinabook.com
未经许可，不得以任何方式复制或抄袭本书部分或全部内容
版权所有，侵权必究
本书若有质量问题，请与后浪出版咨询（北京）有限责任公司图书销售中心联系调换。电话：010-64010019